翻案的勇氣

重探冤獄真相

比竇娥還冤！
明清奇葩大案

馮玉軍 著

明清時代的嚴酷律法下，發生了多少大冤案？

科舉舞弊、政治謀反、名伶風月案、晚清最大文字獄……

帶你走進真相背後的故事，揭露權力與正義的永恆較量！

目錄 Contents

自序

眾所周知，中國法律文化的歷史久遠，源遠流長，博大精深，對中華文明的塑造產生了長期的、深遠的影響。與此相應，各個朝代發生的經典案件故事也很多，世代相傳、家喻戶曉，不僅體現和折射出當時社會的政治生態、制度架構和價值訴求，而且還因為撲朔迷離的案情、迂迴曲折的審理、令人扼腕的判決而被廣為傳誦，成為後世傳奇。然而，根據這些奇案故事改編、繁衍的諸多文藝作品固然使主題線索更為曲折緊湊、扣人心弦，更加昭示君主專制與政治傾軋的殘酷，更能揭露封建社會中各級官員徇私舞弊、草菅人命的醜惡嘴臉。但影視戲劇畢竟屬於藝術加工，對真實案情進行了必要的虛構；報紙刊物登載的故事軼聞，也大多進行了演繹創造。本書所講各案，盡量還原故事本身，並結合對古代法律制度的背景敘述，「有一分證據說一分話」，讓讀者了解到真實的案情，進而能夠客觀地評價封建司法制度，加深對歷史真實的了解。

明代以重刑重罰著稱，由明太祖朱元璋和明成祖朱棣父子倆共同製造的明初四大案：「『莫須有』的空印案」、「郭桓貪汙案」、「胡惟庸、藍玉謀反案」、「方孝孺被誅十族案」，讀者閱後想必會掩卷長思。空印案在朱元璋「寧可錯殺一千，絕不放過一個」的思想支配下，株連甚廣，獲罪官員累以百計，而在血流成河的諸般慘狀背後，竟是一個並無充分證據證明的貪汙罪名。郭桓案發係由貪汙，但如果不改變產生貪汙腐敗的制度土壤，單靠剝皮實草、殺雞儆猴的「重典治吏」方針，並不能從根本上解決問題。封建皇帝開國之初，為了防止權臣大將覬覦皇位，總是奉行鳥盡弓藏、兔死狗烹的政策，株蔓牽連者達數萬人的胡惟庸案和藍玉案就是以朱元璋的猜忌為主因，加之他們自己也未能謹言慎行、節權自律而釀成的大案。朱棣為了獲得皇位，不惜發動四年戰爭，從侄子手中奪得政權，並對方孝孺這樣有品有德之人橫加荼毒，反映出朱棣其實就是一個被權力腐蝕得沒有人性的冤案製造者。

原來所謂「清末四大奇案」：是指慈禧垂簾聽政的清朝末年，即同治、光緒朝更替期間，接連發生的四起轟動全國、家喻戶曉的案件。分別是：「楊乃武與小白菜案」、「張文祥刺馬案」、「名伶楊月樓風月案」、「太原奇案」。這四案都是民間冤案，案情曲折複雜，自案發至審結朝野輿論多有關注，故並稱為「清末四大奇案」。但鑒於「太原奇案」相較於其他三案未必複雜，意義遠非重大，於是另行蒐羅，增加咸豐年間的「科場第一案」和清末光緒年間的「蘇報案」。前者是一千五百年來中國科舉考試中牽涉面最廣、追究考官職位最高的大案，後者則不僅是晚清中國最大的一次文字獄，吹響了反對封建帝制革命的號角，而且在該案的審理中，權傾天下的滿清朝廷不得不向覺醒了的人民「乖乖妥協」，從而開啟了人民共和的新紀元。兩案皆意義重大，補充進來，想必更有價值。

以上明清兩朝奇案，早被街談巷議，有的還被搬上電視螢幕，作者此番再次敘述其來龍去脈，從不同角度提示和分析這些案件產生的歷史、文化、政治、體制和技術等原因，詳細探討了君主專制、司法專橫、有罪推定、刑訊逼供、官判無悔等封建司法痼疾，同時一一闡明了各種法律程序以及罪行證據的甄別查實問題。平實言理，從容著文，適合不同年齡、不同性別、不同階層人士閱讀，是為老百姓茶餘飯後準備的一道「法律午餐」。本書核心目的之一就是給讀者帶來更具體、更清晰的史案解說，以正視聽。

我撰寫這些的基本定位是：以學者和講述人的身分，對中國傳統法律思想文化中典型的案件、人物進行介紹與描述、評析，面對最普通的受眾宣講歷史上發生過的或者戲劇當中耳熟能詳的法律故事，深入淺出，力求趣味性、知識性和思想性的統一。從而，人們可以更好地理解中國傳統法律文化和法制特色，明白這些案件、人物對於當今的啟發意義，在輕鬆自在的閱讀當中使讀者法律素養得到提高，使其人文修養得到滋養。從而不僅做到以案講史、以人說法，更要就法論事、藉古說今。

法律的歷史充滿了故事，但不是所有的故事都美麗如童話；法律的故事當中也有許多邪惡，這邪惡在今天的法治社會中仍時常遊蕩。但我們慶幸的是，「法律上的汙點都是人類自己用手塗上去的，這些手也可以將那些汙點抹去」。儘管還不能說本書的每一個故事都能與諸位尊敬的讀者產生共鳴、帶來意義，但我還是願意相信——我們未來的美好生活，需要法律靈魂的護佑。

是為序。

馮玉軍

「莫須有」的空印案

「莫須有」是宋代權臣秦檜的名言，他在判定驍勇善戰、為國為民的岳飛是否有罪時，實在無法找到實際證據，便用「也許有罪」的名義誅殺了忠臣岳飛。後人痛斥秦檜的這種濫殺無辜的卑劣行徑，並將「莫須有」作為冤案的代名詞。然而，令人遺憾的是這種以主觀態度枉殺臣民的行為仍在繼續著。

出身平民，透過艱苦鬥爭才謀得皇帝之位的朱元璋猜忌多疑，總是懼怕皇位不保。他認為自己正處於亂世，他感覺到政權外部的元朝蒙古貴族還未肅清，政權內部的武將居功，文臣自大，對他的統治造成了很大威脅，於是他便抱著「寧可錯殺一千，絕不放過一個」的態度對一切可能存在的犯罪行為加以重懲，明初的空印案便是這種「莫須有」的冤案。該案株連甚廣，獲罪官員累以百計，而在血流成河的諸般慘狀背後，竟是一個並無充分證據證明的貪汙罪名。讀者要想知道握有生殺予奪大權的帝王如果看法偏執、見解僵化，將會帶來何等慘烈的結果？「莫須有」的空印案留給了後人一個毛骨悚然的答案。

案情回顧

與前朝各代類似，明代的中央政府牢牢掌控著地方政府的財政大權。法律規定，各布政司、府州縣每年都要對本地的戶口、錢糧、軍需等事項的各種財政收支情況做帳，並用正式的官文在年底時上報給中央主管財政收支的行政機構——戶部核對。地方官員攜帶的文書要加蓋印信，逐級核對無誤方可透過，如發現上下統計數字不符，戶部要予以駁回。即：戶部對各地發來的文書會詳細審閱，如果戶部核查後，認為帳目清楚，並無不合之處就會確認帳目的有效性，將該中央報銷的款項下撥，但如果發現文書中有不能對帳的部分，戶部也會毫不客氣地將文書駁回地方，由地方主管財政的布政使、府州縣吏等官員在原地重新核查做帳、重新填寫、蓋好印信後，再次上報核對。

看到這裡，似乎這一核查體制並無任何不合情理之處，而且這樣嚴格的審核體制的運作也有利於減少甚至杜絕地方官員貪汙錢財、亂用公款現象的發生，是一個來自中央的有效監督機制。然而，在當時的歷史背景下，這樣的一個貌似公平合理的制度在真實的運作中卻面臨著操作上的困難。因為按照法律的規定，各級財政官員必須在規定時間內將帳目上報中央並獲得批准，否則便算瀆職，所以各地官員都希望能夠盡快完成帳目的上報和核查工作。但是在實際中，達成這一目標卻面臨著多項困難：

其一，出現帳目錯誤的可能性大，地方每筆財政收支情況都要詳細記錄，內容瑣碎，核查計算工作十分複雜。在沒有現代計算工具的情況下，很容易產生各種錯誤。如果戶部發現所報帳目有矛盾錯誤之處，都會駁回帳目，而不論這種矛盾有多麼微小。

其二，交通的不便。可能有人會問，帳目被駁回，重做一下就可以了，有什麼困難呢？在現今社會，通訊工具發達，聯絡便利。一封電子郵件或是一張傳真就可以聯絡千里之外的人員，將需要完成的事項和工作通告給他們。然而，在幾百年前，快速更改帳目錯誤，並再次發回中央卻成為了一大難題。當時的文書傳送都靠驛站快馬，馬兒跑得再快，也經不住路途太過遙遠。一來一往又費人力、費金錢，更重要的是費時間，附加地方官員需要在指定期限內上報帳目的上述規定，這種駁回體制便足夠讓地方官員頭痛的了。

一方面上報期限不能更改，另一方面帳目錯誤不能避免，而戶部又不會主動更改帳目。地方財政官員為了保證能夠按期完成上報任務，想出了一個變通辦法：他們讓手下吏員拿著已經蓋好地方政府印章的空白文書到中央去報帳。這樣，如果已有的帳目被戶部駁回，吏員們也不用再奔馳回所屬地方重新做帳了，他們只需要用帶去的空白文書重新抄寫一下已有內容，另將有問題的部分重新計算後抄錄上就可以了。這種做法簡單易行，免除了往返之勞，在當時的報帳體制下，既避免了重新做帳帶來的諸多麻煩，又能使戶部的監督職責得到充分的履行。於是，這種做法逐漸變成了一種通行的慣例，幾乎所有的負責上報財政狀況職的地方官員都採用這種做法。在實踐中，這一慣例也得到了戶部的認同。

然而，到洪武九年（西元一三七六年），事情發生了逆轉。朱元璋在偶然得知這一做法後，在沒有任何證據的情況下，主觀認定地方官員用空白的蓋印文書再次做帳，深恐他們「以為欺罔」、「其中有奸」（即各地方官大有貪汙矇蔽的嫌疑）；而且全國都採用這種做法，可能造成的假帳會有多少？朱元璋越想越氣，認為如果不對這種做法加以嚴懲，「恐奸吏得挾空印紙，為文移以虐民」（《明史．鄭士利傳》），私下偷懶，擅自蓋印而輕視皇權，難以使之恪盡職守、認真統理帳目。於是大發雷霆，下令嚴懲不貸，將那些掌管官印的地方官都抓了起來，要將主印官一律處死。因為地方官多採用這種辦法做帳，所以為此事獲罪的官員很多，自尚書至守令，署空印書冊的皆坐欺罔論死；佐貳以下杖一百戍邊。據統計，因此案株連殺戮、充軍邊地者達數百人，地方管理田糧的長吏幾乎一殺而空。

案發之後，滿朝大臣看著勃然大怒的皇帝朱元璋，誰也不敢進諫勸說他。這時，有寧海人鄭士元牽扯到空印案之中，他的弟弟鄭士利——湖廣按察僉事就為哥哥鄭士元冒死上書訴冤。他首先持書到胡惟庸丞相府，由胡惟庸將上書交御史大夫轉達御前。胡惟庸等人雖然知道空白蓋印文書的做法只是為了方便，並不是為了作弊瞞上，但他們太了解皇帝的性情了，冒死強諫的話，豈不是不要自己腦袋了，因此都不敢向朱元璋進諫。鄭士利詳述了空印書冊的來龍去脈，曉以利害，並作證說鄭士元剛直不阿，在地方上做過很多好事，使用空印文書並無過錯，不應治罪。他的奏摺中說：

「陛下想要嚴厲處罰使用空印文書的人，是害怕奸吏借用空印文書，行文虐害百姓。而有效文書必須加蓋完整的印信才可以使用，如今考核錢糧所用的文書冊，是兩張紙的騎縫印，不能和一張紙上一個印相比。即使奸人得到也不能行使，何況一般人還得不到呢？各地錢糧之數，府一定要與省相合，省一定要與部相合，經過多次核對，到戶部才最後確定。省府離中央戶部遠的有六七千里，近的也有三四千里，書冊核對完成後回本地加蓋印信，往返必須要用一年時間。因此，就先加蓋印信而後書寫，這不過是權宜變通的辦法，很久以來都是這樣做的，怎麼能對他們加以追究治罪呢？[三] 而且國家立法，一定要先把規定向天下公開講明，以後有違犯的人就可以治罪了，因為他們是明知故犯。現在的情況是，自立國至今，沒有關於使用空印文書違法的規定，各部門一直按習慣做下來，不知這是犯罪。如今忽然要給他們治罪，怎麼能使受誅殺的人口服心服呢？」

明辯了空印問題的是非之後，鄭士利又說：

「朝廷選拔賢能，把他們安排到各個位子上，這些官員得到這個位子，都十分難得。一個官員能夠當到郡守，都是數十年努力的結果。這些通達廉明之士的頭，並不像野草一樣，割了以後可以再生。陛下為什麼對其不足以治罪的過錯給予治罪，而損壞了那些可用之才呢？臣竊為陛下感到惋惜。」

在為空印問題做辯護之前，鄭士利事先就已料到，給朱元璋上書，必定會招來殺身橫禍，但他仍心存僥倖：「殺我，生數百人」，要以自己的死，換來數百人的生，因此冒死上書。朱元璋看到鄭士利的奏摺後，果然大怒，不僅沒有聽從他的勸解，反而要追究幕後主使者。鄭士利說：「只看我的上書是不是有用就夠了，為什麼要追究主謀呢？我既然為國家上書提意見，就是死也是應當的。哪裡用得著誰為我主謀呢？」

朱元璋不為所動，結果鄭士利最終還是被定罪，與鄭士元一同罰到江浦做苦工。而那些因適用空白文書而獲罪的數百名官員，正印官處死，副職則一律杖責一百，發往遠方當兵戍守，牽連者無一倖免。在這些人中，就連當時最有名的好官方克勤[2]（其子就是後來因反對燕王朱棣篡位而被誅十族的「天下讀書種子」方孝孺）也被牽連在內，方克勤自洪武八年十月起在江浦勞改將近一年，最終冤屈而死。

皇帝的盛怒與冤獄

空印案是由皇帝的剛愎自用而鑄成的冤案典型。在古代社會，雖然沒有今日社會的法治文明，但在很多時候，還是會遵從當時的法律規定來斷案的。然而皇帝的存在往往會打破已有的法制框架，產生超乎想像的災難性後果。朱元璋是將這些無辜官員送上斷頭台的禍首，他憑藉一己的成見，殺人無忌，如同兒戲，其處斷之堅決，行刑之迅速，誅殺人數之多讓人瞠目結舌。本案在審理、判刑和證據方面存在著很多荒謬之舉，讓生活在法治社會的我們感到難以接受和理解。

一、有悖常規的審理程序

明朝在承襲前朝的基礎上，也設置了三大中央司法機構，專門負責重大案件的審理。刑部是審理重案的機構，大理寺是對已經審理的案件進行再次審核的機構，而御史台則對刑部和大理寺的審判行為進行監督。地方雖沒有專門的司法機構，但也實行行政兼理司法制度，也就是由行政官員負責司法案件的審理。專門和非專門的司法機構都在現實中存在著，就等著審理各種各樣的訴訟案件。但在本案中，由具有皇帝身分的朱元璋個人定案，沒有經過任何司法機構的審理過程，突破了常規的審理程序。在封建社會，皇帝是最高的統治者，由皇帝對他認為是非常嚴重的案件進行審判，本來也無可厚非。但是在空印案發後，皇帝沒有提審任何涉案官員，沒有認真分析案情、也沒有徵詢相關戶部官員的意見、更不聽取臣子的進諫。他在了解到空印事件的那一刻起，便確定了這個案件的性質和基本的處斷方向，即這是一起重大的刑事案件，涉及各地官員的交結作弊行為，情節嚴重、性質惡劣，非嚴懲不能以儆傚尤。

二、未適用法律定罪量刑

眾所周知，像明朝這樣用嚴刑懲治貪官汙吏，在歷史上是空前的。以《大明律》為例：對於受財枉法的「枉法贓」，從嚴懲處，一貫以下杖七十，八十貫則絞；對於監守自盜，不分首從，併贓論罪，滿四十貫即處斬刑；對於執行監察職務的「風憲官」的御史，若犯貪汙罪，則比其他官吏加重兩等處刑。考慮到「空印案」的基本情況，最多可以比照最相類似條款，即受財枉法的「枉法贓」進行懲處。但因這些掌管財務印信的官員們並未有實際枉法受財的事實，只能從輕處罰，即在古代五類刑罰（笞、杖、徒、流、死）當中的「笞」或「杖」當中裁處。可是，在本案的處理過程中，我們不僅沒有看到所適用的法律以及確定罪名的內容，更不存在根據罪名確定刑罰的環節。朱元璋在盛怒之下，僅僅將最終的懲處行為模糊地定位為欺騙朝廷，在沒有任何正式的定罪官文的情況下，便直接下令處死所有主管印信的官員，並將所有下屬的佐吏發配流放。古代的流放刑是僅次於死刑的嚴酷刑罰，將罪犯流配到遠離故土、人煙稀少的荒蕪之所，對罪犯來說不僅是身體上的折磨，更是精神上的折磨。佐吏只不過是按慣例行事，沒有任何違法行為，卻受到如此重罰，不能不說是嚴苛過甚。

三、證據不足

一般來說，定罪時必須要有證據，用證據來證明犯罪事實，而後才能定罪量刑。這是司法活動的必然環節。但是在此案中，朱元璋卻沒有依據確實的證據來定案。他沒有仔細思考，也沒有進行必要的調查研究，更沒有查探「空印」由來的背景和出現的真實原因。他在沒有掌握空印與貪汙之間直接證據的情況下，僅僅憑藉自己的主觀推測就定下了案件的基調，即空印的使用必然有詐。在鄭士利的奏摺已經解釋得非常清楚的情形下，仍處死了所有的主印官吏，顯見是由皇帝的專制性格決定的。

在本案的處斷中，竟有如此多的不合制度、不合理性之處！當再次細緻地回顧案情時，我們驚異地發現，這一切的不合理，這一切的不理性似乎都只來自於皇帝的盛怒。天子氣如鬥牛，喪失理智，接下來便是血流成河、冤魂無數。在皇權體制下，個人的力量如此巨大，又缺乏任何實質的制約因素，可能導致的災難後果如此恐怖。從本案中可以看到因怒氣缺失正確判斷能力的皇帝對現有司法體制的巨大破壞能力，正所謂是雷霆之怒萬骨枯。翻開歷史的厚卷，我們還將深刻地體會到唯我獨尊的皇帝的怒氣與人命的存留之間形成的荒唐關係。

在某些時候，盛怒之下的君主也會聽從臣子的勸諫，平息心中的憤怒，留下無辜人命。一念之間論生死，這不能不說是封建時代司法活動服從於皇權體制的悲哀。比如《明史》卷一百三十八《薛祥傳》中就記載了上述情況的一個例證，在此案中的明太祖接受了薛祥的建議，沒有大開殺戒。明太祖年間，曾命人修建鳳陽宮殿。一天，明太祖坐在宮殿裡面休息，突然看到有人站在屋脊上拿著兵器打架，他非常憤怒，認為這種行為侵害了他的安全。有人說，拿著兵器打架的人是負責修理宮殿的工匠。明太祖便要下令將這些工匠全部處死。薛祥替這些工匠說情，並且拿出真實的證據證明這些工匠並沒有用兵器相互打鬥。明太祖見薛祥說得有道理，便把這些工匠放了。

在空印一案中，鄭士利為人請命，為國言事，敢拚死而諫；朱元璋則（在盛怒無理的情況下）剷除奸邪，堅持到底，絕不留情。不管他們誰對誰錯，讀史至此，能不感慨興嘆！今天，我們生活在一個法制的社會，司法機構的工作具有了某種獨立性，司法人員經過專門訓練，能夠理性地判斷案情，摒除了個人非理性因素的影響。今日的司法活動一般情況下能夠做到程序正規、法律適用得當、證據充分、判決公正。這是社會進步的結果，也是今天這一代人的幸運。但需要我們注意的是，在極少數的情況下，非理性的臆斷判決仍然存在，歷史的教訓告訴我們，剷除這種非理性的個人情感因素的不良影響具有極端的重要性。而這一目的的達成仰賴於司法制度的健全、權力制約機制的運作等各種力量的協同呼應。

〔參考文獻〕

（清）夏燮編著：《明通鑑》；
（清）張廷玉等撰：《明史》；
《明史．刑法志一》；
《明史．刑法志》；
《明太祖實錄》。

【延伸閱讀】

朱元璋的法律思想

明太祖朱元璋（西元一三二八年～一三九八年）係明朝開國皇帝，年號洪武，廟號太祖，在位三十一年。他從小父母早逝，曾出家為僧，可以說是中國歷史上出身最卑賤的皇帝，但其卻以雄才偉略，審時度勢，利用元末農民起義的大好時機，招賢納良，從而將元朝的統治者逐出中原，建立了封建專制高度集中的明王朝。縱觀歷朝歷代皇帝，有明以前，除了兩漢、南宋三朝皇帝較為重視法制外，其餘的皇帝，無一有如朱元璋那樣重視法律，其對法律的思考和見解，可以說是獨步古今。當然，就像其他任何專制的封建

＊朱元璋

君王一樣，朱元璋的思想中既有愛惜民力、體諒民間疾苦的一面，更有濫用皇權、刑罰嚴苛的特徵。

（一）重視法律，強調以法治國

朱元璋雖然布衣出身，起於微末，但是在參加和組織領導百姓起義軍的反元抗爭以及在和其他百姓起義軍的殺伐中，他看到元末法制敗壞，官吏貪蠹，民不聊生，深刻認識到了法律的治國作用。《明史》記載他曾告誡群臣說：「從前朕在民間時，見州縣官吏多不恤民，往往貪財好色，飲酒廢事，凡民疾苦，視之漠然，心實怒之。故今要嚴立法禁，但遇官吏貪汙蠹害吾民者，罪之不恕。」正是在總結經驗教訓的基礎上，朱元璋高度肯定了法律的治國作用。他說：「夫法度者，朝廷所以治天下也。」於是在朱元璋即吳王位時（西元一三六四年）就提出「建國之初，先正綱紀」，命左相國李善長等草創律令，編律二百八十五條，令一百四十五條，到吳元年十二月「甲寅，律令成，命頒行之」。這便是最早擬定頒行的《大明律》。為了更準確地把握律法的精髓要義，知識水準不高的朱元璋曾令「儒臣四人，同刑官講唐律，日進二十條」，作為制定大明律的依據。事實上，早在吳元年的《大明律》制定時，朱元璋就專門發布了上諭，要求議律官「日具刑名條目以上，吾親酌議焉，每御西樓，詔諸臣賜座，講論律義」。洪武六年冬重修《大明律》時，朱元璋詔賜刑部尚書，「每奏一篇，命揭兩廡，親加裁酌」，即對律條親自審定。明朝最高統治者的這種崇法精神和有關做法在中國封建立法史上，是絕無僅有的。正是由於朱元璋的高度重視，經過吳元年（西元一三六四年）、洪武六年（西元一三七三）、洪武二十二年、洪武三十年四次修訂，最終完成了《大明律誥》「刊布中外，令天下知所遵守」。正如《明史．刑法志》所概括的：「蓋太祖之於律令也，草創於吳元年，更定於洪武六年，整齊於二十二年，至三十三年始頒始天下，日久而慮精，一代法始定，中外決獄，一準三十年所頒。」

（二）注重普法和法律宣傳

朱元璋實在是個了不起的人，他不但制定了完備的法律，還成功地普及了法律。如果說宋太祖刊印《宋刑統》頒行天下達到了普法宣傳效果的話，那麼明太祖比歷史上任何一位皇帝都強調法律的講讀和宣傳。在明初的普法教育中，最重要的並不是《大明律》，而是一本叫做《大誥》的書。所謂《大誥》是朱元璋採集一萬多個罪犯的案例，將其犯罪過程、處罰方式編寫成冊，廣泛散發。

其實，早在吳元年，朱元璋便命大理卿周楨將剛剛制定好的《大明律令》中涉及民眾生活的部分用口語寫成《律令直解》發布郡縣。朱元璋為什麼要推廣《大誥》而不是《大明律》呢？朱元璋認識到，要老百姓去背那些法律條文是不可能的，而這些案例生動具體，個個有名有姓，老百姓吃完了飯可以當休閒讀物來看，就如同今天我們喜歡看偵探故事一樣。更重要的是，裡面還詳細記述了對這些犯人所使用的各種酷刑，如用鐵刷子刮皮、抽腸、剮皮等，然後發誓這輩子不犯法。把犯人的罪行和處罰方式寫入《大誥》，並造成警示作用，實在是一種創舉。但問題還是存在的，因為當時的人們文化程度普遍不高。文盲占人口的大多數，沒有義務教育，讀過小學（私塾）已經很不錯了。老百姓素養不高，即使是通俗的案例也很難普及。

朱元璋用一個匪夷所思的辦法解決了這個難題。他的辦法具體作法如下：張三犯了罪，應該處以刑罰，縣官已經定罪，該坐牢的去坐牢，該流放的流放，但差役不忙，還要把張三押到他自己家中，去找一樣東西，就是這本《大誥》。如果找到，那就恭喜張三了——本來判流放，就不用去了，回牢房坐牢；如果是殺頭罪，那就能撿回一條命。反之，家裡沒有這本書，那就完蛋了。如果張三被判為流放罪，差役就會先恭喜他省了一筆交通費，然後拉出去咔嚓砍掉他的腦袋。用當時的話說，就是在明《大誥》頒布以後，他要求「一切官民、諸色人等，戶戶有此一本」，並規定有《大誥》者「若犯笞、杖、徒、流罪名每減一等，無者每加一等」。即規定有《大誥》者可以以該書折抵刑罰。洪武三十年五月，朱元璋又下詔命各級學校講授《大誥》，科舉考《大誥》，鄉民集會宣講《大誥》。明劉三吾曾在《御製大誥後序》中說：「載勞聖慮，條畫成書，頒示中外臣民，家傳入誦，否者罪之」，從而使「天下有講大誥師生來朝者十九萬餘人，並賜鈔遺還」。此外，為了加強法律宣傳，朱元璋下令每歲正月、十月或逢節日時，讓專人講讀律令。可以肯定，正是由於他對法律宣傳的高度重視，才使得明律法精義深入人心，為民所知而遵之。由此看來，《大誥》實際上就是明朝初年的法律科普讀物，朱元璋透過這種方式成功地普及了法典，具體效果不一定很好，但他畢竟作出了嘗試。

（三）立法因時制宜和重典治國思想

明太祖的立法簡明雖然有利於民眾知法懂法，但由於法律過於簡單，在很大程度上難以適應社會的發展變化狀況。太過於簡明的法律針對錯綜複雜、日益尖銳的社會統治矛盾常常顯得蒼白無力。在上古的周代，統治者便積累了豐富的統治經驗。他們認識到應該根據時局情況的差異施用不同種類的刑罰。正所謂是「刑新國，用輕典；刑平國，用中典」。屬於封建社會後期的明朝是一個重典治國的朝代。「重典治國」的含義是用嚴酷的刑罰來治理國家，對各種犯罪行為從重處置。這一恐怖政策的基調是由明太祖朱元璋確立並貫徹於有明一代，並希望透過動用重刑來保證朱氏江山的穩固。

他曾對皇太孫說「吾治亂世，刑不得不重，汝治平世，刑自當輕，所謂刑罰世輕世重也」。在具體的治國方面，朱元璋以元末「朝廷闇弱，威福下移」，綱紀敗壞，官吏驕恣，從而致使元朝傾覆，順帝北遷作為教訓，立國後採取了「治亂世用重典」的原則。朱元璋始終認為「胡元以寬而失，朕收中國，非猛不可」。與此同時，朱元璋為了解除他周圍農民出身的武將同與地主出身的文臣之間的爭鬥而對皇權產生的威脅，並實現其急於求治的目的，表示「民經亂世，欲度兵荒，務習奸滑致難齊也」。又說：「今之臣民，凡所作為，盡皆殺身之計，趨火赴源之籌」，「若不律以條章，將必倣傚者多，則世將何治」。在朱元璋看來，「歷代多因姑息，以致奸人惑侮」。元朝傾崩正是由於「元政馳極，豪傑峰起，皆不修法度以明軍政」。因而太祖主張「反元攻，尚嚴厲」。以此思想作為指導，如在刑名制定方面，明朝對「事關典禮及風俗教化」一類非直接侵犯君主政權的犯罪量刑輕於唐律，但對「盜賊」及「帑項錢糧」之類直接危及專制統治的重大犯罪量刑則重罪加重，法外用刑，狂誅濫罰，制定了族誅、斷手、刖足、閹割為奴、挑筋去膝蓋等一系列法外刑。據《明太祖實錄》載，洪武七年儋州陳逢愆起義，陳被斬，部屬一千四百多人被處劓刑。

（四）注重發揮和強化法律整肅吏治的功能

中國古代帝王制定法律，向來都是重在治民而不治吏，朱元璋曾長期生活在社會最底層，對官吏的橫徵暴斂、貪贓害民，富民勾結官吏、仗勢欺人的行為有深刻的感受。深知

「吏治之弊，莫過於貪墨」，「不禁貪墨，則民無以遂其生」的緣故。因而對於官吏貪汙，他有著一種近似乎變態的痛恨和徹底懲治的執著。在掌握了最高權力後，他採用了各種辦法整頓官僚隊伍，但貪汙腐敗似乎與官僚隊伍難解難分，猶如剷除不盡的毒瘤，既困擾著百姓，也困擾著朱元璋。但他手中有一件法寶，那就是絕對權力，朱元璋把這種權力用到了極致，對手下的貪官汙吏絕不留情，寧可錯殺也絕不放過。

洪武二年，朱元璋曾告誡群臣：「昔在民間時，見州縣長吏多不恤民，往往貪財好色，飲酒廢事，凡民疾苦，視之漠然，心實怒之。故今嚴法禁，但遇官吏貪汙蠹害民者，罪之不恕。」《明史．刑法志》說：「太祖開國之初，懲元季貪冒，重繩贓吏。」由於明初特定的政治條件和朱元璋本人的特殊生活經歷，使其比中國歷史上任何一位皇帝更堅決、更嚴厲地整肅吏治。如對官吏的職務犯罪規定，《唐律》把官吏犯贓罪的處理列在《職制》篇中，未設專篇，《明律》專設《受贓》一篇計十一條，同時，還專設《課程》篇十九條，從重論處官吏犯罪。如規定監守盜倉庫錢糧四十兩即判斬刑。難怪清代刑部尚書薛允升對比《唐律》條文後直呼《大明律》「太嚴」。如果說朱元璋的《大明律》懲處贓吏十分嚴厲的話，那麼他親手制定的《大誥》則應屬於懲治官吏貪墨的特別刑事法規。《大誥》共二百三十六條，其中懲治官吏貪汙、盜竊、受賄等贓罪的共有一百五十條。

在懲治官吏方面，朱元璋認為「中外貪墨所起，以六曹為罪魁」。因而「諸司敢不急公而務私者，必窮搜其原因而罪之」。如洪武十八年戶部侍郎郭桓等人的貪汙巨額糧食案，所牽連的六部左右侍郎以下都處死，波及各省的官吏達數萬人。在對贓墨官吏的刑罰適用方面，明《大誥》列舉了閹割、斷手、剁指、挑筋去膝等肉刑，其中最為殘酷的是「剝皮實草」之刑，即對貪汙六十兩銀子以上的官吏（價值約折合明正七品官年俸）都捉到所在府、州、縣、衛衙門左邊的「皮場廟」剝皮，皮剝下後填上稻草，然後擺在官府公座旁邊，警示後繼者。值得一提的是，朱元璋注重利於民眾力量來懲治貪官汙吏，他詔告天下：「有等貪婪之徒，往往不畏死罪，違旨下鄉，動擾於民，今後敢有如此，許民間高年有德耆民率精壯拿赴京來」。即允許百姓對那些違旨擾民的官吏進行抓捕，然後送往京師問罪。為了反貪，明朝初期犧牲的御史達以數百。可以說，經過朱元璋一系列的整頓，雖然明朝官吏的俸銀是歷史上最低的，但是明初的吏治卻比歷史上以往任何時候都好。當然，統治者如果將整肅吏治走向反面，刑罰一味嚴苛並且不惜製造「莫須有」的罪名，荼毒生靈，實在不足為取。

[1]《中外歷史年表》說：「元時，官府於文書有先署印，而後書者，謂之『空印』，洪武建元以來，相沿未改。」《劍橋中國明代史》解釋說，這是因為

錢糧在運輸過程中會有損耗，所以發運時的數字肯定跟戶部接收時的數字是不符合的，但在路上到底損耗了多少，官吏們並不事先知曉，只有到了戶部才能知道其中的差額。所以，官吏們習慣用空印文書在京城就地填寫實際的錢糧數字。

[2] 方克勤在任濟寧知府期間，嚴格執行皇帝關於墾荒三年不納稅的規定，盡量減輕百姓的各種負擔，受到當地百姓的稱讚，但他「自奉簡素，一布袍十年不易，日不再肉食」。洪武八年（西元一三七五年），方克勤在入京朝覲時得到朱元璋的稱讚，並賜宴表彰。

郭桓貪汙案

古代社會，重視對官吏的約束和管理，對他們的違法亂紀行為也多加以嚴刑處置。這是封建社會的一個傳統做法，各代的君主都意識到「明主治吏不治民」，也就是說，賢明的君主主要會將官吏作為治理的重點。然而，到了明代，這種重視治吏的傳統得到了無限放大，甚至走向了盲目重刑的極端。

明太祖朱元璋平生最恨貪官汙吏，在成為統領天下的帝王之前，他曾是一介草民，深諳官吏貪贓枉法，魚肉百姓之弊，所以採用了「重典治吏」的方針，也就是說刑罰的懲治對象主要是犯法官吏。朱元璋對官吏的基本評價是「見任有司，皆係不才之徒」，也就是說，在他的眼中，傾向於違法亂紀的官員多，而真正為民做主的官吏少。抱著這樣的先見和對官吏犯罪的極端厭惡情緒，由此，在明太祖在任期間，發生過多起對違法官吏加以嚴懲的重案。其中郭桓的貪汙案便是此類案件中具有重大影響的一例。

案情回顧

洪武十八年（西元一三八五年），一樁震動天下的大案——戶部侍郎郭桓盜賣官糧案爆發。案件的主角郭桓，時任戶部侍郎。戶部是中央六部之一，主管全國的土地、戶籍、賦稅和財政收支，也就是主管民政的中央機要部門。戶部的首席長官是尚書、次席長官是侍郎。郭桓相當於今天的副部長級幹部，可謂是位高權重，直接掌握國家的財政收支情況，有權按照程序出納調動錢款。

於是利慾薰心的郭桓利用職務之便，與其他握有實權的官員勾結，做假帳、瞞收支，中飽私囊、貪汙公款。

要想人不知，除非己莫為。他們的違法行為很快就被發現了，這得益於封建社會有效的官僚監督體制。在封建社會的官僚體制下，御史是一個重要的監督職位，他們負責對中央和地方官員的履職行為及其他情況進行監督核查，並有權糾彈不法官吏。洪武十八年，一名叫余敏的御史告發北平布政司、按察司李彧、趙全德和戶部侍郎郭桓膽大包天，勾結作案，侵吞官糧。

朱元璋接到奏摺後，派人徹查此案。徹查的結果是驚人的，郭桓與多名地方和中央官員狼狽為奸，他們貪得無厭，斂財無度，為實施和隱瞞罪行相互勾結，提供便利。最後經查證屬實的主要貪汙犯罪事實，按《大誥》記載，主要有以下幾條：

第一，應天、宣城、太平、廣德、鎮江五個府、州曾是朱元璋最早起兵割據的根據地，即所謂「興王之地」，由於這里長期承擔糧餉夫差與徭役供給，朱元璋下令將這些地方民田的夏稅秋糧全部免除，官田減半徵收。但是，到了徵稅的時候，這些州縣數十萬官田的夏稅秋糧並無一粒收繳上倉，全部被官吏張欽等勾結戶部侍郎郭桓等作弊私分了。

第二，戶部收受浙西秋糧，應該入倉四百五十萬石，郭桓等只收六十萬石入倉，鈔八十萬錠入庫（以當時牌價折算，可抵糧二百萬石），其餘一百九十萬石不曾入倉。與此同時，郭桓等人接受浙西等府現鈔五十萬貫的賄賂，並指使府、縣官黃文等人勾結刁頑人吏沈原等人作弊，將其中利益私分入己。

第三，浙西各地有關機構在徵收稅糧時，對百姓的擾害甚如虎狼。其橫徵暴斂程度令人觸目驚心：官府折鈔徵收秋糧的目的，就是讓老百姓交錢以充抵稅糧，具體到府、州、縣官，每發米一石，應該折鈔二貫；但徵收者巧立名目，徵一石米就索要水腳錢一百文、車腳錢三百文、口食錢一百文，庫子（看管倉庫的）又要收驗錢一百文、蒲簍錢一百文、竹簍錢一百文以及沿江神佛錢一百文。而所謂沿江神佛錢，其實就是在運輸官糧的時候，需要求神拜佛以保佑官糧押運平安的錢。如此這般徵收苛捐雜稅，可謂花樣出盡。於是，一石米除折鈔二貫外，總計又徵收了雜費九百文！

第四，戶部侍郎郭桓等官員收受應天、太平、鎮江、寧國、廣德五府州納草人徐添慶等民戶的贓鈔，不徵收應該收繳的馬草，卻向已經交納過馬草的安慶農戶多收取，以補足五府州所欠數目。

第五，郭桓等人還做納糧入水、納豆入水的勾當，即每年都有一些奸頑大戶夥同倉官在豆中拌水，以增加斤兩。每倉一間容量不下一萬餘石，往往只因為一戶奸頑摻水交納，導致官糧因天氣濕熱一蒸而滿倉全壞，其惡劣行徑令人髮指！

第六，郭桓等人貪贓枉法的事情敗露之後，主持案件調查的人還發現他們把成百上千石毀爛的官糧全都埋到了地下，企圖掩蓋罪贓。

《大誥》中列舉的郭桓罪行不一而足。他盜賣的官糧達到多少石呢？朱元璋說，我寫出來都怕人們不信，只略寫為七百萬石，再加上其他各項，一共損失精糧總數達到兩千四百餘萬石。

朱元璋認為郭桓盜賣的官糧實際上比這個數還多，為什麼只說七百萬石呢？一是因為數量儘管確實很多，但其中可能有虛的成分——因為自元朝以來，官場上有一種虛報數字的惡習：說倉裡收了多少多少糧食，就表示有政績，這數字中有水分。二是如果認真檢查，倉裡又沒有那麼多糧食，那按什麼治罪呢？按虛的數量治罪，對這些貪贓者而言可能就有點冤了。所以朱元璋說，我只給郭桓算了七百萬擔，其實，朝廷一共損失精糧兩千四百萬石。這樣驚人的浪費與損失讓平民乞丐出身的皇帝心疼不已，他感嘆說：「古往今來，貪贓枉法大有人在，但是做得這麼過分的，實在是不多！」

此案一出，朝野震驚。郭桓案中涉及的貪汙數目巨大，如果將他貪汙的糧食和錢款都折成官糧，貪汙總額幾乎相當於全國一年應上繳的官糧總數。鑒於案情重大，朱元璋決定親自審理此案。在審理的過程中，朱元璋又發現了更為驚人的情況，六部中的一些尚書、侍郎以及其他屬員都被牽涉到此案中。被這些涉案官員貪汙的錢款物品大多寄存在地方的下級官吏以及各地豪富家中。於是，這些人也被捲入到這一驚天大案中。在朱元璋的眼中，並沒有「法不責眾」的概念。他沒有因為涉案人員過多就心慈手軟，網開一面。於是，在他的主持下，大批涉案官員被誅殺。被處刑最重的是禮部尚書趙瑁和刑部尚書王惠迪，他們被處以棄市之刑。也就是說，這兩個人在被處死之後，還要曝屍街頭，接受萬人唾罵。郭桓等中央和地方的涉案官員被處死的人數達萬人之多，另外，還有幾萬名官吏受到牽連入獄。還有很多地主之家因窩藏贓物被抄家致破產。

那麼，朝廷如何解決那些盜賣、損失的官糧呢？朱元璋說這個好辦，就順藤摸瓜，倒推著核查吧：不是交到戶部了嗎？戶部所收贓款肯定是從布政司來的，我就把布政司的官員抓來，問他贓款自何處而來？布政司相當於現在的省政府。布政司必然會供出贓款來自於府，那就把府官抓來，問他們贓款自何處而來？府必然說來自州縣，那好，就把州縣官抓來，問他們贓款是從哪裡來的？他們肯定說是老百姓送上來的。這樣一步一步嚴厲訊問，就沒人能夠隱瞞得了了。從哪兒來的賄賂，就查到哪兒，一查到底，要求官員如實退賠。

可是，上有政策，下有對策。官員們有辦法，皇帝要他們退賠，他們自然不會將裝到自己口袋裡的東西向外倒。於是他們就下發通知，要求老百姓各家各戶攤派，包賠贓款，企圖轉嫁損失。朱元璋得知後更為震怒，下決心嚴厲懲處各級官員和牽連案件的富民。他要求各地百姓由年長的耆民帶隊赴京面奏，揭發地方官和富戶們的犯罪事實。據《明史》記載，在郭桓一案中，「自六部左、右侍郎以下，贓七百萬，詞連直省諸官吏，繫死者數萬人」。也就是說，從中央六部左、右侍郎以下，直隸和各省的好幾萬人都牽連到這個案子當中，被關進監獄或處死。「核贓所寄借遍天下，民中人之家大抵皆破」，意思是說，窩贓的人遍於天下，但都遭到應有的懲處，而全國大多數中等收入的人家也因此破產。

就在案件處理中所牽連的人越來越多，有官員上書批評皇帝玉石不分，冤枉好人的時候，朱元璋卻不以為然。他說，當各衙門的官吏禍害百姓的時候，如果有人能夠對百姓的疾苦產生惻隱之心，不與奸官同流合汙；當貪官們向百姓科斂的時候，如果有人拒絕在公文上簽字畫押，或者阻止貪官的行為，使他們不能得逞，或者用密封的奏書報告給皇帝，對百姓予以關懷體恤，那麼，這時候我不分輕重一律懲處，才是枉及無辜。可惜，每次奸官們暴斂時都無人阻擋，貪官們橫徵時也沒有人動惻隱之心，實同大家合夥貪汙，對此有什麼可以區分的呢？當初那麼多人貪汙，又有誰阻攔過？既然誰都沒阻攔，一起治罪也不冤枉，絕非什麼玉石不分！

儘管如此，由於此案影響過大，株連的人員太多，造成了社會的動盪，士族階層開始惶恐不安，朱元璋也意識到如果針對此案，再刨根究底下去，就會孤立自己。於是，他給自己找了個台階下，把責任推給了辦理郭桓案的右審刑吳庸等人，將他們處死，以撫平人們的怨氣。

「第一重案」再探究

一、重案之「重大」

在郭桓案發生之前，朱元璋還親手處理過「空印案」，但該案畢竟是沒有真實證據的冤案，不應該算作貪汙賄賂大案而加以警示。然而，郭桓盜賣官糧案則證據確鑿，完全可以稱得上是明初懲治經濟領域內官員犯罪的第一重案。明代對官吏犯罪的處罰本來就有從重的傾向，而此案獲得第一重案的封號，確有名副其實的「重大」之處，讓我們就此做一番細緻的探究：

「一重大」：帝王親審。本案引起了明太祖朱元璋的重視，並隨後親自負責案件的審理工作。在封建社會，皇帝是掌握所有統治權力的，包括立法、司法、行政等各個方面，但是他們公務繁多，不可能面面俱到。

「二重大」：情節嚴重。本案的犯罪情節非常嚴重，這主要表現在兩個方面，其一，從施行犯罪的主體上看，是多人集團作案。在今天的刑法中，這種類型的犯罪是屬於危害重大的案件，其中的主要策劃人和實施犯罪行為的人，都要受到比個人犯罪更加嚴厲的刑罰處置。將時間倒轉到那個嚴懲官吏犯罪的明代，本案中的案犯便更是罪大惡極了。其二，從犯罪後果來看，本案中的主犯郭桓所侵吞的財產數目竟相當於全國一年的秋糧收入，這是一個令人感到恐怖的數字，也足以表明郭桓的貪得無厭已經達到了無以復加的程度，其所造成的社會危害也是廣大而深遠的。

「三重大」：株連太廣，刑罰太重。按照現在刑法的規定，在集團犯罪中，從犯是會從輕處理的。而明初由於定下了重懲官吏的基本方針，所以，對官吏的處罰是毫不手軟的。由此，凡是被牽涉到這一案件中的官員都受到了很重的處罰，相當一部分人因此而丟掉了性命。更嚴重的是，很多僅僅用於存放贓物的地主之家都因此而破產。所以本案的社會影響是巨大的。

二、重典難治

在郭桓案的審理過程中，龍江衛倉官等人因為夥同戶部官郭桓等盜賣倉糧，當即被處以墨面、文身之刑，即在他臉上、身上刺上恥辱的印記。但他在被挑斷腳筋、割去膝蓋後，仍舊留在本倉看管糧食出入。然而，沒過半年，一個進士到倉庫放糧，早晨發出籌碼二百根，到晚上竟然收到二百零三根。進士當面責問，發覺是已經受刑的倉官康名遠不思改悔，奸頑依舊，偷出放糧籌碼，轉賣給同樣受過刑的小倉官用來盜支倉糧。新案一出，輿論嘩然。

朱元璋聽說此事也感慨地說：「朕謂斯刑酷矣，聞見者將以為戒。」他的意思是說，我認為那種刑法已經夠殘酷了，聽到看到的人都會引以為戒。哪裡想到，康名遠等人「肢體殘壞，形非命存，惡猶不已，仍賣官糧」（他們肢體殘了，面容毀了，僅存一條活命，但還是沒有停止作惡，仍然盜賣官糧）！於是他憤怒地質問道：「此等凶頑之徒，果將何法以治之乎？」意思是說，對於這樣凶頑的人，還有什麼法可以治嗎？站在朱元璋當皇帝的角度，為了反腐懲貪，他不得不使用重典。這既是對元朝以來官場鬆懈腐敗惡習的一種矯正，也是對像康名遠之類餘孽難除、明知故犯者進一步打擊的必然選擇。對他來說，除了動用嚴刑重典，幾乎沒有別的選擇。既然他不能放棄對國家的治理，其刑罰因而也就一步一步殘酷到了極致。

朱元璋常說，「吾處亂世，不得不用重典」。由此，酷刑成為洪武時期執法的顯著特徵，當時的酷刑，「除凌遲處死之外，有洗刷，裸置鐵床，沃以沸湯；有鐵刷，以鐵帚掃去皮肉；有梟令，以鉤鉤脊懸之；有稱竿，縛之竿杪，似半懸而稱之；有抽腸，亦掛架上，以鉤鉤入穀道而出；有剝皮，剝贓貪吏之皮，置公座之側，令代者見而儆懲云。」此外，還有挑筋、剁指、刖足、斷手、刑臏、去勢等酷刑，一時間，明初官場簡直如人間地獄。

久而久之，大臣們對於朱元璋的一些細節也研究得很透了，只看其穿戴，就知道他心情好不好——「太祖視朝，若舉帶當胸，則是日誅夷蓋寡，若按而下之，則傾朝無人色矣。」這句話意思就是說，朱元璋上朝的時候，如果把玉帶繫得高高的，這天他殺人就會少；如果他腰間的玉帶被按得很低，這天所有的大臣都會面如土色，惴惴不安。顯而易見，由於朱元璋以重典治國，當時的官員都惴惴不安。早晨去上朝前就要跟家裡告別，說今天走了還不一定回得來。晚上次到家裡來，就對老婆說一句，哎喲，又過了一天，明天還不知能不能活著回來。可以說，當時百官是人人自危。

朱元璋嫉惡如仇，他要掃除一切通往他的理想國道路上的障礙。他的嚴刑峻法不僅施用於一般官員，即使是他的親屬犯法，也同樣不會饒過。在他眼裡，沒有親疏之別，沒有等級之分，法對所有的人都是一樣的。他的至親、駙馬歐陽倫因為動用公家車輛走私茶葉，破壞了茶馬之法，被他斷然處死。朱元璋認為，他所賞賜的官職、爵位，不是用來作威作福的，他們應該為大明朝的長治久安接受法律的約束。對於朱元璋來說，這麼做自有他的道理，在當時的局面下，朱元璋的所作所為也是不得已的選擇。朱元璋對百官的基本要求是潔己愛民，在他的整治之下，明初官僚隊伍的整體面貌大大改觀。與此同時，朱元璋並不希望他的子孫日後還使用重典。他一再申明：「吾當亂世刑不得不重，子孫們治平世，刑自當輕。」

問題的關鍵還在於，他對百姓也不使用重典，而主要對各級官吏適用嚴刑峻罰。朱元璋懲貪的目的，從根本上說在於鞏固自己的統治，但懲貪畢竟在很大程度上保護了老百姓的利益。朱元璋的雷霆手段使當時的吏治得到了澄清。《明史》這樣評價那個時候的吏治：「一時守令畏法，潔己愛民，以當上旨。吏治煥然丕變矣。」《明史．循吏傳》裡記載，在有明一代的清官中，僅洪武一朝的清官數量就占整個明王朝清官總數的三分之一！這不僅緩和了官府和百姓之間的矛盾，而且成為明初完成國家統一、安定社會、恢復發展生產的有力保障。但事隔兩百年之後，當明朝官僚隊伍的腐敗失去控制時，人們又開始懷念這位以重典治國的皇帝，希望借助朱元璋的雷霆萬鈞之力，再次開闢出一個清明世界來。

當然，朱元璋的重典治國也引來了不少批評。面對吏治敗壞的頑疾，一味施用猛藥是否必然能夠收到長久功效，還是一個未知數。洪武九年（西元一三六七年），山西平遙縣學訓導葉伯巨上書，批評朱元璋「用刑太繁」。他說：「朝信而暮猜者有之，昨日所進今日被戮者有之。乃至令下而尋改，已赦而復收，天下臣民莫之適從。」他又說：「竊見數年以來，誅殺亦可謂不少矣，而犯者相踵，良由激勸不明，善惡無別，議賢、議能之法既廢，人不自勵，而為善者怠也。」他希望皇帝能夠區別善惡，並建立激勵機制，鼓勵官員上進。換言之，治國之道，不僅在於嚴刑峻罰，還在於舉賢寬仁，要求道德規範與刑罰並舉。洪武二十一年（西元一三八八年），學士解縉上了封萬言書，說道：「國初至今將二十載，無幾時不變之法，無一日無過之人，嘗聞陛下震怒，除根翦蔓，誅其奸逆矣。未聞褒一大善，賞延於世，復及其鄉，終始如一者也。」他對朱元璋的批評，與平遙縣學訓導葉伯巨並無二致。然而即便是如此忠臣良言，乾綱獨斷、嫉惡如仇的朱元璋也聽不進去，就因為葉伯巨上書主張寬刑仁愛，並以「分封太侈、求治太速」戳到自己的痛處，「離間皇家骨肉」，氣得朱元璋跳起來要親手殺死他。

三、歷史餘響

郭桓盜賣官糧案是明朝懲治貪官犯罪的一個經典案件。本案有確實的證據，經過正常的審理程序，有較為恰當的判決結果。而且本案中的罪犯數量之多，作案後果之嚴重也為歷朝歷代所罕見。明朝建立時，澄清吏治是朱元璋鞏固政權和實現他的建國理想的一項重要措施。朱元璋的重要謀臣、御史中丞兼太史令劉伯溫認為，「元朝以寬縱失天下」，他因而十分支持朱元璋嚴肅法紀，整頓官僚隊伍。朱元璋下令御史大膽糾劾貪贓不法官員，不要有所畏懼。中書省都事李彬因為貪暴犯罪，應當受到處罰，但中書省左丞相李善長袒護李彬，不欲將其治罪。劉伯溫把此事報告給了朱元璋，朱元璋毫不通融，立即判處李彬死刑。開國功臣湯和的姑父席某，隱瞞在常州的田地，不交應該承擔的稅賦，朱元璋知道此事後說：「席某恃和勢，不畏法，故敢如此。」這時大將常遇春也跑來為席某求情，但朱元璋不聽，斷然將席某處死。

應該說，誅殺貪官對於肅清官僚隊伍，保證官僚體制的正常運行來說具有積極效用。而官僚體制的穩定運行對於國家來說意義重大。雖然在封建社會，皇帝才是最高統帥，但是官員就是皇帝的左膀右臂，是幫助皇帝衝鋒陷陣的將軍和為皇帝出謀劃策的軍師。他們也是決策層的重要成員，並且也是執行政策的中堅力量。位居深宮的皇帝幾乎沒有機會與百姓直接打交道，也沒有辦法獲取民情民生的一手資料。在電視劇中，我們常常可以看到一些皇帝微服私訪的情節，在那種時候，從深深庭院中走出的皇帝，總是瞪著一雙詢問的眼睛，看東看西，也總是能遇到一些讓他感到新奇、或詫異、甚或是憤怒的事情。

從關係定位上說，官員是聯繫民眾和皇帝之間的紐帶，他們可以直接接觸民眾，了解民眾呼聲和政策的施行效果，然後再將這些訊息回饋給皇帝，以便作為施行法律、制定政策的佐證。正是因為如此，官員的地位是非常重要的。因而，官員素養的高低、品行的好壞會對國家秩序的維繫造成極大影響，由此，我們也不難理解為什麼朱元璋會對實施貪汙行為的官員處以如此嚴厲刑罰了。

雖然，朱元璋明法禁貪，但是僅僅靠重罰的手段是無法根治的。官員貪汙腐敗的原因很多，想要治本，必須從官僚體制和社會氛圍等多方位入手，尋找解決辦法。

［參考文獻］

（明）《大誥初編》；

（清）張廷玉等撰：《明史．刑法志》。

【延伸閱讀】

明太祖的懲貪酷刑

剝皮

剝皮這兩個字一聽就教人毛骨悚然，其殘酷程度並不亞於凌遲。這種刑罰不在官方規定的死刑處死方式之列。但在歷史上確實被多次使用過，並見諸史籍記載。

最早的剝皮是死後才剝，後來發展成活剝。活剝人皮也是殘酷的一種死刑，它的前身是活剝面皮。三國時吳主孫皓性情殘暴，曾剝人之面皮，後來吳國為晉所滅，大臣賈充曾問孫皓為何剝人臉皮，皓回答說「討厭那人的臉皮太厚」。剝皮時，先從被剝者的後脖頸開刀，順脊背往下到肛門割一道縫，然後把皮膚向兩側撕裂，背部和兩臂之間撕離開肉的皮膚連在一起，左右張開，就像兩隻蝙蝠翅膀似的，這樣被剝的人要等到一天多才能斷氣。明熹宗天啟年間，太監魏忠賢的爪牙還發明了另一種活剝人皮法：用熔化的瀝青遍澆人體，略乾後，用椎敲之，於是瀝青便黏著人皮掉落下來了。

明朝時，剝皮之刑用得最多、最狠。朱元璋最恨官吏貪汙亂法，為了對此種犯罪行為加以嚴懲，他設計了一些酷刑，比如挑筋、斷指、刺面、文身等，其中最有特色、也最為慘烈的酷刑就是「剝皮楦草」了。這是他的一項重要發明。據葉子奇《草木子》記載，朱元璋對各地官員責治甚嚴，若有官員貪汙暴虐，准許百姓赴京訴冤。官員貪汙的數額在六十兩白銀以上的，就要處以死刑，殺頭後還要梟首示眾，並且剝下他的皮，再往裡面填滿草，把這「人皮草袋」置於衙門裡官座旁邊，讓後任官員觸目驚心，起警戒作用。不僅如此，朱元璋命令各級地方政府的衙門旁邊都要設一個皮場廟，裡面掛滿了被裝上草的人皮袋子，以便震懾官吏，使他們遵紀守法。

燕王朱棣發動靖難之役，趕走了侄子建文皇帝，占了南京，對忠於建文帝的朝臣進行了殘酷鎮壓，景清和胡閏都是被剝了皮的。景清刺殺朱棣未遂，被捕後罵不絕口，朱棣命令剝了他的皮，「草櫝之，械繫長安門」。胡閏是被縊殺的，然後用灰蠡水脫他的皮，剝下來，楦上草，懸掛在武功坊示眾。

抽腸

抽腸作為對人懲罰的酷刑，早在春秋時就實行過。《莊子．胠篋》篇云：「昔者龍逢斬，比干剖，萇弘胣，子胥靡。」句中的「胣」或作「肔」，就是刳出肚腸的意思。萇弘是周敬王時人，約西元前四九二年以前在世，可見抽腸的歷史是多麼悠久了。

明初，朱元璋曾對死刑犯人施行抽腸。具體做法是，把一條橫木桿的中間綁一根繩子，高掛在木架上，木桿的一端有鐵鉤，另一端懸著石塊，像是一個巨大的秤。將一端的鐵鉤放下來，鉤入犯人的肛門，把大腸頭鉤出來，掛在鐵鉤上，然後將另一端的石塊往下拉，這樣，鐵鉤的一端升起，犯人的腸子就被抽出來，高高懸掛成一條直線。犯人慘叫幾聲，不一會兒就氣絕身亡。

明末張獻忠抓到的明朝官吏使用的酷刑也有抽腸這一項。做法是，先用刀從人的肛門處挖出大腸頭，綁在馬腿上，讓一人騎著這匹馬猛抽一鞭向遠處跑去，馬蹄牽動腸子，越抽越長，轉瞬間抽盡扯斷，被抽腸的人隨即一命嗚呼。

黥面

黥面就是墨刑，周代五刑的第一種。施行的方法是在人的臉上或身體的其他部位刺字，然後塗上墨或別的顏料，使所刺的字成為永久性的記號。同劓、宮、刖、殺相比，黥面顯然是最輕微的。但是，這種刑罰也要傷及皮肉甚至筋骨，而且施加於身體的明顯部位，無法掩飾，不僅給人造成肉體的痛苦，同時使人蒙受巨大的精神羞辱。

黥面是一種很古老的刑罰，它在堯舜時就出現了。當時三苗之君使用的五虐之刑，包括黥面在內。堯誅三苗，廢「五虐」，改用「象刑」，就是給犯罪者穿上與常人不同的衣服，以示懲罰，其中當受墨刑者要戴黑色的頭巾。禹繼堯舜之後開始使用肉刑，以後正式把墨刑定位五刑之一。

最初，墨刑的施行方法是用刀刻人的皮膚，然後在刻痕上塗墨。從西周時起，墨刑的使用很普遍。周代，奴隸主貴族常用黥面者作守門人。因為這些人的臉上帶有恥辱的標記，走到哪裡都會被認出來，所以他們一般都不會逃跑。而且，黥面者的四肢是健全的，不影響勞作。

春秋戰國時，各國常使用黥面的囚徒去做各種苦役。秦國商鞅變法時用法嚴酷，有一次太子犯法，不便加刑，商鞅就把太子的師父公孫賈黥面，以示懲戒。漢初刑法沿襲秦制，仍使用黥面之刑。

漢代以後，隨著某些肉刑的恢復，黥面也重新被採用。晉代規定，奴婢如果逃亡，抓回來之後要黥其兩眼上方，並加銅青色；如果第二次逃跑，再黥兩頰；第三次逃跑，黥兩眼下方。上述三處，施行時都要使黥痕長一寸五分，寬五分。這種黥痕可以深深印到人的骨頭上。北宋時，黥面之刑一律改用針刺，因而又稱為黥刺。犯人的罪狀不同，刺的位置及所刺的字樣排列的形狀也有區別。凡是盜竊罪，要刺在耳朵後面；徒罪和流罪要刺在面頰上或額角，所刺的字排列成一個方塊；若為杖罪，所刺的字排列為圓形。凡是犯有重罪必須發配遠惡軍州的牢城營者，都要黥面，當時稱為刺配。遼代刑法也有黥刺，和北宋的施行方法相同，也是用針刺，但刺的位置不完全一樣。重熙二年，遼興宗耶律真宗規定，對判為徒刑的犯人，要刺在頸部。奴婢私自逃走被抓回，如果他／她同時盜竊了主人的財物，主人不得黥刺其面，要刺在他／她的頸或臂上。犯有盜竊罪的，第一次犯刺右臂，第二次犯刺左臂，第三次犯刺脖頸的右側，第四次犯刺脖頸的左側，如果第五次再犯，就要處死。

明代關於黥刑的法律，與宋元大同小異，但使用的範圍要更狹窄一些。洪武三十年規定，謀反叛逆者的家屬及某些必須刺字的犯人予以刺字，其他各類犯人一律不再用宋代那種刺配的方法。另外，對於盜竊犯，初犯者要在右小臂上刺「盜竊」二字，再犯者刺左小臂，第三次犯者要處以絞刑。對於白晝搶劫他人財物者，要在右小臂上刺「搶奪」二字，如果再犯搶奪罪者，照例在右小臂上重刺。情節比較輕微的偷摸都不需刺字。清代的黥刑主要適用於奴婢逃跑，而且常和鞭刑並用，稱為鞭刺。縱觀各代實行黥刑的歷史，古時刀刻法的黥面變為宋、元、明、清的刺字，其殘酷的程度應該說是在逐漸減弱。

割鼻

割鼻就是古代的劓刑。它由「鼻」字加「刀」組合起來，含義很明顯，就是用刀割鼻。上古時，劓刑常和黥刑並用。劓刑使人身體致殘，雖然輕於死刑，但都能給人造成很大的痛苦。

劓刑在夏商時已普遍使用。據說，夏時受過劓刑的有上千人。商代盤庚遷都到殷之後，下詔說：「乃有不吉不迪，顛越不恭，暫遇奸宄，我乃劓殄滅之」，「無遺育，無俾易種於茲新邑。」意思是，對那些不仁不義、桀驁難馴、一有機會就幹壞事的人，輕者割去鼻子，重者處以死刑，使他們斷子絕孫，務必使新都城內不再有這種人。

周時正式把劓刑定為五刑之一，對那些違抗國君的命令、破壞規章制度、姦淫偷盜、破壞治安、打架鬥毆、傷人身體者，都要受割鼻之刑。周代，受過劓刑的人常常被派去守關。因為他們被割鼻之後，面貌醜陋，不宜在稠人廣眾中生活，他們自己也不願待在人多的地方，於是甘心接受命運的安排，到偏僻寂靜的遠處了此殘生。當時距京師五百里之外的三關有十二座關門，都是由那些沒有鼻子的人把守。

春秋、戰國以至漢初，劓刑是一種很普遍的刑罰，秦孝公任用商鞅實行變法，量刑苛刻，有一次公子虔違犯禁令，商鞅就將他處以劓刑。

漢文帝十三年，文帝劉恆下詔廢除肉刑，將劓刑改為用笞三百來代替（景帝時又改為用笞二百）。從此，劓刑作為官方規定的刑罰被取消。但是，後世仍不斷有人遵循古制，動輒將人割鼻。其他朝代，如唐、宋、明、清等，官方規定的刑罰未見再用劓刑。

明代是各種酷刑大肆虐的時代。在朝廷正式頒發的刑律之外，上至皇帝，下至吏役，使用非法酷刑簡直不擇手段。燕王朱棣發動「靖難之役」占領南京後，在懲治忠於建文帝的朝臣時用到的五花八門的刑罰，其中就有割鼻。建文朝的兵部尚書鐵鉉曾率兵在山東抵抗朱棣，阻擋他的南下，朱棣對他恨之入骨，這時抓到鐵鉉，肆意報復。鐵鉉寧死不屈，一直大罵朱棣不仁不義，朱棣大怒，命令武士們割下他的鼻子和耳朵放在火上烤熟，塞到他嘴裡讓他吃下去，並且問他香不香，鐵鉉大聲回答說：「忠臣的肉，怎麼能不香？」大理寺丞劉端和刑部郎中王高一同棄官隱退，被抓獲，朱棣問他們練安和方孝孺是什麼樣的人，回答說都是忠臣，朱棣大怒，下令割去劉端、王高二人的鼻子，朱棣還問他們：「你們沒有了鼻子，這副面目還能算人嗎？」劉端答道：「我們有面目到九泉之下去見高祖皇帝（指朱元璋）。」意思是譏刺朱棣如此倒行逆施是無顏去見先皇的。朱棣惱羞成怒，命令將他們處死。朱棣又抓到禮部尚書陳迪和他的兒子陳鳳山等六人，處斬之前，下令割下陳鳳山的鼻子和舌頭讓陳迪吃。還有一位中書舍人名叫林右，當時已逃回原籍臨海，聽說方孝孺死難，設靈位哭祭他，因此被逮捕，押到京師，也被朱棣割掉鼻子。

胡惟庸、藍玉謀反案

在我們一般的印象中，封建社會的皇帝似乎是無所不能的，他控制著所有的權力，要風得風，要雨得雨。近年來，有很多描寫宮廷生活的電視劇，在劇中的帝王好像確實具有一手遮天的能力。

但真實的狀況是否是這樣呢？為我們所熟悉的，宋代詩人蘇東坡的千古詠月名句「瓊樓玉宇，高處不勝寒」卻正好可以移用為皇帝心情的寫照。他是一個住在深宮中的寂寞孤獨人。為了保護自己，也為了製造神祕色彩，他幾乎一生都生活在遠離塵世的宮殿中，不能隨便與人接觸。他雖然在此刻取得了最高的位置，錦衣玉食，榮華富貴，但他卻不能保證沒有反叛者會將他從這個位置拉下，使他化為塵土。於是他惶恐，他警惕，他寢食難安。在明太祖朱元璋身上，這種懼怕皇位失去的「憂患意識」更加強烈，這位帝王似乎無時無刻不在懷疑著，於是他身邊的權臣也便屢次成為了他重重疑心下的犧牲品。如果手下權臣的飛揚跋扈和自高自大，那麼這種興起大獄便不是一種偶然，而是一種必然了。明初的胡惟庸案和藍玉案便是此類以皇帝的猜忌為主因，加上臣子的不會謹言慎行、節權自律而造成的大案。

案情回顧之胡惟庸案

一、株連大案

根據《明史．奸臣．胡惟庸傳》的記載，胡惟庸案是一個事實清楚、證據確鑿的政治謀反案。

胡惟庸本是定遠人，在朱元璋起兵後投奔了朱元璋。先後做過元帥府的奏差、寧國縣的主簿、知縣，他在洪武三年（西元一三七〇年）進入中央主管政令發布的機構中書省擔任要職，參知政事；朱元璋洪武六年（西元一三七三年）七月成為右丞相，而沒過幾年又成為左丞相。明代以「左」為尊，左丞相高於右丞相，這表明胡惟庸在任職之初，是受到朱元璋的信任與喜愛的，來自皇帝的認可使他沒用幾年便登上了這個「一人之下，萬人之上」的位置，達到了「位極人臣」的目標。朱元璋認為胡惟庸是個人才，特別寵信他。胡惟庸也惕惕自勵，並曾因為人處世的謙虛謹慎而頗得皇上的肯定，受到一天勝似一天的寵信和禮遇。

然而，胡惟庸在獨任丞相之位後，並沒有延續謙虛謹慎的作風，反而開始了獨斷專行的作為。《明史》接下來著力渲染胡惟庸的亂權行徑，並力圖將胡惟庸在這方面的表現當作他引起皇帝猜忌和憎惡的重要原因，這些主要事件包括：

一、擅自決定罪犯的生殺予奪，對人命留存具有最終的決定權是皇帝權威的重要表現。然而，胡惟庸卻僅憑藉宰相之職位，對此類事項任意決斷。

二、擅自升降獎懲官員，官員的任免權本來也是皇帝的專有權力，但是胡惟庸也屢次在未經皇帝同意或不向皇帝請示的情況下，行使此種權力，自己做主處理了。

三、擅自決定政務，胡惟庸是皇帝之下的最大官員，負有協助皇帝處理政務的權力，所以中央和地方諸多衙門從各地發來呈給皇帝且已封好的奏摺，都會先到胡惟庸那裡。胡惟庸在審閱奏摺後，經常會擅自作出批示，而且還會將對自己不利的奏摺隱瞞起來，不把它們送上去，使皇帝通達下情的途徑被阻塞。

正史記載胡惟庸的其他造反行為還有：

一、他的家鄉定遠舊房子的井裡頭，忽然生長石筍，露出水面幾尺，阿諛奉承的人爭先恐後地說這是吉祥之兆，又說他祖父三代的墳上，都夜夜有火光照天。胡惟庸更加高興和自負，有了反叛的想法。

二、吉安侯陸仲亨從陝西回京，擅自乘驛站的傳車。皇帝怒而斥責他，責令他在代縣出任捕捉盜賊之職。平涼侯費聚受命管理蘇州的部隊和百姓，卻每天沉湎於酒色之中。皇帝很生氣，責令他到西北任招降蒙古之事。費聚招降無功，皇帝又嚴厲斥責他。這兩個人害怕極了。胡惟庸私下用官位和金錢利誘他們。這兩個人一向憨厚剛直而又有勇力，見胡惟庸在朝中大權獨攬，就暗中與他密切往來。胡惟庸就將自己謀反的意圖告訴他們，命他倆在外邊收集士兵和馬匹。

三、胡惟庸還曾與陳寧一起掌管丞相府，翻檢全國軍隊、馬匹的簿籍，趁機命都督毛驤選衛士劉遇賢和亡命之徒魏文進等，收為得力的心腹，並說：「我有重用你們的時候。」

四、在胡惟庸策劃謀反後不久，胡惟庸的兒子在集市上駕車，馬兒受驚，墜車而死。胡惟庸卻因此將駕車的人殺死。朱元璋聽說後大怒，便要胡惟庸償命。胡惟庸十分害怕，於是請求用黃金布帛給這人家，皇帝不准。胡惟庸害怕，就與御史大夫陳寧、中丞涂節等商量謀反，暗中把謀反的消息四處通告給追隨自己的人和依附自己的武將，希望提早實施反叛計劃。但他還未真正實施反叛計劃，朱元璋就因為發現了他的另一個違法行為而將其誅殺。

洪武十二年（西元一三七九年）九月，位於南海的占城國派使者來京城進貢，左丞相胡惟庸等人竟然未把這件事彙報皇帝。太監出去看到占城的使者，入宮告訴皇帝。朱元璋發怒，下令斥責中書省的官員。胡惟庸及右丞相汪廣洋叩頭謝罪，而悄悄把責任推給禮部，禮部又推給中書省。皇帝更加憤怒，把這些官員都關了起來，全力追查主要的責任者。不久，即賜汪廣洋死罪，汪廣洋的妾陳氏殉夫而死。朱元璋問及此事，原來這陳氏乃是沒入官府的原陳知縣的女兒。當時，有些官員犯罪後，皇帝除了處罰官員本人外，還會將他的妻兒沒入官府以示懲罰。按照明朝的規定，沒入官府的這些婦女只能賞賜給有功勞的武將，而不能賜給文臣。朱元璋因之大怒道：「沒入官府的婦女，依法只分給功臣的家中服役，憑什麼分給文臣呢？」遂敕令法司調查。依此案情，胡惟庸和六部堂官們都應定罪。在這樣的背景下，原來和胡惟庸一起策劃謀反的官員涂節便於洪武十三年（西元一三八〇年）正月，上告了胡惟庸謀反的事。御史中丞商暠這時已貶官為中書省的小官吏，也把胡惟庸私下的所作所為上告皇帝。皇帝大怒，批轉朝廷大臣輪番審訊，供詞牽連陳寧和涂節，朝廷大臣說：「涂節本來就參與謀反，看到謀反之事不成了，才把此事上奏，不可不殺。」

緊接著，到了洪武十三年（西元一三八〇年）五月初二，朱元璋從西華門擺駕出皇宮，要到皇宮附近的胡惟庸家去。正行走間，路上忽然有一個人迎著皇帝的車駕直衝了過來，攔住御駕車馬，由於緊張，一下子說不出話來。朱元璋身邊的衛士見這個人敢於如此冒犯聖駕，立即衝上去打。這個攔駕的人叫雲奇，是西華門內使，一個宦官。雲奇被打倒在地，手臂都快被打斷了，還拚命指著胡惟庸的家。朱元璋察覺到，一定發生什麼事了，雲奇才敢於拚死攔駕陳訴。既然雲奇在他前往胡惟庸家的路上攔駕，那麼此事就可能與胡惟庸有關。西華門離胡惟庸家很近，朱元璋登上西華門城樓向胡惟庸的家眺望，只見胡惟庸家裡有重重壯士，皆裹甲執兵，埋伏於屏壁間。難道是胡惟庸想要趁朱元璋臨幸時造反謀逆嗎？因為西華門與胡惟庸家近在咫尺，內使雲奇發現了這一逆謀後，便緊急趕來向朱元璋報告。這就是所謂的「雲奇告變」，這件事被詳細地記載在了某些史書中。

就這樣，胡惟庸謀反案發，於是朱元璋下令誅殺胡惟庸、陳寧以及涂節。受此案牽連，被隨後誅殺的官員竟達到上萬人之多，很多人都是在沒有真實證據的情況下被誅殺的。胡惟庸雖然被誅殺了，但整個案子卻並沒有完結。《明史．胡惟庸傳》裡清楚記載著：「惟庸既死，其反狀猶未盡露。」也就是說，胡惟庸被處死的時候，他謀反的罪行還不清楚。之後，朱元璋繼續追查與本案有關的情況。於是胡惟庸的罪狀就像故事傳說一樣，逐步添枝加葉，越到後來越顯得完整：

洪武十八年（西元一三八五年），朱元璋發現胡惟庸曾命太僕寺丞李存義，即明朝開國重臣李善長的弟弟、胡惟庸女婿李佑的父親，暗中遊說李善長一起謀反。當時李善長年紀已老，不敢斷然拒絕，開始不答允，但也沒有告發胡惟庸。李存義託人自首，皇帝免其死罪，將他放逐到崇明島。洪武十九年（西元一三八六年），又查明胡惟庸有私通倭寇的行為，即胡惟庸曾派明州衛指揮林賢出海招募倭寇，與倭寇約日期會見，這件事當時已經聯繫好而尚未行動。同年十月，林賢的案子調查結束。

到了洪武二十三年（西元一三九〇年），朱元璋又查明胡惟庸曾派舊元時的臣子封績送信給已被推翻的元朝皇帝的繼位人，向他稱臣（「稱臣於元嗣君」），請求對方發兵從外面呼應。洪武二十一年（西元一三八八年），藍玉出征沙漠，捉住封績，李善長卻沒有將胡惟庸私通蒙元的事情彙報給皇帝。到洪武二十三年（西元一三九〇年）五月，此事被發覺，封績被逮捕下獄，審訊出真情，李善長與胡惟庸同謀造反的事才大白於天下。恰逢李善長家中奴僕盧仲謙告發胡惟庸和李善長往來的狀況，而陸仲亨家奴封帖木也告發陸仲亨及唐勝宗、費聚、趙庸三個侯爵與胡惟庸共謀叛亂。朱元璋依據這條罪狀，順勢誅殺了朝中重臣李善長，他認為李善長明知胡惟庸謀反的情況，也就是私通元朝軍隊，但是沒有及時上告，屬於大逆不道。李善長、

＊胡惟庸案大捕殺

陸仲亨等人被殺後，又有一大批官員受到株連，案子牽連蔓延，前後被殺的官員總數超過三萬。朱元璋為此還特意寫了《昭示奸黨錄》，以期警示臣民。

對本案的發展過程，大致上可以用一個簡單的順序描述來概括：

一、胡惟庸任丞相後，飛揚跋扈，擅權罔上；

二、謀刺徐達，毒死劉基；

三、與李善長相結交圖謀不軌；

四、定遠老宅的井裡頭生出石筍，且祖墳夜夜火光照天，胡惟庸遂生異念；

五、結費聚、陸仲亨為助；

六、收納亡命之徒；

七、令李存義、楊文裕說服李善長謀逆；

八、遣林賢下海招引倭寇

九、遣元朝降臣封績為使者向北元請兵助反；

十、胡惟庸之子在城中騎馬飛奔，墜身死於車下，胡惟庸擅殺駕車者，朱元璋大為惱怒，讓胡惟庸償命；

十一、阻占城貢使，被朱元璋怪罪；

十二、私給文官以入官婦女，按法律規定，胡惟庸及六部堂屬皆當論罪；

十三、涂節見事不成害怕禍及自己，告發了胡惟庸的謀反陰謀，商暠亦告發胡惟庸；

十四、雲奇冒死阻止皇帝赴胡惟庸宅邸，事後查明胡宅暗藏武士謀害皇帝；

十五、林賢案審理完畢；

十六、李善長被殺；

十七、胡黨株蔓數萬人，功臣宿將幾盡。

以上就是正史中關於胡惟庸案的描寫，也就是明代朝廷處置胡惟庸後的官方說法，但根據後代學者的分析，很多人認為胡惟庸謀反案是一個沒有確鑿證據的冤案，該案的真實情況實際上被遮掩了起來。朱元璋的真實目的在於透過這樣的大案，徹底除掉宰相之權，鞏固受到威脅的皇權。

二、皇權獨尊

明史學家吳晗寫了一篇著名的論文叫《胡惟庸黨案考》，把胡惟庸的案子從頭到尾縷析了一遍，最後證明，胡惟庸的前述罪狀多屬捕風捉影之詞，胡惟庸案是一個冤案。胡惟庸的罪行一件一件被發現，已經是胡惟庸被處死很多年以後了，也就是說，當胡惟庸案發的時候，他並沒有正式的罪名。

既然胡惟庸沒有正當罪名，又為什麼會被殺死呢？《明史》上說，他多年受到朱元璋的寵愛，自己獨攬丞相大權，有的時候，發生了一些事情也不向皇帝報告，還隨便提拔人和處罰人，當時有很多人奔走於他的門下，送給他的金銀財寶不計其數。朱元璋最恨的就是胡惟庸的專權，因為他專權，即使他沒有罪，也要把他殺掉。由此可見，胡惟庸之罪在於擅權僭侈，而這正是最不能為朱元璋所容忍的。洪武十一年（西元一三七八年），朱元璋下令限制中書省的權力，命令以後臣下上奏書，不許「關白」中書省。「關白」是什麼意思？就是凡是送給皇帝的奏章，都要同時送給中書省丞相一份。作為皇帝，朱元璋希望大權獨攬，掌控生殺予奪，決定一切，怎麼能允許這個權力被丞相分割呢？到了洪武十三年（西元一三八〇年）他除掉胡惟庸，終於廢除了丞相制度。

丞相的權力太大，殺了胡惟庸，如果再立一個丞相，仍然不免要與皇帝分享權力。於是，朱元璋乾脆一勞永逸地取消丞相制度，就不會再有丞相與皇帝分權了。在洪武十三年胡惟庸黨案後，朱元璋開始大刀闊斧地改革中央機構，主要是：廢中書省、罷丞相，「設五府六部、都察院、通政司（洪武十年設立）、大理寺等衙門，分理天下庶務」。總的精神是：將政權、軍權分割為若干部分，由各個系統不同的機構分別掌領，在丞相被撤銷以後，六部尚書直接對皇帝負責，六部與皇帝之間，沒有了丞相這一中間管理層，一切大權都由皇帝掌握。從中書省綜掌政權一變而為皇帝親自管理庶政，皇帝直接統轄了吏、戶、禮、兵、刑、工六部，控制了一切生殺大權。「政事一從皇帝出」，皇權相權合二為一，從此在中國歷史上已有一千多年的丞相（宰相）制度和七百多年的三省制度遂告結束，「朱元璋成為中國歷史上權力最大的皇帝」。

在廢除丞相制度同時，朱元璋對掌握國家最高軍事權力的機構也加以改組，他下令解散原來的最高軍事權力機構大都督府，因為大都督的兵權太大了。他把大都督府劃分為中、左、右、前、後五個都督府，即五軍都督府，每個都督府都有一個掌握著一定兵權的都督。這樣，統領天下兵馬的大都督兵權就被瓜分了。每個都督的權力只有原來大都督的五分之一，不足以對皇帝構成威脅。並且五個都督互相制約，互相監督，聽命於皇帝，如果一個都督要造反，其他四個將會形成牽制；退一步說，即使有兩個或三個都督串聯起來要造反，也不太容易。

明朝是朱家的天下，朱元璋要把它傳給子孫，他不僅不願意自己的權力被丞相分割，而且不允許子孫的權力被丞相分割。因此，他把撤銷丞相制度這件事寫到《祖訓》裡頭，規定子孫後世永遠不許立丞相，如果有人建議立丞相，必須嚴懲。洪武二十八年（西元一三九五年），朱元璋敕諭廷臣：「國家罷丞相，設府、部、院、寺，分理庶務，立法至為詳善。以後嗣君，其勿得議置丞相。臣下有奏請設立者，論以極刑。」總而言之，將朱元璋處理胡惟庸案及其後的一系列舉動串聯起來，可以看到他不遺餘力地集中皇帝權力的整個過程，朱元璋的改革使得皇帝的位子坐得更穩了。從此，皇帝不再允許自己的權力分散，中國君主宗法制的專制制度被推向了一個新的階段。

從這個意義上看，胡惟庸的案子既是一個冤案，又不是冤案。說它是冤案，是因為在將胡惟庸處死時，他還沒有罪名，後來所指的罪行都沒有實證，所以說他是冤枉的。他死後，才說他謀反，說他勾結蒙古人，說他勾結倭寇，罪名越加越多。這些罪證一件件揭發出來時，已經到了朱元璋的晚年。說胡惟庸的案子不是冤案，是因為他死於專權、犯了眾怒，頗為同僚所憎恨（劉基、徐達等人都認為他奸邪不可靠），而且影響到了皇帝的專制集權，身首異處只是早晚的事情，所以說朱元璋也沒有冤枉他。

胡惟庸案前後延續十四年，一時間包括開國元勛李善長在內的功臣宿將被誅夷殆盡，達三萬餘人。也還是朱元璋想藉胡案興起大獄來誅殺文武功臣，防止他們日後威脅朱姓子孫。那麼，為何在他們身上非得加上「謀逆之罪」（勾結蒙元、私通倭寇、圖謀造反）而不是專權、貪腐之罪呢？其背後還有其他隱情。在明朝興兵之時，朱元璋為了鼓勵文臣武將給自己打天下賣命，曾授予多位開國功臣免罪鐵券，其上多鐫刻「若謀逆不宥，其餘死罪免二次」之語。正因為不加謀逆之罪無以破功臣的鐵券保護傘，所以將胡案定為謀逆，一石二鳥，便可一舉誅滅功臣了。

在胡惟庸案中被牽連的李善長死後第二年，虞部郎中王國用就上書為他鳴冤，意思是說李善長的地位已經很高了，即使幫助胡惟庸篡位成功，地位也不會更高，李善長不會為此冒這麼大的風險。李善長這樣有大功的人得到如此下場，將會令天下人寒心。王國用的批評尖銳直白，入情入理，無可辯駁。朱元璋讀了如此冒犯的話，心知理虧，竟然不予追究，足見李善長死得有多冤枉。

專制君王對於權力的追求似乎沒有止境，因而對於權臣的防範也就沒有止境，越到晚年，他的這種心態也就越嚴重。他感到年老體衰，他要為未來的繼承者留下一個安全的世界，措施之一就是再次大開殺戒。

案情回顧之藍玉案

一、案出有因

藍玉案，或稱「藍黨之獄」，爆發於洪武二十六年（西元一三九三年）。藍玉也是安徽定遠人，本是開國公常遇春的妻弟，在常遇春手下當兵，臨敵勇敢，所向披靡，積功至大都督府僉事。後來，他又先後跟隨中山王徐達征討北元殘部，跟隨西平侯沐英征討西番，跟隨潁川侯傅友德征雲南。由於屢立戰功，藍玉被封為永昌侯，而且其女被冊封為蜀王妃。

久經戰陣的藍玉是幫助朱元璋打下天下的元勛宿將之一，他身材魁梧，胸有韜略，在討伐元朝軍隊的戰鬥中，驍勇善戰的藍玉出生入死，屢立戰功，受到朱元璋的倚重和信賴。藍玉最著名的軍功，是洪武二十年（西元一三八七年）作為左副將軍隨大將軍馮勝出塞，降服了北元悍將納哈出；洪武二十一年（西元一三八八年）作為大將軍出塞，征討北元嗣君脫古思帖木兒，一直打到捕魚兒海（今貝加爾湖），大勝而還，藍玉因此以軍功而晉陞為涼國公，他是繼中山王徐達、開平王常遇春之後的明軍重要將領。

但是，根據《明史》的記載，立有大功並獲得很高封賞之後的藍玉恃功放曠，任行不法之事，逐漸失去了皇帝的寵信。正史中與藍玉有關的逐漸引起朱元璋不滿的事例有：

一、藍玉蓄莊奴、假子（義子、養子）數千人，橫行霸道，胡作非為，霸占民田，受到御史的彈劾，但他不思悔過，反而將登門調查的御史趕出門去，視國家法度於不顧。

二、在征雲南元梁王勝利後，他就派人到雲南私自販鹽，牟取暴利。

三、藍玉在帶兵作戰時，縱情跋扈，任意行事。有一次帶兵北征回還，夜半來到喜峰關城下，要求開門，守關的官吏遵循制度，要求天亮再開關門。藍玉大怒，竟帶領兵將將這一關隘焚燬。

四、在捕魚兒海戰役中打敗元帝脫古思帖木兒後，藍玉不僅私占掠獲的大量珍寶、駝馬，還將元帝妃子據為己有，致使元妃因羞愧而上吊自殺，由此引來許多非議和事端。太祖朱元璋得知後大怒，說：「藍玉無禮如此，豈大將軍所為哉！」

五、藍玉在軍隊中一手遮天，隨意陞遷和罷黜官員，詔令有所不從，甚至違詔出師，置國家法律於不顧。

六、參加西征後，他被升為太傅，而與他同時出征的宋國公馮勝、穎國公傅友德卻被封為太子太師，他對此大為不滿，整日滿腹牢騷。

洪武二十六年（西元一三九三年）二月，一位錦衣衛的指揮揭發藍玉謀反。經審訊，說是藍玉串通景川侯曹震、鶴慶侯張翼、舳艫侯朱壽、東伯何榮、吏部尚書詹徽、戶部侍郎傅友文等謀劃在朱元璋出宮耕田時起事。朱元璋當然不能容忍謀反之事，藉此親審藍玉，施行嚴刑逼供，藍玉被迫招供謀反。結果他的全家族都被處死，另外還牽連到他的部下、朋友以及其他相關的官員，因連坐被殺者（「藍黨」）達一萬五千餘人。藍玉案成為繼胡惟庸案後的又一樁大案。著名的富豪沈萬三沈家也受到藍玉案牽連，從此徹底敗落。

朱元璋親手寫詔布告天下，並將藍玉謀反的事實編為《逆臣錄》。朱元璋在詔書中說：「藍賊為亂，謀泄，族誅者萬五千人。自今胡黨、藍黨概赦不問。」殺了一萬五千多人以後，朱元璋似乎還覺得自己已經很寬容了。然而，僅列入《逆臣錄》的高官就有一公、十三侯、二伯。經這一次殺戮之後，明初的功勛宿將差不多都被殺完了，各軍府衛所被株連誅殺的軍官達幾萬人。這時候，朱元璋還說什麼「自今胡黨、藍黨概赦不問」，很明顯這完全是一句騙人的話，因為此時已經無人可追問了。

俗語說，多行不義必自斃。藍玉一步步將自己推向了受懲的邊緣。他雖然應受到國家刑法的懲治，但並沒有犯窮凶極惡的大罪，其行為更不至於令皇帝怒到將其滿門抄斬的程度。真正使他落入無窮刑獄之災的，還是皇帝的猜忌和懷疑。

二、兔死狗烹

如此眾多手握重兵的高級將領，為什麼會毫無反抗地束手就擒呢？顯然，他們沒有任何要同朝廷作對的準備，也就是說，他們並沒有反謀。與之相反，朱元璋卻早為這次殺戮做了精心準備。

雖然朱元璋對權臣的防範由來已久，但藍玉案爆發還是有一個重要的導火線。藍玉案爆發前一年，洪

＊湖南邵陽——藍玉故里

武二十五年（西元一三九二年），朝中發生了一件大事：四月二十五，年僅三十九歲的太子朱標死了。皇位繼承人的死，對朱元璋的打擊太大。他在皇宮東角門召見群臣時說：「朕老矣，太子不幸，遂至於死，命也！」不禁大哭，這時他已經六十五歲了。

按嫡長子繼承制，皇位只能由皇太子的長子接任，而朱標的長子早已夭折，這時排行老大的允炆才十五歲。朱元璋誅殺權臣，本來想要為子孫剷除後患，當年，朱元璋曾對朱標明確表示，剷除權臣如同除掉荊杖上的棘刺，是為了便於掌握，但是他沒想到太子朱標會死在自己的前面。

有一則記載說，當初馬皇后去世以後，朱元璋一直處於鬱鬱不樂的狀態，戮殺大臣的行為也更加恣意。有一次，太子朱標進諫說：「陛下您殺大臣殺得太多，恐怕會傷了君臣間的和氣。」朱元璋聽了以後不說話，沉默很久。第二天，朱元璋把太子叫來，將一根荊棘扔在地上，命令太子去撿起來，面對長滿刺的棘杖，太子覺得很為難。朱元璋說：「這根荊棘你拿不起來，我替你將刺磨乾淨了，難道不好嗎？現在我所殺的人，都是將來可能威脅到你做皇帝的人，我把他們除了，是在為你造莫大的福啊！」太子跪下來給朱元璋磕頭，但心裡不同意朱元璋的觀點，低頭說：「上有堯舜之君，下有堯舜之民。」他這是什麼意思呢？他這是表明，父親您似乎不是堯舜那樣的明君，否則哪來那麼多亂臣賊子？你想，朱元璋聽了這話能不生氣嗎，老皇帝氣得搬起坐的椅子就扔了過去，要砸太子，太子嚇得趕忙逃走。

朱元璋把一切都設計得很美妙，但是唯一沒設計到或者說他控制不了的因素就是，朱標早逝，死在了他的前面——朱元璋把荊棘上的刺磨得再乾淨，一旦後繼乏人，操杖之人不在了，那該怎麼辦？朱標生性惇厚仁柔，他死後，他的兒子，也就是朱元璋的皇孫朱允炆則更為孱弱，更令人不放心。朱元璋在位，尚且感到如狼似虎的悍將難於駕馭，一個十五歲的孩子，沒有任何政治經驗，將來怎麼能保證坐穩皇位？

雖然老將都已經被殺光了，但新起的藍玉等人能征善戰，強悍桀驁，不能不令人擔心。因此，為了孫子朱允炆，為了防備不測，對藍玉這樣的強臣，反也得殺，不反也得殺。藍玉等人的引頸就戮，恰恰說明是朱元璋採取了先發制人的行動。

朱元璋認為藍玉居功自大，很可能對後面的帝王造成威脅，由此，他開始有計劃地實施對藍玉的誅殺計劃。朱元璋不僅先發制人，還說話不算數。洪武二十五年（西元一三九二年）八月二十二，他推翻了不再追究胡黨的承諾，再次藉胡惟庸案誅殺了靖寧侯葉升。葉升是藍玉的姻親，殺葉升就是揭開了藍玉案的序幕。這時，藍玉尚遠在征討西番的前線，死心塌地為朱元璋征戰的他對即將臨頭的大禍毫無覺察。如果他稍有異心，在姻親葉升被殺後也不會老老實實地回來。所以，明末清初的史家談遷說：「藍涼公非反也。虎將粗暴，不善為容，彼猶沾沾一太師，何有他望！……富貴驕溢，動結疑網，積疑不解，釁成鐘室。」他這話的意思是，藍玉不過是一個脾氣粗暴的將領，驕傲跋扈，不善於討好人，引起了朱元璋的懷疑，終於招致殺身之禍。

胡藍之獄讓我們看到，一個社會最底層的赤貧農民、一個遊方僧，一旦登上皇帝的寶座，要實現絕對集權，並欲使之傳之久遠，表現出了怎樣的殘忍，而他的殘忍又讓多少人斷送性命、付出鮮血！古人評論當年漢高祖劉邦誅殺功臣時說，「飛鳥盡，良弓藏，狡兔死，走狗烹。」我們看，朱元璋屠戮功臣的行為較漢高祖劉邦實在是有過之而無不及。

君叫臣死，臣不得不死

一、政治冤案

胡惟庸案和藍玉案是明初兩大以謀反罪名論處的案件。朱元璋藉助這兩場血腥的案件，達到了誅殺大臣，清洗可能的反叛力量的目的。這兩個案件在案發起因、審判依據和程序、處理結果、案件影響等各個方面都有相似之處。

其一，案件起因，官員告密。這兩起案件的發生，都是以官員告密為先導的。胡惟庸和藍玉都沒有施行真正的反叛行為，但因為有官員稱他們有反叛的傾向而受到誅殺。

其二，審判程序，草草了事。在這兩起案件案發後，因案件涉及謀反罪行，屬於重大案件，由此理應由最高統治者朱元璋主持審判工作。但是朱元璋並沒有進行行之有效的審判活動，也沒有制定中央機構的司法官員代替他詳細審理案件。胡惟庸案中，胡惟庸在被人告發後不久被朱元璋賜死，而大將軍藍玉在被抓到大牢收審後，只過了兩天便被處以死刑，並被滿門抄斬。

其三，審判依據，證據模糊。這兩件案件是以謀反的罪名定案的，但是並沒有證明胡惟庸、藍玉謀反的充分證據。在前述關於案情的描述中，我們可以看到在正史中著力描寫了胡惟庸的叛亂行為，對藍玉案的描述中也稱經過審理之後，獲得了藍玉的口供。但是如果進一步分析，不難看到其中的蹊蹺之處。單就胡惟庸與他人謀反的情況而言，都是從告發官員的口中說出的，除此之外沒有其他的證據證實胡惟庸的謀反行為。而藍玉案的謀反最早竟然是由一位錦衣衛的指揮告發的。而眾所周知，錦衣衛是皇帝的親兵爪牙，直接受朱元璋的指揮。如此審判，還不是「君叫臣死，臣不得不死」。

其四，處理結果，牽連甚重。這兩起案件所牽涉的官員都達到上萬人。其中胡惟庸案中被殺的官員竟達到三萬人之多，而藍玉案中的冤魂，據朱元璋自己在《逆臣錄》中所說：「藍賊為亂，謀泄，族誅者一萬五千人。」真是血流成河啊！

朱元璋藉助胡藍這兩大案件，幾乎將所有協助他打下明朝江山的功臣宿將都誅殺殆盡。藍玉死後，洪武二十七年（西元一三九四年）十一月，朱元璋又找藉口殺了宋國公馮勝，二十八年（西元一三九五年）二月，又殺了潁國公傅友德。這樣，終洪武一朝，在明初開國功臣中，身為公侯而得以倖存的人僅有長興侯耿炳文、武定侯郭英二人。這兩大案也促成了明代皇帝一般不信任手下大臣的消極後果，從而使皇帝轉而依賴身邊的宦官，造成了官僚體制的畸形發展，而在明朝後期宦官專權則極大地破壞了社會的安定局面，逐漸將明朝帶上滅亡之路。

二、歷史教訓

對於一個出身貧寒，稟性猜疑且希望朱家天下一統萬年的人來說，維護子孫皇位的安全已成了此時朱元璋最大的心病。且很多與自己並肩起事的功臣宿將不知道收斂，不受制馭，因此，歷史上發生在同是出身社會底層的漢高祖劉邦對待功臣的鳥盡弓藏、兔死狗烹的事件，肯定會再次發生。於是，在朱元璋任內的一系列有步驟的剿滅功臣宿將的屠殺便開始了。

清代史學家趙翼在《二十二史劄記》中這樣評價「胡藍之獄」：「漢高謀殺功臣固屬殘忍，然其所必去者，亦止韓、彭，至欒布，則因其反而誅之。盧綰、韓王信，亦以謀反有端而後征討。其餘蕭、曹、繹、灌等，方且倚為心膂，欲以託孤、寄命，未嘗概加猜忌也。（朱元璋）藉諸功臣以取天下，及天下既定，即盡舉取天下之人而盡殺之。」其殘忍實千古未有！他又拿歷史上的其他例子做了比較——漢光武帝、唐太宗定天下時，他們自己還很年輕，正處壯年，等到他們老的時候，諸功臣也都老的老，死的死了。宋太祖做皇帝的時候年紀雖然不小了，但是他有個能幹的弟弟，他這個弟弟就是後來的宋太宗，有這個弟弟駕馭諸臣，這些功臣因此都得以保全。至於明太祖，他起事雖早，但是到天下大定時年已六十有餘。且巧合的是，太子心比較軟且過世很早，其嫡長孫年紀還小，且更加對宮廷爭鬥不為擅長，這些都更加強化了朱元璋為保子孫的江山而兩興大獄，將諸功臣一網打盡，由此可推見其心跡。

胡惟庸之死發生在洪武十三年（西元一三八〇年），案發之時，同誅者不過陳寧、涂節數人。而到朱元璋興胡黨之獄時，則在洪武二十三年（西元一三九〇年），這時候距胡惟庸死已十餘年。後世史家每每論及此處，就會反諷：豈有首逆已死，同謀之人十餘年始敗露者？這只不過是朱元璋以胡惟庸案借題發揮，暗中讓有關供詞證據牽連到所有的人，以實現他的屠殺計劃而已，趙翼的評價是很有見地的。

由此可見，明初這兩個政治大案產生的根本原因在於皇權體制的局限性。封建社會的基本政治體制是以皇權為中心的。國家權力的根源在於皇帝，皇帝是權力金字塔上的制高點，其權威不容置疑。但實際的問題在於，雖然國家權力全部歸屬於皇帝，但是為了保證國家權力的正常行使，皇帝必須藉助於官員的力量。一個泱泱大國，諸事繁多，皇帝一人精力有限，不能事必躬親，所以他必然要依靠官員幫助他處理政務。因此，皇帝必須設置一些職位，將一定的權力移交給這些職位上的官員。這樣就在一個整體集權的體制下形成了某種分權的局面。分權與集權本來就是一對矛盾體。在無可奈何的「分」與勢在必行的「集」之間，皇帝的疑慮由此而生，特別是在他感到無力節制手下官員的時候，他動用暴力除掉這些不聽話官員的傾向便越發明顯。

兩案發生的關鍵還在於家天下的基本定位。皇帝總怕自己位置被別人搶去，是因為這一位置本來就具有私有的、排他的性質。任何人都有權來奪取皇位，而且一旦得到便能改朝換代，抬高個人所在的整個家族的地位。而且坐上這一皇位，便意味著能夠用天下人的產業為自己的家族牟利，在這種利益的誘惑下，只要有機會誰不想坐上皇位呢？

如果將歷史再往前推，我們可以看到古代社會也存在與上述情況相反的例證。在中華文明起源的最初，堯舜禹這樣的部落聯盟首領，也握有很大的權力，但由於當時的天下是所有部落的，而且首領由各個部落推舉出來，非僅由一家獨享，所以部落聯盟首領這一職位的獲得具有一定的民主性，部落聯盟首領的位置與皇位相比更加穩固，也不存在首領的猜忌與誅殺手下人員的情況。

而今社會，已經將人民的利益放在首位，由人民選舉人民代表組成最高權力機構，再由最高權力機構產生各個政府機構的組成人員。這樣自下而上的體制反映民情民心，在這種體制下，較好地處理了分權與集權之間的關係。國家機構代表了最廣泛的民眾利益，這是最大的分權，但在具體操作層面又具有相當的獨立性，可以針對各種事務靈活地進行處斷，這又是一種集權。今日之社會，創造了以人民利益為基準的民主集中制。那種以家天下為基礎的皇權體制早已退出了歷史舞台，皇帝日日憂心失去江山，繼而猜忌眾生，濫殺大臣的情況也隨之永遠消滅了。但這些皇權體制下的政治冤案卻留記在史書中，留下了多少無奈與嘆息。

〔參考文獻〕

（清）張廷玉等撰：《明史》。

【延伸閱讀】

丞相職位的廢除

自秦始皇建立大一統的君主制國家以來，皇帝之下便設置丞相或宰相的職位，以此為百官之首（最高行政長官），負責協助皇帝處理國家大政，位高權重。自秦到明，丞相這一職位的稱呼不斷變化，但始終存在，在中國歷史上延續將近兩千年之久。宰相可以是皇帝的得力助手，也可以對皇帝的權力構成威脅——歷史上宰相篡奪皇權的並不罕見。朱元璋歷盡艱險登上大位，力圖加強皇權，而絕不能容忍別人與他分享權力。他認為丞相職位的存在對皇帝的權威是一個巨大的威脅，於是意圖廢掉這一職位，但苦於沒有正當理由。後來藉助胡惟庸一案的處理，朱元璋順理成章地廢掉了丞相職位，達到了加強皇權的目的。從而改變了中國將近兩千年的丞相制度。沒有了丞相，皇帝的權力增大了，皇帝直接統轄了吏、戶、禮、兵、刑、工六部，控制了一切生殺大權。明朝也從此不再有丞相，至於後世所謂「救時宰相」于謙、「奸相」嚴嵩、張居正，都不是原來意義上的丞相或宰相。清朝承襲明朝制度，依然沒有設宰相。大家耳熟能詳的「宰相」劉羅鍋，實際也不是宰相，只有宰相之名，而無宰相之實。真的追究起來，這些大臣是連宰相的名也沒有的——所謂宰相，不過是內閣大學士或首席大學士。在明清習慣上把所有的大學士都叫宰相，那只是沿襲以前的說法。

方孝孺被誅十族案

發生於明朝初期的方孝孺被誅十族案，不僅在中國法制史上，而且在中國歷史上也是非常重要的一個事件。方孝孺在中國歷史上非常有名，這種有名不僅在於他對儒家經典的博學多識，還因為他本人的悲慘遭遇成為中國封建社會殘暴司法的代名詞。方孝孺在朱棣製造的這起冤案中，充分表現了自己的政治責任感和政治氣節，其對道德原則的堅守以及寧死不屈的高尚情操，彰顯了中國古代知識分子的人格魅力。因此，早在明朝萬曆年間，就有人為他建祠、立亭，供大家拜謁。當時著名的戲曲家湯顯祖還特地為他樹了墓碑，使之受到歷代人們的敬仰和尊敬。

案情回顧

方孝孺，字希直，一字希古，浙江寧海人。他天資聰慧，勤敏好學，五歲能讀書，六歲能作詩文，十三歲時就能寫一手好文章，初顯了其超乎尋常的文學才能。後來他拜到當時的名士宋濂門下學

＊方孝孺

習，學問精進，被視為當時的大儒。他博學強識，通曉經史，文章蓋世。方孝孺曾在西元一三八二年受到明太祖的召見，並得到皇帝的賞識。後來他到了蜀獻王府，擔任了世子的老師。因為舉止穩重，才華出眾而受到人們的稱頌，他所傳授的學問也被稱為是「正學」，儼然成為天下讀書人的表率。

朱元璋死後，他的長孫繼承皇位，史稱建文帝。建文帝即位後，將方孝孺招至南京，委以翰林侍講之職，第二年又升為侍講學士。建文帝經常向方孝孺諮詢國家大事。建文帝愛讀書，每當讀書遇到疑問的時候，就把方孝孺叫來為他講解。有時候在朝廷上討論時事，皇上想知道群臣的議論是否適當，就叫方孝孺到休息的內室來商議對答。後來，建文帝改革了官制，方孝孺改任文學博士。燕王朱棣起兵謀反，方孝孺替建文帝

＊方孝孺遺墨

＊明成祖朱棣

起草了一系列征討燕王的詔書和檄文。

燕王朱棣憑藉強大的軍事實力，很快打入了京城。建文帝失蹤，一心效忠建文帝的方孝孺也被抓到了監獄裡。燕王對方孝孺的才學和人品也十分欽佩和敬仰，對他的為人和學識早有耳聞，所以非常想將方孝孺收入麾下。而且他也希望利用方孝孺在知識分子階層的感召力量，創造支持自己取建文帝而代之的輿論。

但方孝孺的為人準則是忠孝至上，在他眼中，燕王是一個反叛作亂者，他寧可去死，也不會屈服於他。對方孝孺的這種性格特點，朱棣的老師，也就是他的主要謀士姚廣孝，非常了解方孝孺剛烈的個性。為了保護方孝孺，姚廣孝在燕王進入北京之前，向燕王進諫請求說：「燕王即便占領了北京，取得了戰爭的勝利，方孝孺也不會歸降的。但請求燕王不要殺他。如果殺了方孝孺，那麼天下就沒有讀書人的楷模了。」燕王表示同意。

燕王進入北京後，迫不及待地召見了方孝孺。但是還沒看到方孝孺的人，便先聽到了他震天動地的哭聲。燕王聽到這哭聲，已經非常不高興了，但是他還是耐下性子，希望能夠勸服方孝孺。燕王叫左右拿出紙筆，要求方孝孺為他寫即位詔書。方孝孺把筆扔到地上，邊哭邊罵：「讓我去死吧，我絕不會為你寫詔書的。」燕王大怒，命令將方孝孺在街市當中凌遲處死，終年四十六歲。

在方孝孺被處死之後，燕王即位成為明成祖，他又下令株連方孝孺的族人，不僅將他的所有親眷誅殺殆盡，而且還命令處死他所有的朋友。在本案中前後受到誅殺的有幾百人之多，他的學生也有自殺殉師的，他們是盧原質、鄭公智、林嘉猷，都是浙江寧海人。

一、案件特徵

從法律的角度看，方孝孺案有兩個明顯的特別之處。

其一，本案沒有一般的案件程序，沒有告發人，沒有審判者，沒有判決，只有血淋淋的處理結果。這一案件的發生和處置都是在明成祖與方孝孺之間的對話中完成的。方孝孺案的發生有其歷史背景。明建文帝即位後，年紀尚輕，缺乏治國治軍的本領，其叔叔燕王朱棣本來不是太子，但是為了爭奪皇位，不惜興起兵亂，藉「靖難之役」奪取了皇位，並使他的侄子建文帝死於戰火之中。可以說，在封建社會的正統觀念中，朱棣不是一個遵從倫常孝道的正人君子，而是一個為權威不擇手段的小人。朱棣也意識到自己的行為似乎有些名不正、言不順，雖然取得了戰爭的勝利，但似乎還未獲得民心。因此，在朱棣獲得江山之後，首先遭遇到其最高權力來源的合法性這一重大問題。對此，朱棣迫切需要人心歸附，製造合法合理的思想輿論。而控制思想輿論，先要從讀書人入手，因為他們是知識分子，具有左右民間輿論的巨大影響力。這時候，方孝孺堅決不與朱棣合作的態度，站在朱棣的立場，就是一種「反叛行為」。正是由於涉及反叛的舉動，而且方孝孺是在明成祖朱棣的面前表示了自己對他篡位的鄙視和不滿，所以對方孝孺的處罰和定罪也沒有經過一般的司法審判過程，而直接由明成祖下令處罰。可見在封建社會，對反叛行為的處罰是十分嚴酷的。

由此可見，同其他文字獄一樣，方孝孺案也是王朝思想、皇權觀念和正統思想下的產物。而誅方孝孺十族的根本目的，就在於用殘酷的手段對於挑戰皇權合法性的思想和行

＊方孝孺墓

為進行嚴厲的鎮壓，以此來鞏固和延續王朝的統治。在政治高壓和文化思想禁錮嚴重的明王朝，殺戮如此肆無忌憚也不難理解。

其二，這一案件的處理結果是空前絕後的。族刑的基本意義是一人犯罪，全家遭殃。對於某些統治者認為是極其嚴重的犯罪，統治者都會施加族刑作為懲罰。一個人如果實施了在封建社會被看作是極其嚴重的犯罪行為，那麼他不能提出一人做事一人當的主張，不僅他本人要受到重懲，他的家人也不能倖免。但是在具體的施用上，具體案件中的族刑還是有所差異。第一表現在範圍上，根據犯罪嚴重程度的不同和皇帝的旨意，受到牽連的親屬範圍不同。一般來說有誅三族和誅九族之別。第二表現在施加的刑罰種類上的不同。比如親自實施犯罪行為的人，一般來說會被處死。但在古代的法律中處死的方式有很多種類。皇帝會根據個人情況的不同，施加不同程度的族刑。

在方孝孺之前，中國古代沒有「誅十族」之說，最重的也就是「誅九族」。對所謂「九族」的解釋，歷代有歧議，明清時期一般指罪人的上四代和下四代，加上本人這一代。不管歷代的解釋怎樣不同，也從未把朋友門生作為一族，而方孝孺事則確實株連到他的朋友門生。據《明史紀事本末．壬午殉難》記載：文皇大聲曰：「汝安能遽死，即死，獨不顧九族乎？」孝孺曰：「便十族奈我何！」聲愈厲。文皇大怒，令以刀抉其口，兩旁至兩耳。

復錮之獄，大收其朋友門生，每收一人，輒示孝孺，孝孺不一顧，乃盡殺之，然後出孝孺，磔之聚寶門外。方孝孺的悲劇完全可以看作是當時讀書人的一場浩劫，由此也創造了一樁空前絕後的族刑案。

歷史沉渣

第一，文字冤獄。

中國古代思想文化領域最專制、最殘暴的莫過於文字獄了。它作為中國封建社會的一項重要的文化政策和高壓手段，幾乎為歷代封建統治者所沿用。中國幾千年的封建社會中央集權日益加強，反映在文化方面就是文字獄的日漸興盛。方孝孺案後，他的書籍也被查禁，所謂「藏方孝孺詩文者，罪至死」，方孝孺的門人不得已，將方的詩文改名為《侯城集》，才得以在後世發行。永樂三年十一月，庶吉士章樸家藏方孝孺詩文，被斬。其他跟方孝孺有關的文字也不行，比如方孝孺的老師宋濂（《元史》的作者）詩集中有「送方生還寧海」，全部被刪節塗墨。

作為對提倡自由與思想的法律和文化施加的高壓手段的文字獄是封建專制統治的產

物，並長期存在於封建社會。到了明朝，官吏因為文字獄獲罪者甚多，統治者用刑亦酷。太祖朱元璋因出身寒微，又當過和尚，參加過紅巾軍，對於文字百般猜忌，尤忌與「賊」、「盜」、「僧」、「髡」等諧音的字。尉氏縣教諭許元作〈萬壽賀表〉中有「體乾法坤，藻飾太平」，被視為「法坤」與「髮髡」同，「藻飾」與「早失」同，被處斬；處州府學教授蘇伯衡，「作表籤誤，下吏死」（《明史．蘇伯衡傳》）；浙江府學教授林元亮作〈謝增俸表〉中有「作則垂憲」，因「則」與「賊」同，被視為罵太祖起兵當過賊，被處斬。明初此類文字獄，成為清代文字獄的先聲。清朝統治者直接承襲了明代的「文字獄」的做法，迭興文字大獄，造成思想文化領域的「白色恐怖」，將不利於現實統治的一切思想學說予以禁錮、扼殺。

第二，族刑酷烈。

封建社會的正統思想是儒家思想。封建社會的法律也從漢代開始貫徹儒家學說的主張，將儒家學說的核心內容逐漸納入法律之中。但是應該指出的是，這並不表明法律中所有的內容都是儒家思想的反映。《大明律》中設置族刑，並在方孝孺案中實施「夷十族」之刑，就是與儒家的主張背道而馳的。儒家稱「惡惡止自身」[三]，也就是說當一個人實施了不良行為，那麼只應該針對這個人實施刑罰。顯而易見，統治者設置這種酷刑，根本不是儒家理論所倡，主要還是貫徹斬草除根的意旨，以便維繫統治。

史書記載，當天燕王朱棣要求方孝孺代擬即位詔書時，方孝孺當眾嚎啕，聲徹殿廷，明成祖也頗為感動，走下殿來跟他說：「先生不要這樣，其實我只是倣法周公輔弼成王來了。」方反問：「成王安在？」明成祖答：「已自焚。」方問：「何不立成王之子？」成祖道：「國賴長君。」方說：「何不立成王之弟？」成祖道：「此朕家事！」並讓人把筆給方孝孺，說：「此事非先生不可！」孝孺執筆，疾書「燕賊篡位」數字，擲筆於地，且哭且罵：「死即死耳，詔不可草。」朱棣發怒說：「汝不顧九族乎？」孝孺奮然作答：「便十族奈我何！」罵聲益厲。

朱棣氣急敗壞，恨其嘴硬，叫人將方孝孺的嘴角割開，撕至耳根。孝孺血涕縱橫，仍噴血痛罵，朱棣厲聲道：「汝焉能遽死，當滅十族！」朱棣一面將其關至獄中，一面搜捕其家屬，逮解至京，當其面一一殺戮。孝孺強忍悲痛，始終不屈。胞弟孝友臨刑時，孝孺淚如雨下，孝友從容吟詩：「阿兄何必淚潸潸，取義成仁在此間。華表柱頭千載後，旅魂依舊回家山。」孝孺亦作絕命詩一首：「天將亂離兮孰知其由，奸臣得計兮謀國用猷，忠臣發憤兮血淚交流，以此殉君兮抑又何求，嗚呼哀哉兮庶不我尤。」

最終，朱棣就在九族之上又加一族，連他的學生朋友也因此而受牽連。這就是亙古未有的「滅十族」，總計八百七十三人全部凌遲處死！入獄及充軍流放者達數千。

方孝孺一介書生，手無縛雞之力，卻面對專制君主的屠刀視死如歸，抗節不屈，這可謂感天地泣鬼神！受到後人的無限敬仰和讚頌。就其個人氣節來看，歷史上實在不多見，這正應了中國人的一句話：「士為知己者死！」方孝孺死後，其門人德慶侯廖永忠之孫廖鏞、廖銘等人撿其遺骸，葬於聚寶門山上，死於寧海縣城之方氏族人，有義子馬子同收其殘骸，投於井中，後稱此井為義井。

餘後思考

皇帝這一掌握生殺大權的集權者，不僅能任意運用法律中的刑罰，還能在法律規定的基礎上延伸開去，創造前所未有的酷刑，藉以誅殺那些他們認為是罪大惡極的犯人，這使司法活動具有了不可預見的恐怖性。從明初四大案中，我們可以看到在皇帝的盛怒、厭惡和猜忌等不同情緒下，出現的屍橫遍野，血流成河的慘狀。而從這一案件中，我們可以繼續看到皇帝創造酷刑的主觀隨意性。在處死方孝孺的親屬乃至朋友之後，方孝孺的書籍還被禁止發布。正所謂是「藏方孝孺詩文者，罪至死」，而且凡在史書中涉及方孝孺的字句都要被刪除。這場冤案處理的一切過程與刑罰都表明，明成祖對方孝孺的憎恨已經達到了無以復加的程度，不僅要消滅他的身體和血脈，還要消滅他的思想，還要把他從歷史中抹去，其懲罰的慘烈性可見一斑。

歷史發展到今天，這種恐怖事件再無出現的可能。從法律規定上看，各種酷刑已經被廢除。今天的刑罰原則尤其強調「罪止個人」。也就是說刑罰的處理對象只能是實施犯罪行為的人，而不累及無辜的親人家眷。這種處斷方式是刑罰文明的表現，也體現了自己行為自己負責的意旨。

【參考文獻】

（清）張廷玉等撰：《明史》。

【延伸閱讀】

截舌

漢初時，曾把截舌作為死刑的一種附加手段。當時對謀反、叛逆大罪應當夷三族的重大案犯要用「具五刑」處死，其中同時犯有誹謗、辱罵等罪行的犯人在黥面、割鼻、斬腳趾之外，還必須先截斷舌頭。後來，直到明清仍然使用的凌遲在施行時，對有的犯人也常常先要截舌，這是為了禁止他臨刑叫喊或辱罵；有的犯人在截舌的同時還要打落他的牙齒。

漢代後，割舌的刑罰屢見記載。漢末董卓作亂，曾誘降北方反叛者數百人，讓武士們在他面前把那些人有的截舌、有的斬手足、有的鑿眼、有的用大鑊（大鍋）煮死。一時沒有死的人就在宴席旁邊掙扎、慘叫，滿座賓客嚇得拿不穩筷子和湯匙，但董卓卻能照樣吃喝，談笑自若；三國時，魏國諸葛誕舉兵伐司馬氏，殺死忠於司馬氏的樂進次子樂琳，有位典農都尉平時常在樂琳面前說諸葛誕的壞話，這時也被抓住，諸葛誕罵道：「你只會憑著三寸長舌撥弄是非，今天我豈能饒你！」於是命令武士用竹籤刺透他的舌頭，將舌頭拉出來橫在口外，然後才把他殺死；唐代安史之亂時，常山太守顏杲卿率部抵抗，兵敗被俘，不僅拒絕投降，而且慷慨痛罵安祿山，安祿山大怒，把他綁在橋柱上，零割其肉，仍然罵不絕口，安祿山又命令把他的舌頭割下來，問他：「還能罵嗎？」顏杲卿滿口鮮血，聲音含糊不清，過了一會兒才死去。

明代大肆氾濫的各種酷刑，朱棣發動靖難之役占領了南京，篡奪了侄兒建文皇帝的帝位，讓方孝孺為他草擬布告天下的詔書，方孝孺不肯寫，並大罵燕王不義，朱棣非常憤怒，命令武士鉤出方孝孺舌頭，用刀割去，還把他的嘴向兩邊割開，直裂到耳朵旁邊，方孝孺仍然不肯屈服，壯烈捐軀。

斷手

戰國末期，燕太子丹為了實現到秦國行刺秦王嬴政的計劃，用各種手段籠絡武藝高強的刺客荊軻，金錢美女，飽其所欲。荊軻無意中說了句千里馬的肝好吃，太子丹就立即殺了自己心愛的坐騎。有一天，太子丹在華陽之台設宴，讓一名美女彈琴助飲，那女子彈得婉轉悠揚、悅耳動聽，荊軻情不自禁地稱讚說：「好手！」太子就立即表示，要把此女送給她，荊軻說：「我不是迷戀美色，而是愛她的那雙手啊！」太子丹就命令把那女子的手砍下來，用一隻玉盤盛著，端上宴席，擺在荊軻面前。

燕太子丹這種斷人之手的做法被後世傚法，成為一種對人予以懲罰的酷刑。漢初呂后專政時，曾將劉邦的戚夫人砍斷雙手和雙腳，扔到廁所裡，說是「人彘」。有的朝代曾把斷手列為官方正式使用的刑罰。晉初，劉頌為廷尉時，上書給晉武帝司馬炎，建議恢復肉刑，他認為古代使用肉刑是有道理的，因為要懲罰犯罪必須去掉他犯罪的「工具」，即是要「止奸絕本」，對於偷盜的罪犯要處以斷手之刑。有些朝代雖然沒有正式規定使用斷手之刑，但斷手的做法時有所見。北魏時的著名酷吏於洛侯就曾將人斷手，他治下的百姓有個名叫富熾的，犯了偷盜的小罪，於洛侯就把他鞭打一百並且截斷右腕。又有一位百姓名叫王隴客，刺殺了兩條人命，依律只應判為死刑，但於洛侯下令將王隴客拔掉舌頭，刺傷胸腹二十餘處，又立起四根木柱固定他的四肢，然後砍斷手和腳，最後才斬首。

明代酷刑名目繁多，燕王朱棣發動靖難之役占領南京之後，建文帝的刑部尚書暴昭被擒獲，不肯屈服，朱棣命令武士先打落他的牙齒，然後截斷他的手和腳，暴昭仍然罵聲不絕，直到砍斷脖頸才死去。在中國境內的另一些少數民族，歷史上也有曾慣用斷手的刑罰懲治那些犯盜竊罪的人。其中藏族有一個傳統的刑罰名為「牛皮包手」，施行時先把罪犯的手用刀劃破不少血管，然後在掌心放上鹽巴，用手握住，然後用一塊生牛皮把手包住，用布線繩縫牢。手上的傷痕被鹽巴浸漬，犯人痛得死去活來，過了一段時間打開包手的牛皮，那手肌肉全部壞死，只剩一把白骨。這種刑罰雖沒有把手砍下來，但它給人造成的痛苦比斷手還要厲害。

[1]《春秋公羊傳》昭公二十年。

科場第一案

眾所周知，中國的科舉考試從隋朝開始設立，一直到二十世紀初年苟延殘喘的清王朝錄取了最後一科狀元，前後達一千五百年左右。透過科舉制度，封建統治者傳播教化、招錄人才、鞏固皇權統治，無論是對古人還是後世，都可謂影響深遠。那個時候，流傳著這樣一句話，叫做「學而優則仕」。意思是說只要兩耳不聞窗外事，一心只讀聖賢書，「四書」、「五經」學好了，八股文章做了，就能「十年寒窗，一朝成名」，平步青雲，出人頭地。

當然，正因為這「朝為田舍郎，暮登天子堂」的極度誘惑，也引來了許多不學無術卻又想陞官發財、胸無點墨卻又想光宗耀祖的人們的垂涎。那可怎麼辦呢？一些歪門邪道就此萌生：科舉考試中行賄考官走後門者有之，找槍手替考者有之，買現成答案弄虛作假者有之，打小抄矇混過關者亦有之。從而欺世盜名，造成惡劣影響。即便是在封建法制最為齊備、對科場舞弊懲罰最為嚴厲的清朝，也無法完全杜絕考試中的作弊行為。順治、康熙、雍正、乾隆等朝都曾發生過科場大案，其中更以清末咸豐年間發生的一件震驚朝野的大案——戊午科場舞弊案為最。因為它是一千五百年來中國科舉考試中牽涉面最廣、追究考官職位最高的大案，所以又稱為古今「科場第一案」。

案情回顧

一、背景介紹

這個案件發生於清朝咸豐八年（西元一八五八年），也稱戊午年。按照科舉考試的慣例，這年的陰曆八月初八，要舉行鄉試。明清兩代的鄉試在各省城舉行，每三年一次，考期在子、午、卯、酉年的秋八月，故又稱「秋闈」，為正科。遇新君登基、壽誕、慶典，加科為恩科。

屆時，朝廷選派正副主考官，試「四書」、「五經」、策問、八股文等，各朝所試科目有所不同，每次考三場，每場三日。按說鄉試的性質就和今天的高考差不多，競爭十分激烈，如果考上的話，則被稱為舉人，成了天子門生。按照規矩，一般是提前兩三天，皇帝頒布聖旨從那些有進士頭銜的朝廷大臣中任命主考官。八月初六，聖旨下來了，任命軍機大臣、協辦

＊咸豐皇帝朝服像

大學士柏葰[三]擔任主考官；尚書朱鳳標，督察院左督御史兼任戶部侍郎程庭桂兩人擔任副主考官。要說這三個人的官職可都不低：柏葰地位最高，從一品軍機大臣加協辦大學士，相當於主管教育的行政官員，另兩位也都是正二品部級官員，在當時都是重要的政治人物了。咸豐任命他們擔任考官，自然表現了對他們在才學、人品和忠誠度方面的高度信任。可是遴選這次科考的主考官，咸豐皇帝卻有著與過往不同的急切想法。

我們先來看看咸豐八年，也就是西元一八五八年，大清朝面臨著什麼局勢吧：南方自西元一八五一年太平軍起義，很快占據了南方的半壁江山，在那邊厲兵秣馬，透過北伐和西征極大地撼動了大清皇朝的統治；海上，歐洲人的堅船利炮虎視眈眈，第一次鴉片戰爭已經讓清朝丟土失地，但列強們貪心不足，還想要索取更大的利益。這樣，內有太平天國造反，外有英法聯軍侵略，內憂外患全讓這咸豐皇帝給趕上了。他真是心急如焚，整日坐立不安，怕做亡國之君，就希望透過這次科舉能選拔上來一批經世濟國之才，輔佐大清江山永固，也好對列祖列宗有個交待。

正是因為科舉考試有著選拔人才、立國安邦的重大作用。清朝入主中原不久，就制定了《欽定科場條例》，詳細規定了科舉考試中的各種事項：

一、嚴格考場紀律，不准考生夾帶、抄襲、換卷；

二、嚴格保密制度，不准考前洩露試題；

三、嚴格保衛制度，考場周邊由部隊維持秩序，杜絕隱患；

四、嚴格閱卷和選拔，不許考生和考官在考試期間疏通關節。

一旦違反這些規定，輕則取消考生的考試資格、對考官降級處理，重則處以斬刑，以儆傚尤。所謂「科場第一案」的故事，其中就有好幾個情節都違反了上述法律規定，從而使得案件當事人受到嚴厲的處罰。

咸豐皇帝關於主考官的任命下來之後，按照《科場條例》，柏葰和他的兩位副手連家都不能回，必須直接趕赴貢院，而後由他們的家丁把鋪蓋卷送到貢院去，這主要也還是為了避免有人託關係、走後門。貢院就是考場，是專門用來舉行鄉試的一個大院，當年全國幾個政治文化中心，如北京、南京、濟南等地都有專門舉行鄉試的貢院。北京貢院在今天北京崇文門的東南角處。每次舉行鄉試之前，都要對貢院進行一番粉刷，以示重視，在這貢院的大門上，寫著「龍門」兩個大金字。古人有「鯉魚躍龍門」一說，意思是考生一旦考上了舉人，鯉魚就直接變成蛟龍，從此貴為人上之人，加官晉爵，享受俸祿，不再是等閒之輩。

鄉試時每個考生都占一間小房子，這個房子有多大呢，大概是一公尺見方，是個很狹窄的地方；一間一間這樣的房子，要排上幾十排，每一排有五六十間到一百間不等，這樣算下來，整個貢院據說有九千九百多間這樣的房子，俗稱號房。所有考生要在考試的前一天寅時，即凌晨三四點鐘天還沒亮的時候，依次被點名、搜身之後進入考場，進了考場想再出來，那可就要等到考試結束。這段時間，考生就像關進了集中營，吃喝拉撒睡就得在這間小屋子裡度過，連續把初九、十二、十五三場考試考完，所以說當時的考生要比現在的考生辛苦得多。

有皇帝的厚望和國家法律在那兒，柏葰他們主持這次鄉試很是認真，考試也進行得很順利。八月初八，考生們開始陸續點名進場；次日八月初九，正式考試；八月十五，考試結束，一切都平安無事。再過一個月到九月初九就是發榜日，發榜完畢，沒出現什麼問題，柏葰和兩個副主考官朱鳳標、程庭桂就要向皇帝交差討賞了。可就在這時，看榜的現場卻突然出事了……

＊江南貢院

二、戲子中舉

事情是這樣的。九月初九這天，參加鄉試的士子全都貢院來看榜，把公告欄圍得水洩不通。忽然有眼尖的人嚷嚷開了，說這榜單上公布的人裡頭，有個滿洲（今天東北）叫平齡的人高中第七名舉人，他的出身竟然是個戲子，一下子人群中嘩然，消息馬上就在全北京城傳開了。

這裡有什麼問題嗎？究其原委，在中國古代，科舉是進官的唯一途徑，也就是說一個人要想當官，就必須要透過科考，一旦科舉得中，按照當時官方的制度，都要被包封三代，也就是要追溯你的祖上三代人並給他們一定的榮譽。但這榮譽也不是那麼輕鬆就能得來的，那是有條件的：在三代之內，絕對不能有四類人，按照《欽定科場條例》，這四類人是不允許參加科考的，否則有辱國家名聲。哪四類人呢，簡單的說叫

＊科舉考試號房

做娼、優、吏、皂。娼是什麼呢，就是我們一般說的娼妓，她們地位低賤，人人瞧不起；優，俗稱優伶，也就是所謂的戲子，唱大戲供人娛樂的；吏，是指官府衙門裡面當差的衙役、門子以及執行死刑的劊子手之類；皂，指的是在軍隊當中服雜役、賣苦力那樣的人，但他並不是士兵。以上這四類人是不可以參加科考的。

聽說有一個戲子竟然也中舉了，一下子人群立刻沸騰起來了，說什麼的都有，總之大家一致認為平齡是個戲子，他怎麼能夠中舉？就在士子們街談巷議、群情激奮的時候，還在深宮大院裡毫不知情的咸豐皇帝卻剛剛頒發了一道聖旨，其大意是：柏葰主持鄉試有功，皇上龍顏大悅，所以給官升一級，就把他從從一品提升為正一品，把他那個協辦大學士的「協辦」兩個字也給去掉了，這下柏大學士就更加名副其實了。清代的官職，實行九品中正制，九品裡面每一檔又分成正從兩級，所以官至正一品也就是地位尊崇、位極人臣了。這一個多月的辛苦，對柏葰來說算是沒有白忙活，他得到了咸豐皇帝的高度評價不說，還贏得了朝廷裡最高的官品和職位。

世上沒有不透風的牆。上面皇帝給柏葰加官晉爵，下面老百姓對戲子出身的平齡中舉議論紛紛，這消息不久就傳到當時一位叫做孟傳金的御史那裡。御史俗稱言官，實際上就是皇帝特設的獨立檢察官，其主要任務就是把官場和社會上對國家體制上的種種非議、不可不察的重大問題有針對性地彙報給皇上，以上達天聽。聽說戊午科舉人選拔發生了如此之事，孟御史可就坐不住了，趕緊暗地調查，一調查就發現平齡不僅是戲子出身，而且他的朱墨卷不符。本來戲子參加科考那已經是國家法律不允許的事了，現在朱墨卷不符，那可要罪加一等！眾所周知，中國古代的漢字都是用毛筆寫出來的，所以每個人的字體都不一樣，一眼就能看出來。考生進場用墨筆答卷，答完了之後，包括草稿紙在內一併交給專門收卷的官員，官員要一一的核對，核對完了之後，就要專門雇一些人，把他的卷子用紅顏色的竹筆重抄一遍，於是新抄的這份就叫做朱卷，原來那份就是墨卷。而具體閱卷的這些官員，當時叫統考官，又叫房室，他們能看到的是考生的朱卷，按照當時的規定，他們只能用藍色的筆；他們報上去，主考官員最後再來覆核。這樣，從房室到主考、副主考，他們能看到的都僅僅是朱卷。另外，如果抄寫的人抄卷抄錯了，就要用一種褐黃筆專門校對後標出。總之，使用朱卷和墨卷分開制度，就是為了防止作弊。現在平齡的朱墨卷不符，必定其中有問題。於是孟傳金給咸豐皇帝上了一道奏摺，據實奏報此事。

要說人要是倒楣，喝水都塞牙縫。孟傳金御史上奏本的那幾天恰巧也是咸豐心情最不順的時候，在南方太平天國鬧得正激烈，天天嚷嚷要北伐。大英帝國也屢屢給咸豐施壓，國難當頭，心情十分鬱悶，不巧戊午科考又出了這麼一檔事，而且是剛剛這邊加官晉爵，那邊偏又出事，真是屋漏偏逢連夜雨！在舉辦這次科考之前，咸豐本想透過這樣一次科考，能夠從中發現大清王朝的棟梁之材，充實到官僚體系當中，結果事實恰好相反。完全可以想像，咸豐當時得氣成什麼樣子。他看到孟傳金的奏摺之後，十分生氣，馬上傳召下去，欽點了四位皇親重臣，就是怡親王載垣、鄭親王端華，外加兩位兵部尚書：一位滿尚書全慶，另一位漢尚書陳孚恩，他們共同組成專案小組，徹底調查戊午科場案。咸豐皇帝對於查辦這次順天鄉試案十分慎重，就在專案組成立的第二天，他親自給柏葰寫了一道硃筆諭旨，告誡柏葰要以正確的態度對待朝廷的查辦，在問題沒有查清以前，仍要照常料理好分內公務，但為避免嫌疑，暫時不用再到內廷覲見。這一紙硃筆諭旨，對柏葰既是震懾，也是安撫。

專案組接手後，首先就是審訊平齡。可是此時平齡已經中舉，算是天子門生了，按照祖制不能隨便對其用刑。要想繼續審案，就只能請求咸豐皇帝下旨把平齡的舉人身分先予褫奪，再行審訊。咸豐當時正在氣頭上，很快就准了四位大臣的請求，剝奪平齡的身分，審訊正式開始。

三、嚴查弊案

話說由載垣、端華等組成的專案組審訊平齡。首先是審查當事人的實際身分：這平齡是個文人，經不住嚴刑拷打，很快招出了一些供詞，但他無論如何也不承認自己是個戲子，說自己只是個戲迷，不過是偶爾登登台、亮亮相，過把戲癮，按今天的說法，他至多算一個票友。實際上，平齡是滿人，屬於旗籍，按照滿人的規矩，如果自甘為倡優的話，那他就是自甘墮落，應予嚴懲的。因此，民間關於平齡是個戲子的傳聞，大概是以訛傳訛、眾口鑠金的閒言碎語，錯把票友當優伶了。

其次是關於平齡的朱墨卷文字不符的問題，後來經過專案組的審查，最後認定平齡的這兩套卷子裡錯字太多，抄錄人沒認清，因此兩卷不一致處很多。別以為寫錯了字就沒你什麼事了，按當時的科場條例，每一次、每一場考卷的錯字太多，該考生就可能受到處罰，一般就是罰停幾科，所謂一科就是三年，停幾科，就是一連幾個三年科考都不能參加。更有甚者，如果錯誤太多，即使你考上了舉人也會被革去舉人的身分，那可就前功盡棄了。但是話說回來，根據平齡此次考卷錯別字太多的情況，其最重的處罰也不過就是被革去舉人，似乎問題不大。可是事情絕非如此簡單。成立專案組，本來只是要追究平齡朱墨卷不符的責任，沒想到這事情是越查越多，越查越大。原來在審理平齡案時，專案組不止對平齡一個人的試卷進行了覆核，而是把所有人的試卷都覆核了一遍，工作之認真不得不令人佩服。但全面覆核之後呢，卻把一大堆問題都給查出來了：這次鄉試總共三百名左右舉人的卷子當中，經過覆核就查出了有五十本試卷存在輕重不同的問題。這五十本試卷最後被分成了兩類，一類被認為是存在比較小的問題（和議，考官們討論一下就行），另一類一共有十二本，問題則十分嚴重（查異，朱墨卷嚴重不符）。按照當時負責覆核卷子的兵部尚書全慶奏摺裡面的說法，說這十二本應該就是查異，比和議還要嚴重，可就不是革去功名那麼簡單，那可是要追究責任！不僅如此，這主考官柏葰更是脫不了關係啦，一旦咸豐皇帝怪罪下來，可能項上人頭不保！

專案組將核查的結果報告給了咸豐帝，這咸豐皇帝聽說了考場的混亂情形之後龍顏大怒，心中的怨怒之情也是溢於言表。當即他就發了一道諭旨，把柏葰給革了職，令其聽候傳訊，兩位副主考，朱鳳標和程庭桂兩人，令其暫行解任，聽候查辦。這個諭旨一出，柏葰身上因內閣大學士、軍機大臣等一系列官職與頭銜帶來的耀眼光環，瞬間散去。柏葰就從一人之下，萬人之上的人臣極頂，跌入了政治生涯的谷底。

不僅如此，隨著案情調查的深入，柏葰的處境越加危險了。

四、糊塗招禍

就在專案組仔細核對十二份查異卷子時候，又發現了一系列證據對柏葰極為不利，而且他的家僕還直接參與其中，這下咸豐皇帝可是動真格的了，再次下旨：說柏葰既然已經被革職，以後就不要再上來了，意思是以後就別想上朝為官了，永不錄用。

與此同時，既然柏葰給革了職了，其他一些地位更低微的和本次考試有關的官員自然也脫不了關係，因為這五十幾本試卷的核查而被收審的官員越來越多，事情已經到了不可收拾的地步，眾官員整日提心吊膽，生怕有一天也落個像柏葰那樣的下場。

在眾多被收審的人中，有兩位必須得提提，這兩個人與柏葰最終被處斬有莫大的關係。一位就是柏葰的家僕叫靳祥，而另一位則是直接關涉柏葰一案，並負責從中疏通關節的一個同考官，名叫浦安。浦安在被訊問的時候，供出了同柏葰有關的舞弊案件。行賄的舉子叫羅鴻繹，家住廣東，家境殷實，在參加鄉試之前就花錢給自己捐了個小官，因為這捐的官和憑本事考來的官總是還差那麼一點，所以為了求個名正言順，羅鴻繹就想透過這科舉考試給自己的身分也做一次改變。

就在這羅鴻繹在京城報完名參加鄉試之後，恰巧碰見了在京城當官的一個同鄉，此人名叫李鶴齡，他也是六部的一個部門的主事。兩人聊著聊著就聊到了羅鴻繹考科舉的這件事上來了，李鶴齡略懂一些科舉中的玄妙詭道之事，於是就將科舉考試的作弊手法給羅鴻繹天花亂墜說了一番，又給羅鴻繹出餿主意，告訴他應該如何找人託關節。所謂託關節就是參加考試的考生，事先把他要特別使用的一些可以作為記號的文字寫在一條子上，要託人轉給參與閱卷的同考官，因為過去這些士子們考試的文章體例是八股文，在八股文的每個段落的起承轉合時都有一些開頭結尾用的虛詞，像什麼「且夫」、「而已」、「矣」等等，考生可以把這樣的字眼寫在條子上，轉給閱卷的同考官。按照當時的情況，如果同考官願意從中舞弊幫忙，拿著這個考生的條子，一旦找到試卷，他就可以做手腳。這個手法很多人都用了，可謂百無一失。羅鴻繹一聽，恍然大悟，點頭稱是，決心照此辦理，更託付李鶴齡從中找人幫忙。

李鶴齡對羅鴻繹的事情如此熱心，除了兩人有同鄉之誼外，更重要的是李鶴齡原本以為自己可能會被禮部選中，擔任此次鄉試的同考官，自己能賺到這筆飛來橫財。結果事與願違，李鶴齡沒有被選中。但他對羅鴻繹幫打通關節的事情還是很盡心盡力，他特意找到與自己同科中舉的考官浦安，說了羅鴻繹的情況，言稱是自己的老鄉，讓浦安關照一下。浦安答應了李鶴齡的請求，收了羅鴻繹的條子。按照考場的內部規定，同考官有推薦的權力，如果他認為某個考生的考卷顯示這個考生才華出眾，就可以向主考推薦此考生。如果得到主考的准許，那這個考生就比別人多了勝算的把握。可是，同考官不止一人，很多同考官每個人都要分到一些試卷來批閱，這羅鴻繹的試卷能不能分到浦安這就要看造化了。事有湊巧，羅鴻繹的考卷真就分到了浦安要批閱的這疊試卷裡，於是浦安就根據李鶴齡交給他的條子，從一堆卷子裡挑出了羅鴻繹的試卷，然後拿到主考柏葰那裡予以特別推薦。

柏蔆接到羅鴻繹的試卷，閱看了一遍，感覺此卷寫得一般，不擬錄取。於是，他就吩咐家僕靳祥，讓他把試卷還回去。靳祥拿著試卷跟浦安把事情的原委說了一遍，之後就要道別了，這下浦安可急了，心想這都答應了李鶴齡的請託，回去可怎麼跟人家交待呀，更何況眼看到手的鴨子又要飛了。於是他就趕緊拽住正要轉身離去的靳祥，好說歹說讓靳祥幫他這個忙。懇請靳祥回去在主人柏蔆面前通融一下，說是自己所閱試卷中能被選中的好文就兩份，其中就有這退回來的一份。靳祥回去在柏蔆耳邊美言了幾句，柏蔆聽他這麼一說也就未再深究，改變主意，接受了浦安極力推薦的羅鴻繹的卷子。

如此看來，在順天鄉試科場舞弊案件的審查過程中，真正給柏蔆帶來殺身之禍的是自己的僕人靳祥和同考官浦安，柏蔆因為一念之差將他們請託的羅鴻繹試卷選錄了，最終把自己送上了斷頭台。從結果上看，整個閱卷作弊最終只應該歸咎於柏蔆警惕性不高、把關不嚴的主觀過失；而在事實上看，柏蔆本人對關節條子以及李鶴齡等人的所作所為一無所知，也未收到來自考生羅鴻繹的任何賄賂。

五、箇中細節

發榜那天，羅鴻繹看見自己果真榜上有名，真是喜出望外，就興沖沖地拿著士子爭相求購的題名榜到李鶴齡家致謝去了。到了李鶴齡家，客套了幾句之後，李鶴齡就提筆在題名榜上畫了五個圈。按照當時的潛規則，事已大功告成，羅鴻繹應該向李鶴齡和李鶴齡轉託的考官浦安孝敬五百兩銀子。為免羅鴻繹多心，李鶴齡還給羅鴻繹說，大家都是老鄉，彼此之間沒的說，這銀子不是我向你要的，而是浦安在此事當中出力甚大，他家中這一段又缺錢，所以你應該給人家送上五百兩銀子作為感謝。這下羅鴻繹也不好說什麼，趕緊回家備齊了銀兩給李鶴齡送來，後來李鶴齡竟然嫌銀子成色不夠，拒收。羅鴻繹只好回去又東拼西湊，算是湊齊了五百兩成色好的銀子，專門給李鶴齡送去。

李鶴齡見銀子一到手，自然捨不得按照當初的說法，如數將這五百兩白銀全部交給浦安。他找到浦安，先是客套了兩句，對浦安給羅鴻繹幫忙表示致謝。對話中，這二人是各懷心事：當李鶴齡說到考生羅鴻繹託人送來了一些銀兩，要表示謝意時，浦安為了表示客氣，就把這句話岔開了，李鶴齡卻就勢再也不提送銀兩的事情。浦安是個讀書人，心想這張口就要錢，有辱斯文，也就沒好意思和李鶴齡再提錢的事。李鶴齡如此這般虛偽客套了一番之後，揚長而去了。浦安心裡就不是滋味了，心說，李鶴齡這小子可真不講究，我說不要了，你還真就不給了，羅鴻繹能夠中舉可是全靠我浦安的幫忙啊，李鶴齡竟然把全部賄金給獨吞了。李鶴齡回過頭來，考慮到浦安心有不滿，就對羅鴻繹說，說你還應該登門去向浦安致謝。羅鴻繹沒辦法，就找了個機會到了浦安家，尊稱浦安為自己的房師，這是被錄取的舉子對科場上負責並評閱推薦自己試卷的同考官的俗稱。按照當時的規矩，感謝房師就得送錢上禮，叫贄敬銀。羅鴻繹心想，既然都已經給你送了五百兩，這次當面致謝不必再給那麼多了。結果羅鴻繹就只送上十幾兩銀子。浦安一看這麼少，更是火冒三丈，可他也不便發作，他就轉而對羅鴻繹說，說你得被取中，完全是主考官柏葰的幫忙，所以你一定要去感謝柏葰，而且柏葰家人靳祥也幫了你大忙，也得給他送份厚禮。起初，浦安只是知道李鶴齡從羅鴻繹那收了銀兩，但並不知道具體有多少錢，後來一聽說李鶴齡白拿了五百兩，這個不甘心啊。於是他就找了個藉口，說他家裡有人急著要捐官用錢，要向李鶴齡借錢，李鶴齡多奸啊，聽浦安一說馬上就明白人家這是來要錢來了，就說羅鴻繹在我這裡有三百兩，原本就是給你的，你就拿去吧，即使是這樣李鶴齡還是賺了二百兩，浦安拿了三百兩，心裡頭也算平衡了。

羅鴻繹於是又找機會去拜訪柏葰，第一次去沒見到，第二次去總算見到了柏葰。羅鴻繹為了強調自己身分與別人不同，不稱柏葰為中堂，而稱其為座師。這個稱謂又是一種習稱，主持當年鄉試的主考官，往往被中舉士子稱為座師，以此表明考生和這個主考官之間的關係親密，自與他人不同。按照當時的規矩，羅鴻繹也給柏葰留下一筆銀兩。而浦安也得感謝柏葰，因為正是柏葰的關照，使得他極力推薦的羅鴻繹的試卷，由原本的副榜升格到正榜，所以浦安事後也到了柏葰府上，送了一筆贄敬銀，一共是十六兩。

這些事實都是在柏葰一案案發以後，由涉案人如實交代的。柏葰在交代接受這筆銀兩的過程時，有一句話說得很有意思，叫做「歷來如此，即便收下」。那個時候的官場，區區十六兩已經算不了什麼了，大家歷來都是這樣的，我當場收下也沒有什麼。這些錢財包括前面羅鴻繹給李鶴齡和浦安的五百兩銀子，由於案件的審理，一律被朝廷追繳歸公了。

柏葰科場舞弊的全過程被查清楚之後，對主考官柏葰的定罪處罰，成為本案接下來的重要問題。像柏葰這樣只是聽取了手下人請託，而不知道具體作弊關節的情況應該如何定罪？在大清律法中沒有明文規定，況且柏葰身為當朝一品大員，即使犯罪也是可以依法得到寬免。因此，朝廷在如何處罰柏葰的問題上，需要慎之又慎。

六、從重治罪

到了最後，這次科場弊案涉案的一干人等全部落網，柏葰的家人靳祥是最後被抓住的，在重刑之下，靳祥就把所有他在考場當中知道的作弊情節一一招供，加上前面浦安的招供，就坐實了柏葰的罪名。到了這個時候，問題變得越來越麻煩，承審案件的這些親王大臣們，這個時候就要向皇帝拿出一個案件的處理決定，而涉案最敏感的人物就是這個位居一品的大學士柏葰，按照當時清朝的法律，應該怎麼處理柏葰呢？依據《欽定科場條例》

的規定：凡是考生和同考官，有在考試期間交通關節的，一經發現，要被處以斬刑。會審此案的四位親王大臣向刑部徵詢法律適用意見，刑部官員根據已經審得的案情，再結合《欽定科場條例》的規定，認為：柏葰嚴格地說，只能是聽受囑託，而不是交通囑託。聽受和交通這兩個詞的意思不同，「聽受」是說別人告訴他有這麼一個事情，他沒反對接受了，屬於過失犯罪；「交通」是指他主動去和別人相勾結促成此事，屬於故意犯罪。如果按照這樣的解釋，柏葰雖然有罪，卻罪不至死。

但與此同時，刑部官員也知道此案牽連甚廣，非同小可，私下揣摩聖意可能要嚴懲柏葰，以儆傚尤。就沒有明確指出柏葰有罪但罪不至死的結論，而只是委婉提出幾條建議：第一，按照《欽定科場條例》的規定，柏葰的行為屬於聽受囑託，而非交通囑託；第二，按照適用法律的習慣，如果法律沒有明確的規定，應該看一看以往有沒有最相類似的判例，可是也沒找到；第三，鑒於前兩種情況，刑部認為應該由承審此案的專案組的這些親王大臣們，親自決定柏葰所應受之刑。這樣，根據刑部技術官僚們的意見，承審該案的親王大臣，也就是載垣、端華等人，就向咸豐皇帝上了一個奏摺，奏摺裡面比照《欽定科場條例》的交通囑託，賄買關節例，認定柏葰應該被處以斬刑。要說他們作出加重處罰的一個決定，還是與朝中王公大臣之間的政治傾軋有關。這次受命審案的載垣、端華以及端華的胞弟肅順素與柏葰政見相左，擁為兩派。有人猜測柏葰被殺跟肅順一黨藉機陷害不無關係。

對此，我們無從得知咸豐皇帝當時的想法，究竟是必欲除之而後快，還是十分無奈。但有一點是可以肯定的，即他在接到奏摺以後，也是幾經查核，反覆斟酌的。這時候已經是到了戊午鄉試舞弊案發的第二年，即咸豐九年二月十三，咸豐皇帝作出決定，要將身為一品大員、大學士的柏葰處斬；同時將同案的羅鴻繹、李鶴齡、浦安等三人一同處斬。在頒布裁決旨意的同時，咸豐皇帝也心中不忍，在諭旨當中，寫下了這樣的幾句話：情雖可原，法難寬宥，言念及此，不禁垂泣。意思就是說柏葰雖然在情理上沒有犯什麼大的過錯，但卻違反了《欽定科場條例》，法律規定又必須嚴格執行，於是咸豐皇帝不得已斬殺兩朝老臣，都禁不住掉下眼淚。

此外，刑部在對那五十份的錯卷進行核查之後，有三十八個人被處以停科，也就是說罰停會試。按照當時的《欽定科場條例》，一旦他們受到這樣的處罰，參與評閱這些人卷子的官員，也都要連帶受到處罰，分別要被罰俸一年或者被降級，而按照《欽定科場條例》，如果有士子被罰停科，那本次考試的主考官也要被罰俸，所以柏葰由於平齡一案，就已經被罰俸一年，又由於這五十本錯卷，他又被罰俸九個月，等到案發，他已經被革職了，而這五十份錯卷裡面被罰的又不止一人。所以實際上對柏葰進行這種罰俸已經沒有了意義，因為他這個時候已經沒有任何職務可以被罰。所以說就只好給他記在帳上，等到最後來算總帳。

咸豐皇帝最終下聖旨，決定斬殺主考官柏葰，應該說是出於當時中國外上上下下的壓力，使得他執意要從嚴懲處，因此柏葰最後不免於一死。而按照清王朝的歷來傳統，像他這樣身分的人，即使被判處死刑，最後也大都能夠被減死從流，也就是不真正執行死刑。所以即使到了行刑的那一天，柏葰還不甘心，他不相信皇帝會真的殺他。因為按照清王朝的歷來傳統，處於他這樣身分地位的人，即使被判處死刑，最後也大都能夠降低刑等改判流放，這就是中國傳統法律制度中的「八議」。所謂「八議」就是法律裡面規定，屬於親、故、賢、能、功、貴、勤、賓的八種人在犯罪之後，可以依法得到寬免：親就是指的是皇親；故是指的皇帝的故舊老朋友；賢是指當時能夠被社會評價為道德楷模的人；能是指對這個國家有功有能有為的人；功是指對這個朝廷有大功勛的人；貴是因為有功，血統高貴，而被冊封為貴族的這些人；勤是指勤於國事的人；賓則是指前一個王朝的貴族。按照柏葰的身分和他所擔任的官職，比照「八議」制度，他至少應該被認定為是屬於「貴」這一類的人，所以他理應在法律上得到寬宥減刑處理。正因為如此，柏葰在獄中等待聖裁的時候，還吩咐家人給他準備行李，說一旦皇帝的旨意一到，他就準備接受流放。但是他沒想到，咸豐皇帝這一次痛下決心，要處以斬刑，以示懲戒。這樣，就把他押赴到了菜市口刑場，執行死刑。於是，柏葰也就成為自隋朝開始舉行科舉制度以來，因科場舞弊被處斬的官品最高的人。

位於北京南城的菜市口是明清以降用來執行死刑的場所。在古代，刑場的選擇和現代不同，今天為了宣揚現代人權觀念，一般都把刑場選在遠離城市中心或者極為祕密的地方。古代社會則為了凸顯刑罰的嚴厲恐怖，進而宣揚這種恐怖法制以儆傚尤，往往會選擇比較繁華、人群比較集中的廣場型地方，處決犯人。如此一來，就能使很多人看到行刑的場面，大家口耳相傳，這在受教育者很少，資訊傳播手段不發達的古代，就能造成宣傳朝廷武力、壓服反抗情緒的作用，因此說，選擇菜市口作為刑場正是迎合了統治者的需要，進而強化所謂封建社會「刑不可知，則威不可測」的打擊效應。將刑場選擇的城市中心的廣場，不僅中國古代是如此，古希臘羅馬以及近代以前的西歐國家等都是如此。法國後現代主義思想家福柯在《規訓與懲罰》一開篇，就描述了大革命之前的法國一場執行死刑的全過程，其嚴厲殘酷程度令人髮指。

當然，也並不是所有的死刑犯都要在菜市口被執行死刑，那些有身分的人，雖然有罪，為了顧全統治階級的體面，除非他們在政治上忤逆了皇帝，還是會被祕密地執行死刑，這也是統治者對這些高級犯人的最後恩典。反過來講，如果某位朝廷要員在菜市口被處以死刑，就一定表明了皇帝意欲嚴懲的意圖，更多了一層羞辱該犯的意思。自大清開朝以來，在菜市口被處刑的官員真是少之又少，而像柏葰這種級別的官員在菜市口被處斬，也算得上是轟動性新聞了，很多的老百姓都想要目睹這難得一見的「奇觀」。當時將死刑犯押赴菜市口的路上，要經過宣武門，門外有一塊石頭，上刻三個字：後悔遲，意思是現在後悔可來不及啦！在舊的菜市口向東路南據說還曾經有過一個藥店，名叫西鶴年堂，因此民間就把那些應該被處斬的人叫做「去西鶴年堂去要創傷藥」。

在菜市口執行死刑，一般都派要員監刑。監刑是古代死刑制度的組成部分之一，在執行死刑的刑場上，朝廷會派官員監督死刑的整個執行過程，通常被派去的官員是刑部的副長官，也就是侍郎和都察院的副長官。而這一次斬殺的是一品大員，所以咸豐皇帝特命當時的戶部尚書肅順和刑部尚書趙光兩個人前去監刑。前已提及，在朝中當政的幾位大臣裡，肅順一黨是和柏葰政見相左的，因此當柏葰得知監刑的人就是自己的宿敵的時候，自認活命無望，就將一肚子的悔恨和怨氣都發泄到了肅順的頭上。相關文獻記載，肅順當時頗為得意，遠遠看見柏葰等四人的囚車押到，肅順笑臉相迎，打聲招呼道：「七哥來早。」說完，他就回到自己的座位上，催促行刑，柏葰臨死之前，大罵不止，詛咒肅順不得好死。人事莫測，說來也巧，柏葰一語成讖，兩年後，肅順恰恰也是在菜市口被問斬，此是後話。

在柏葰被斬殺之後，咸豐皇帝將此案引為教訓，命令內閣把此案辦理前後的官方文件以及他最終決定處斬柏葰的諭旨，恭錄承享，目的是以垂久遠，以昭法則，試圖以此來扭轉這種官場舞弊貪贓的壞風氣。事情講到這裡，在主考官柏葰被押赴刑場之時，似乎晚清科場第一案也可以塵埃落定了，但實際上此案遠遠沒有那麼簡單。一波未平，一波又起，咸豐皇帝在痛失一品大員柏葰之後，又將面對另一件讓他難堪的事兒，那就是副主考程庭桂父子之案。程庭桂父子如何案發？咸豐皇帝在金鑾殿之上如何再斷案中案？兩年之後，晚清科場第一案又如何遭遇翻案風波？還得繼續分析。

餘波未平

一、牽連他案

本以為斬了柏葰，科場一案就可以告一段落，其餘各位涉案官員也可以長噓一口氣，可是事情偏偏不像他們想像得那樣美好。柏葰被處斬不久，專案小組手頭上的另一個案子，審得如火如荼。原來在辦理柏葰案時，涉案人浦安忍受不了酷刑的折磨，又供出了一個很重要的線索，正是這件事又把副主考程庭桂一家給帶到了家破人亡的境地。浦安招認說，他在考場裡面聽說，副主考程庭桂曾經燒過作弊紙條。咸豐皇帝得到相關奏報極為震怒，他馬上傳旨，程庭桂著即革職，入監受審。於是科場舞弊案就發展到另一個案件環節，也就是審理程庭桂接受請託條子一案。

還是在咸豐八年的八月初六，程庭桂剛被咸豐委任為僅次於柏葰的副主考官，依法為了躲避請託嫌疑，就和柏葰直接進入貢院，同時他吩咐下人回家備些日常生活用品帶進來。下人回家收拾用品的同時，程庭桂的兒子知道他父親當了副主考官，也趕緊忙著接受各方面送來的請託條子，想從中舞弊獲利。可是這些條子要想明目張膽地送進貢院也不是那麼容易的事。於是程公子就想了個招，他把條子藏在了一個坐墊裡，特別囑咐家人說，你在給我們家老爺送東西的時候，要他看好坐墊。於是家人就把坐墊連同其他用品一起給送了進去。那些搜查的官員一看是副主考的家人，送的又都是些生活必需品，也就沒嚴格搜查，只是象徵性地翻看了兩眼就放行了，坐墊自然就順利地拿到了程庭桂手裡。

程庭桂在官場混了這麼多年，什麼世面沒見過，聽家人轉述兒子的原話，他就知道這坐墊裡肯定有文章。到了晚上，程庭桂在燈下仔仔細細地翻看坐墊，果然在裡邊發現了五張用來作弊的請託紙條。程庭桂拿著紙條驚出一身冷汗，憑著多年當官的經驗，特別是這次咸豐皇帝指派差事的決心，他知道這萬萬使不得，如果這五人都被取中，整件事情肯定敗露。程庭桂對程炳采這個不肖子簡直恨到咬牙切齒，但是此刻也不便聲張，只能就著燈火將五張紙條燒掉了事，打算來個神鬼不知。按說程庭桂以為趕緊燒了條子沒人看見。可是事有湊巧，就在他剛燒完條子餘煙未盡的時候，一個雜役推門而入，但是他僅僅聞到了少許紙煙的味道，也沒說什麼就出去了。出去之後就添油加醋跟其他雜役說副主考怎麼怎麼著了，這些背後的議論不知怎麼就傳到浦安的耳朵裡。後來浦安被收審，因苦於重刑，就把這個情節招供了，緊跟著專案組就收審程庭桂父子。

這樣一來，主考官剛被問斬，副主考官又爆出隱情，戊午科場舞弊案的受牽連者越來越多，涉及層面也越來越廣，甚至把負責審理這起案中案的專案組成員陳孚恩也捲了進來。審理程庭桂一案的四個人除了兵部尚書陳孚恩之外，還有兩個親王加兵部尚書全慶。四個人分工不同，陳孚恩專門負責審訊程庭桂的兒子程炳采。這程炳采自恃大官子弟，也許根本還沒有認識到事態的嚴重，一開始的態度還很蠻橫。陳孚恩讓他老實交代五張條子究竟都是什麼人給的。程炳采很嘲諷地回答說：「貴公子就送給我一張啊。」陳孚恩意識到事情不妙，與左右低聲商量了幾句，就匆匆退庭，趕緊跑回家質問兒子。他的兒子一看父親如此惱火，知道紙裡也包不住火，就把自己也請託程公子想從中漁利的事情一五一十給父親說了。顯然，他的行動把陳孚恩整個家族的身家性命也搭上去，免不了和柏葰、程庭桂是一樣的命運。陳孚恩左思右想，認為這事兒無論如何都是瞞不住的，與其坐以待斃，還不如自己爭取主動。於是他連夜給咸豐上了一道奏摺，說自己管束不嚴，導致兒子請託條子漁利，要求自請處分，並且以有利害關係為由提出在審案中迴避。

咸豐皇帝接到奏報之後，更加生氣。但是考慮到審理案件的需要，而且陳孚恩也還算主動，不僅交代了事情原委，而且請求審案迴避，所以在心裡早已經原諒他一半了。同時也為了體現自己對臣子的信任，就下旨說陳孚恩因管教子弟不嚴，致其意圖考場舞弊，本應交由吏部議處，念其平時有功，關鍵時刻又主動承認罪責，與兒子劃清界限，特許陳孚恩可以繼續審理此案，只是在涉及其子的問題上，必須迴避。陳孚恩接到這個聖旨後，懸著的心總算掉了下來，心裡後怕，差點沒成了柏葰第二。

由此看來，陳孚恩的這招的確奏效了，主動交代了事實，皇上不僅沒有怪罪反而讓他繼續審理此案，皇恩浩蕩，做臣子的自然要盡心盡力為皇上做事。於是審起案來特別賣力，趕班加點繼續審理程炳采，盤問出這五張條子的全部涉案人員。除了一張是陳孚恩的兒子請託外，有一張條子是塾師請託，也就是程庭桂家裡面請的教書先生懇求的；還有一張是程庭桂的兒女親家請託的；另外兩張都是程庭桂的同僚好友請託，大家都在朝為官，彼此請託。送五張條子的人一一敗露之後，紛紛受審，真相水落石出。從咸豐九年二月初審，一直到了這年的七月中旬，才把案件情況基本搞清楚。接下來，咸豐皇帝就開始考慮對涉案人員治罪處罰了。

二、塵埃暫落

首先是對程庭桂、程炳采父子二人的處罰。按《大清律例》兩人都要被處以死刑，但咸豐皇帝考慮因此一事，連斬父子二人，於心不忍。於是法外施恩，只殺了程炳采一人，對程庭桂減死從流，就是把死刑改為了流刑。按照傳統的法律觀念，皇帝有權臨時作出對個別的罪犯予以寬免的決斷，而不必顧忌既有的法律規定。這樣程庭桂被流放他地，算是保全了性命。至於其他幾個涉案的大官子弟以及涉案考生，也都給予法外施恩，減死從流。對於其中四位涉案大員弟子的減死從流，還在朝堂上引起了一番非議。這些本來已經獲得寬免的大員弟子，仍然不死心，他們在朝中上下活動，試圖按照當時法律的規定，透過贖罪而免於流刑。而咸豐皇帝竟然同意了他們的請求，人們頗感意外。其實，咸豐皇帝做此決定亦屬無可奈何之舉。這個時候圍剿太平天國戰事正緊，朝廷銀根動搖，贖罪免流，不失為一個廣開財源的好辦法。此決定一出，當即遭到了一位御史的反對，認為這些大員子弟本來應該嚴懲不貸，以儆傚尤，免除死罪已屬莫大的從寬，絕不可以再用金錢贖罪折抵流刑。可是奏摺遞上去之後，咸豐皇帝卻不予理睬，留中入檔，不置可否。一共涉案有七個人，既然咸豐皇帝寬免了四個人，另三個人認為不公，結果此案一直到了九月分，也許是咸豐考慮到前面對柏葰處死有些過重，以儆傚尤的目的也達到了，於是對後三個人也作出了寬免的決定。至此，整個戊午科場案，前有平齡一案，後又裹挾出了五十本錯卷，導致柏葰被斬，接著又出現五張請託條子，副主考程庭桂以及眾多大員子弟被處罰的連續三個案件之後，全案才算審結。

戊午科場一案，牽涉甚廣，引起了咸豐的警覺。他在此案徹底了解之後，特別發出一道諭旨，內容大致是說，凡是以後官員子弟夤緣納賄，在科場違法的，所有官員，如果失察都要減一級調用，而且特別指明不得援引公罪例而比照私罪，不得抵消。援引公罪例抵消，是古代法律中一項對官員獲罪後的寬免制度，若官員因公務違法獲罪，可以根據他所犯罪過的性質來決定可不可以用他的官職及在任期間受到的獎勵，來折抵因為犯法而被判處的刑罰。咸豐的意思就是說：凡在科場上因為收受賄賂而違法，或者由於朝廷官員對子弟疏於管束而獲罪的，不得援引公罪例而減抵，必須接受嚴厲的處罰。咸豐皇帝還特別強調，要把這樣一個專門的罪名編進《欽定科場條例》，永遠遵守。

故事講到現在，該案似乎已經畫上了一個句號了，但實際上卻並不是如此簡單。過了兩年，慈禧發動政變掌權後，戊午科場舞弊案又被重新提起，遭遇了翻案風波。

波瀾再起

一、辛酉政變

晚清科場第一案雖自咸豐八年（西元一八五八年）發生，但由於案情複雜，牽涉人多，審結日期被一拖再拖，柏葰是在咸豐九年，也就是西園一八五九年在北京菜市口被處斬的。柏葰遭斬對於他個人及其家庭來說，不啻是一個滅頂之災，畢竟「君叫臣死，臣不得不死」。但就在科場案結束後的西元一八六〇年，中國發生了更為重大的政治事變，處斬柏葰的咸豐皇帝本人也遭遇了前所未有的禍患，導致他狼狽逃竄，最後病死熱河。

英法兩國藉口兩起發生在中國地方上的普通案件：滇案和西林教案，悍然要求中國政府賦予他們「治外法權」。也就是說這些外國人在中國的土地上對中國人犯罪，卻要由他們的駐華領事用他們本國法律審理此案。這不僅侵犯了當時清朝政府的主權，而且也違反了國際法一般原則和國際慣例，帝國主義者的請求當然遭到清政府的嚴詞拒絕。於是，英法兩國組成聯軍，發動第二次鴉片戰爭。他們從天津大沽口登岸，一路燒殺擄掠，清朝派去迎擊的由蒙古僧格林沁王爺率領的騎兵在現代化槍炮面前一敗塗地，北京很快失陷。咸豐倉皇逃奔熱河（現在的承德），在內憂外患的驚恐憂慮中病死。

咸豐死前，因兒子載淳（西太后慈禧所生）當時才幾歲，於是他在臨終任命自己的八位親信皇族，包括肅順、親王載垣和端華等擔任「顧命大臣」，處理各方面事務，協助年幼的新皇帝應付危急時刻的大清亂局。當時，這八位顧命大臣的最大政敵是奉旨留在北京與英法聯軍談和的咸豐的親弟弟、恭親王奕訢。顧命八大臣對奕訢與洋人談判的結果十分不滿，急於掀起黨爭，剝奪奕訢的權力。而奕訢自然也不甘束手就擒，他就來個先下手為強，聯合兩宮皇太后，於咸豐十一年（西元一八六一年），發動了宮廷政變，史稱「辛酉政變」，利用咸豐靈柩回鑾進京的時機，抓捕了顧命八大臣，由慈禧太后聯合慈安太后實行垂簾聽政，掌握了朝政大權。

那麼，慈禧和奕訢叔嫂聯手發動政變，要殺掉權勢顯赫的顧命八大臣，總得有些理由吧！這八大臣都是清皇族，而且在朝為官多年，盤根錯節，無論從哪方面都要找到合適的理由進行懲罰，這才能安定人心，穩定局面。實際上，這種事情在歷史上總是常演常新的。自古以來，在改朝換代和皇帝更替之際都要掀起一場規模浩大的政治爭鬥，升的升、降的降、殺的殺。正所謂「順我者昌，逆我者亡」。凡是願聽我號令的，加官晉爵，高官厚祿；凡是與我抗衡的，一律殺的殺，貶的貶，先把門戶清理乾淨了。慈禧也一定深諳此道，她發起政變並獲得成功之後，最先做的就是拿咸豐朝的重臣開刀，把前朝舊臣收拾得服服帖帖。捕殺肅順等八大臣的理由，除了指責他們在咸豐病重期間，控制朝綱，打壓恭親王奕訢、兩宮皇太后以及他們的兒子同治之外，還翻出他們以前的過錯和罪行，藉以羅織罪名、置其於死地。這其中，最有利的一件證據，就是柏葰在科場舞弊案中被重判處死。

二、慈禧翻案

此次翻案，完全是在慈禧的授意之下進行的。於是就有一個御史叫任兆堅的人出面上奏，為柏葰喊冤叫屈。其奏摺的大意是說最初在柏葰一案的審理過程當中，有許多事實不清，根本就沒有查實，反而是主審法官載垣、端華等人，藉由審案之名來行報復之實，不以國事為重，從中攀附援引律例，必欲置柏葰於死地，矇蔽了咸豐皇帝，以小錯而冤殺了忠臣柏葰。

接到任兆堅的奏摺之後，慈禧下令由禮部、刑部會同重新審理柏葰一案，並在朝中放出風聲去，說當初就是他們兩名主審官再加上肅順的搗亂，鑽法律的漏洞，私仇公報，造成冤案，現在要平反昭雪。慈禧找的這個理由是如此的公道平正，既平復了科場一案中備受折磨的許多官員的氣憤，又讓人們知道肅順一黨多麼不是東西。於是，在八大臣已經被宣告的諸多罪行外，又增加了冤殺柏葰的惡行。這樣一來，最終肅順被斬決，親王載垣和端華被賜死，其他幾位顧命大臣也都被殺，就更加順理成章、大得人心。話說到這裡，讀者朋友們也許心裡都明白了，慈禧的內心莫非真的痛惜柏葰這個人被冤殺了嗎？其實不然，對案件審理得公與不公、柏葰死得冤與不冤並非她的本意，反正案子已經了結，人死也不能復生。她最關心的是如何打敗政敵。正因為這起案件由慈禧的政敵載垣和端華經辦的，也就註定了戊午科場舞弊案必定會翻案。

此時，朝中的政治風向早已經大變，可偏有這樣的諍臣，不顧自己的政治前途，直言敢諫。其中就有一個光祿寺少卿，叫范承典的大臣反駁任兆堅的奏摺。他在奏摺中說，柏葰被處斬，於法於情都是對的。如果柏葰一案被翻，那麼當年由載垣、端華兩位親王主審的案件，絕不只是這一件，其他的案子你要不要翻？如果其他不翻，那就明確告訴世人你只是藉柏葰案之刀殺人，黨爭之心昭然若揭；但如果全都翻案，又讓後人怎麼評價咸豐一朝？矛盾交織錯結，慈禧也不得不權衡利害，她既不肯放棄想藉柏葰一案來打擊肅順一黨餘孽的政治追求，又要擺出一副新朝廷待人寬人、用法謹慎的姿態。於是，慈禧以小皇帝的名義，在同治元年，即西元一八六二年發布諭旨，其大意是說：柏葰被處死雖然於法有據，於情有理，但是量刑還是過重。進而命令刑部修訂《欽定科場條例》，將其中對作弊官員的處罰相對減輕了不少。

對於柏葰被處斬是否過重的問題，我們可以從以下兩個角度分析這個問題：

第一，該不該判處死刑？單純從柏葰在本案中的表現來說，主要涉及兩點：

一、收受了浦安和羅鴻繹送的兩筆贄敬銀，一共十六兩。並說「歷來如此，即便收下」。

二、儘管《欽定科場條例》裡規定，凡是考生和與考官，有在考試期間交通關節的，一經發現，要被處以斬刑。但柏葰的行為嚴格地說，充其量只屬於聽受囑託，就是說別人告訴他有這麼件事情，他沒反對就答應了；而不是交通囑託，他並沒有主動索賄，不是故意與別人相勾結促成此事。按照這樣的解釋，那柏葰雖然有罪，卻也罪不至死。最後被載垣、端華他們判決死刑，應該說處罰過當，不僅從重處罰，而且是加重處罰了。

第二，考慮到柏葰在科場舞弊案當中擔任主考官，是科考弊案的第一責任人，須對全部犯罪後果概括承受的因素，加之咸豐皇帝本人試圖透過從重懲處柏葰，以儆效尤的基本態度，依據《欽定科場條例》判處柏葰死刑未嘗不可。這樣退一步考慮，如果柏葰確實要判處死刑，應該判哪種死刑，又成為一個重要問題。這裡我們對清律的死刑制度做一個對比：清律規定的死刑分為兩等，這就是斬刑和絞刑。儘管按照受刑人的痛苦程度看，絞刑的痛苦要重於斬刑，但在刑律上斬刑卻是重於絞刑的。這裡所說的絞刑，並不是今人所認識的那種像上吊一樣的刑法，清朝時的絞刑就是把犯人跪著綁在一個柱子上，然後在他的脖子上套一個繩套，在繩套兩端分別有兩個短棍，由劊子手把兩頭的短棍向相反的方向轉動，就類似於擰毛巾的原理，就這樣把受刑人活活絞死，死的過程較長，受刑人是很痛苦的。但是根據中國人的傳統觀念，「身體髮膚，受之父母」，這就是說死了的話，最好求得一個全屍，絞刑再痛苦，但也能保留全屍。而如果一個人被處死之後身首異處的話，無論是對死者還是對他那些仍然健在的家人，都非常地不吉利。所以在傳統觀念上，人們認為斬刑重於絞刑。具體到本案，根據柏葰的身分和犯罪情節，對他處以絞刑，也許是更為妥當的處罰。畢竟他沒什麼大錯，而且是朝廷重臣，過去有功於國家，對他處以絞刑，可在一定意義上保全其臉面名譽，而完全不必把他押赴菜市口執行斬刑，使之與江洋大盜、奸賊盜寇無異，從這個角度看的話，我們認定，柏葰被押赴菜市口斬立決，確實重了一點。

西元一八五九年，柏葰因科場案被斬；西元一八六一年，監斬官肅順被斬決、主審官載垣、端華被賜死；都是服務於清王朝的官僚，最終的下場卻是一樣，都被他們的主子賜死。反思科場弊案及這些當事人的個人命運，其中感悟真是一語難以盡表。

「科場第一案」的另啟示

咸豐八年（西元一八五八年）揭出戊午科場舞弊案，全案一波三折，案中套案（包括平齡案、柏葰案、程庭桂父子傳條案、柏葰一案重審），經過前後近三年的審理，其案情牽扯面廣、審理曲折，是一千五百年來中國科舉考試中牽涉面最廣、歷史影響最大、追究舞弊官員職位最高的大案。

其基本的審理進程是：

一、因傳言平齡以戲子身分中舉而引起訴訟，將平齡收押候審，嚴刑拷打後，平齡拒絕承認自己的戲子身分，後被革去舉人身分了事。

二、再傳聞平齡的朱卷墨卷不一致，至對全部三百名考生的試卷重新核查，查出五十餘張試卷有問題，咸豐怒而降罪於柏葰，將其收監，組成由皇親大臣領銜的超級專案小組對其審理。後為嚴明科考法律、以正典刑，咸豐皇帝揮淚斬柏葰於菜市口。

三、審柏葰案當事人之一浦安，牽出程庭桂父子傳字條一案，導致程庭桂被流放，其子被斬。其他涉案的大員子弟皆減死從流。

四、慈禧政變發動政變，垂簾聽政，科場一案重審，認定柏葰處斬量刑過重，反將當時的主審官員，也就是慈禧太后和奕訢的政敵，顧命八大臣肅順斬立決，親王載垣和端華被賜死。

戊午科場舞弊案中，各色人物均粉墨登場，共同締造了這震驚晚清的四大名案之一。

主要的案件人物可以歸納如下：

朝廷掌權者：前有咸豐皇帝，後有慈禧太后（他們掌握生殺予奪權力，讓死則死）

各方當事人：

（一）、柏葰、程庭桂、陳孚恩以及浦安、李鶴齡、靳祥等（被加重處罰、以儆傚尤）；

（二）、肅順、端華、載垣、全慶、趙光、朱鳳標等，他們在辛酉政變後被羅織罪名，秋後算帳；

（三）、兩個階段的御史上奏：前有孟傳金，後有任兆堅、范承典；

（四）、官員子弟：程炳采、陳孚恩之子等；

（五）、舉子：平齡、羅鴻繹等十二人，此外還有三十八份問題較小的考卷。

二、考試制度的古今比較

（一）、教育乃立國之本，人才是興國之要。在公平選拔人才、嚴肅考試紀律方面，古今中外都慎重對待

中國古代的科舉考試，號稱是世界上最早也是最完善的文官考試制度。它在隋朝一開始建立的時候，就具有重大歷史意義：它打破了貴族制和門閥制，大體上不分貴賤、貧富，讓所有的讀書人都有機會參加考試，進而擔任國家官職，參與國家管理，這對保證中華文明歷久彌新、持續進步是有促進作用的。

為了保證科舉考試能夠真正造成選拔人才、立國安邦的重大作用，歷朝歷代都規定了非常嚴格仔細的科考法律。以清朝《欽定科場條例》為例，可以看到對科舉考試中的各種事項作了詳盡規定：

嚴格考場紀律，不准考生夾帶、抄襲、換卷；

嚴格保密制度，不准考前洩露試題；

嚴格保衛制度，考場周邊由部隊維持秩序，杜絕隱患；

嚴格閱卷和選拔，不許考生和考官在考試期間交通關節；

即便如此，戊午科場舞弊案仍然暴露出不少問題，而且牽涉甚廣。這引起了咸豐的憂慮和警覺，他在柏葰案徹底了結之後，特別發出一道諭旨，規定：凡是以後官員子弟夤緣納賄，在科場違法的，所有的這些官員，都要因失察而降級調用，而且特別指明不得援引公罪例而比照私罪，不得抵消。其意思就是說：凡是由於在科場上因為收受賄賂而違法的，而又是由於這些官員對子弟疏於管束而獲罪的，不得援引公罪例而減抵，必須要接受嚴厲的處罰。

在現代社會，也有各式各樣的考試制度，不管是高中生參加學測，大學生考研究所、考博士，還是公務員考試、全民英檢、國家考試等等，也都有法可依，有紀律可循。除了各式各樣的考場紀律外，像《師資培育法》、《公務人員考試法》、《專門職業及技術人員考試法》等，其具體規定，和古代也都差不多。考試期間的每一個環節（出題、印刷、保管、運送、發放、監考、閱卷、登分、覆核、公布），都非常嚴格、嚴肅，真可以說是現代版的「科舉制」。

(二)、考場舞弊是一個歷史性的頑疾

據說，進考場要搜身以及分卷考試的制度，最早建立於武則天當政時期。武則天以嚴刑峻罰整治科場秩序，當時殺了不少考試作弊的人，即便這樣，也還是防不勝防。此後，明朝、清朝的相關反作弊規定很嚴厲，也防住了個別人的投機取巧。但大多數時候，這些規定也還是「聾子的耳朵——擺設」一些達官貴族、手握大權的人完全可以規避法律，大力提拔自己的故舊親朋。

考試存在了多少年，作弊似乎就存在了多少年。科

＊清代科舉考試作弊條

＊科舉考試作弊條

場第一案中，揭露了許多鄉試考生投機取巧、作弊遞條子的情況，而且對一些假借權勢、收受賄賂的貪官汙吏及其子女作出了嚴厲處罰。實際上，這種考場舞弊行為就像「離離原上草」，儘管政府制定法律、不懈打壓，但只要那些不學無術者的貪慾不被控制的話，仍然會春風吹又生、甚至愈演愈烈。

與手機、MP3、藍芽耳機聯繫等新時期作弊手法不同的是，古人的所謂作弊手法顯得分外簡陋和寒酸了些。有好事者專門收集了古代考試作弊的歷史遺物，開起了博物館，其中有在衣服上做的夾帶，有在毛筆竹筒裡私藏的小條，有在像扇子一樣的摺疊紙上寫的「四書」、「五經」（文字之小，完全可以被稱為微雕）等等。

在考試作弊和反作弊方面，大體上存在著一個「道高一尺，魔高一丈」的規律。今天的一些考生，也是想盡了一切辦法去作弊，除了夾帶、找槍手替考等老套做法之外（像周星馳演的《逃學威龍》電影中出現的這些情景不免讓人忍俊不禁），他們還自作聰明地使用現代高科技手段幫助自己實現夢想。但是如今的監考人員，也會不斷提高技術水準，讓作弊者的那些伎倆根本無用武之地。

應該說，透過考試制度選拔人才是關係一個國家、一個民族興衰成敗的大業，從微觀角度講，那也是公平參與、競爭取勝的基本前提。任何人都應該本著誠實的態度積極努力備考，而不應該選擇有悖於人格品質的歪門邪道。正如有真才實學的人是金子，在哪裡都會發亮一樣，一個沒有真本事的人，依靠不光彩的手段得來的功名和成績都是轉瞬即逝的，依靠營私舞弊而僥倖取得成功註定不會長久，對於舞弊者和犯罪者而言，「爾曹身與名俱滅，不廢長江萬古流」就是恰當的人生註腳。

這，也許就是我們評述「科場第一案」的另啟示吧。

【延伸閱讀】

斬首

斬首是古代執行死刑的手段之一。先秦時的死刑有車裂、斬、殺等名目，但那時的斬不是斬首，而是斬腰。執行時，囚犯的身體伏在「椹質」上，劊子手用巨斧砍斷其腰。所以，「斬」字用「車」作部首，是取和車裂同樣將人處死的意思，偏旁為「斤」，即斧斤的斤，指行刑時用斧不用刀。

秦以前也有人把割頭處死的做法，那叫「殺」。秦以後，逐漸把「斬」引申為廣義的殺，殺頭的刑罰便叫做斬首。秦漢時的死刑有斬、梟首和棄市，其實都是斬首。區別是，梟首是斬首後把人頭懸掛在高竿上示眾，棄市是指將囚犯在鬧市處死；執行其他死刑（如絞、車裂等）後再把頭割下來懸掛示眾也叫梟首，在鬧市執行其他死刑也叫棄市。漢和三國時使用得較多的是斬首，如諸葛亮揮淚斬馬謖就是斬首。後魏時死刑叫做「大辟」，包括腰斬、殊死和棄市三種，其中的殊死就是斬首。後隋代起直到明清，都正式把斬首列為五刑中的死刑之一，處罰的程度在凌遲和絞刑之間。斬首作為一種官方正式執行的刑罰，在清亡後被槍斃所代替。

古代被判處斬首的犯人，執行死刑的時間，除了秦時一年四季都可以外，其他各代都在入秋以後，這就是人們常說的「秋決」。在可以行刑的日子，行刑的具體時辰也有規定。舊小說有「午時三刻開斬」之說，意即，在午時三刻鐘（差十五分鐘到正午）時開刀問斬，此時陽氣最盛，陰氣即時消散，此罪大惡極之犯，應該「連鬼都不得做」，以示嚴懲。陰陽家說的陽氣最盛，與現代天文學的說法不同，並非是正午最盛，而是在午時三刻。古代行斬刑是分時辰開斬的，亦即是斬刑有輕重。一般斬刑是正午開刀，讓其有鬼做；重犯或十惡不赦之犯，必選午時三刻開刀，不讓其做鬼。皇城的午門陽氣也最盛，不計時間，所以皇帝令推出午門斬首者，也無鬼做。然而也許還有另一層意思。在「午時三刻」，人的精力最為蕭索，處於昏昏欲睡的邊緣，所以此刻處決犯人，犯人也是懵懂的，腦袋落地的瞬間，也許痛苦會減少很多。這樣看來，選擇這樣的時間來處決犯人，有體諒犯人的考慮。

斬首的地點和執行其他死刑一樣，一般都在市朝。從春秋時起大多如此。凡斬首王公大臣或名士大夫，就在朝門外。如北宋時在汴京五朝門，明清時在北京午門；凡斬首普通死囚，就在街市進行，清代北京斬人，常在菜市口。執行斬首必須有監斬官，監斬官在規定的時間之前，把囚犯從監中提出來，帶往刑場，監押的方式也有一定之規定。如南北朝陳時規定，死囚將被處決，押送時要乘露車（車上不能施用遮蔽，如同現在所謂的敞篷車），戴三械（即項械、手械、足械），加壺手，到達刑場後去掉手械及壺手，時辰一到即行刑。古時還規定，犯人的姓名和主要罪行書寫在手械上，讓人一目瞭然，周朝時就有這樣的做法，後世一直沿用。明清時把一塊寫有犯人姓名和罪行的木牌插在犯人背後，俗稱「亡命牌」。把犯人押到刑場後，按規定要給犯人吃一頓酒飯，這時不准將犯人塞口堵耳，不准遮蒙犯人面目，要允許犯人的家屬和他訣別。監斬官要親自觀察犯人的家屬會見情形，判斷這犯人的真假，由此「驗明正身」，否則容易出現差錯。有的犯人因為不肯屈服或者冤枉，臨刑前要高聲叫罵。為了不讓他叫出聲，就給他的嘴裡塞一個木丸。這個辦法是唐代武則天發明的。斬首時，通常都是由劊子手把囚犯反綁在木樁上，囚犯雙腿跪地，頭自然向前伸出，劊子手揮刀從囚犯領後向前下方猛砍。斬首的行刑者——劊子手，都是手狠心黑之輩，不僅有殺人的膽量，而且要經過一定的技術訓練。人的脖頸雖然較細，但因為其中有頸椎骨，所以不用力氣就不能一下子砍斷。清初有個名叫阿里瑪的武將，因功提升至京中任職，進城後橫行不法，作惡多端，順治皇帝想除掉他，就派遣一個勇力僅次於他的武官巴圖魯占把他逮捕，押赴菜市口斬首。囚車走到宣武門，阿里瑪說：「死就死罷了，但我是滿族人，不能讓漢人看見我受刑，就在這城門裡邊把我殺了吧！」同時，他用腳鉤住城門甕洞，囚車竟不能行進。巴圖魯占同意了他的要求，下令在城門裡邊行刑。在用刑時，阿里瑪的脖頸就像鐵鑄似的，刀砍不動。阿里瑪告訴巴圖魯占說，先用刀割斷脖筋，然後再砍。巴圖魯讓劊子手這麼做了，才把阿里瑪殺死。

絞縊

從春秋、戰國經秦、漢直到魏、晉，都還沒有把絞刑列入朝廷頒布的正式法律條文。春秋時，除自縊的情形外，也有將他人絞殺的事例，如西元前五四一年，楚公子圍藉問病之機，將楚王郟敖「縊而殺之」，這都是講的將人處死的手段，不是法律規定的死刑方式。

秦、漢時的死刑有車裂、斬首、腰斬等，並沒有絞縊。晉時，周顗等人提議恢復肉刑，有「截頭絞頸，尚不能禁」之語，但絞縊沒有形成正式的法規。將絞刑列入法典，始於北魏。神麚四年，太武帝拓拔燾讓崔浩改定律令，規定死刑有斬、絞、腰斬、車裂和沉淵等。北周、北齊承襲北魏刑律，都把絞作為死刑之一。北周規定的死刑有五種：一罄，二絞，三斬，四梟，五裂。「罄」又作「磬」，也是絞刑的一種，執行的辦法是用絞索套住人的脖子將人懸掛起來，就像古時的樂器磬那樣懸掛著似的。

隋代，《開皇律》定死刑為斬與絞二等。此後各代相沿，絞刑遂為正式的官刑。和斬首相比，絞刑是人們公認的輕一等的死刑。因為斬首使人身首異處，腰斬使人手足異處，車裂、肢解、淩遲等更使人身體破碎，而絞縊能使人保持完整的屍體，同時，施用絞刑時，由於絞索勒緊人的頸部動脈，犯人能在相當短的時間死亡，因而痛苦程度較淩遲、斬首為輕。所以絞刑的設置較為符合人道。

宋代，絞刑和斬首並用，該絞該斬都須經嚴格的審判。遼代，絞縊仍然是死刑的一種。天祚帝耶律延禧保大四年五月，金兵攻克燕都，宰輔左企弓、曹勇義和樞密使虞仲文、參知政事康公弼等降金，燕都百姓流離失所，前去依附平州留守張瑴。張瑴採納翰林學士李石的計策，派部將張謙率領五百餘騎兵把左企弓等人召集到灤河西岸，歷數他們降敵的罪行，然後把他們全都絞死。

明、清兩代列絞縊為死刑之一，這和唐宋遼金都是一樣的。明代對絞刑的判定有明確的法律條文，如正統八年大理寺議定，對盜竊犯初犯者在右臂刺字，再犯者在左臂刺字，三犯者要處以絞刑，次議經皇帝批准實行。清代判定絞刑和其他死刑一樣，都必須經過嚴格的審批程序，同為死刑，或斬或絞也需要嚴加區別。如順治十四年江南科場案發，刑部審理後判定主考方猶應斬首，副主考錢開宗應處絞，同考官葉楚槐等應流放尚陽堡，結果經皇帝親自批覆，將方、錢二人俱斬首正法，同考官葉楚槐、周霖等十七人都絞刑處死。聖旨下後，立即執行。同凌遲、斬首等死刑處死方式相比，絞縊是延續時代最長久的刑罰。

[1] 柏葰原名松俊，蒙古族，道光六年進士，為官清廉、秉公正直，深得咸豐皇帝的賞識。但在科場案發被追究罪責之後，按古時習慣，處以極刑的犯人的姓名往往會被官方更改，或者加三點水，或者加草字頭，意為這些人是賊子佞臣，屬於山賊草寇之流。因此柏俊的「俊」字上被加了一個草字頭。

正說「楊乃武與小白菜」

被列為清末四大奇案之首的「楊乃武與小白菜」案，是一件案情撲朔迷離、審理過程迂迴曲折的大案：浙江餘杭縣一個豆腐店的夥計葛品連暴病而亡，有人懷疑是中毒致死。於是他年輕貌美的妻子小白菜被抓進了衙門，不久即供出自己和姦夫楊乃武密謀殺夫的過程，兩審之後，楊乃武與小白菜一個被判凌遲，一個被判斬立決。案子是判下來了，可是在當事人家屬以及朝野輿論的努力下，這兩人遲遲沒被殺頭，而是關在監牢裡面，一坐就是三年。中間又重覆審了多次，先後歷經縣、府、按察司、省、刑部等七審七決，受盡刑訊逼供，最終由當時的最高統治者慈禧太后下旨方得以平反昭雪。其歷時時間之長，牽涉人員之多，在中國整個司法史中也算是極為罕見的，成為中國近代史上的經典冤案。

應該指出的是，這起發生在一百三十多年前的案件，由於充斥著才子、佳人、冤獄、官僚集團的傾軋鬥爭等轟動性新聞要素，從它發生的那一刻起，就有媒體追蹤報導，好事的文人們也開始透過或兇殺、或情變、或偵探的形式在小說裡記錄這個離奇案件。此後一個多世紀以來，戲劇、評彈、報章雜誌、廣播影視甚至研究專著等也都將該案作為取之不盡的題材，熱點追蹤。這些文藝作品固然使該案情節更為曲折緊湊，扣人心弦，更能揭露封建社會中官員徇私舞弊、草菅人命的醜惡嘴臉，使之成為婦孺皆知的大案，但影視戲劇畢竟屬於藝術加工，對真實案情進行了必要的虛構；報紙刊物登載的故事軼聞，也大都進行了演繹創造。[三]而所謂正說「楊乃武與小白菜」一案，就是本著故事還原和傳統法律制度的背景敘述，有一分證據說一分話，讓讀者了解到真實的案情，進而能夠客觀地評價封建司法制度，加深對歷史真實的了解。

冤案起因

一、故事背景

同治十二年十月初十，浙江省餘杭縣，一個普通民居裡突然傳出震天的哭聲，原來是豆腐店幫工葛品連暴病身亡，妻子小白菜在一旁哭得死去活來，誰也沒想到，一場曠世奇冤由此拉開了序幕……

案件的主角楊乃武，於道光十六年（西元一八三六年）出生於餘杭縣城的一個鄉紳之家，父母早亡。楊家原在餘杭鎮居住，後因戰亂搬到餘杭縣城內澄清巷居住。他有個姐姐，叫楊菊貞，嫁給葉夢堂，不幸丈夫因病早故，家內無人，就經常回娘家居住。楊乃武先後結過三次婚，第一任妻子吳氏早就亡故；第二任妻子為詹姓女兒，稱大楊詹氏，於同治十一年九月初八死於難產；後又續娶了妻子的親妹妹，稱小楊詹氏，於同年十一月初三過門。後面我們要講楊乃武身陷囹圄三年多，要告狀申冤，都靠這兩個女人上下奔走，最終沉冤昭雪。楊乃武自幼讀書，長大後考中秀才，平常以授徒為業，小有餘產。有史料講他性格耿直，愛管閒事，為民出頭，對衙門官員不怎麼待見，這給他以後遇囚遭難也留下一些後患。

小白菜，本名畢秀姑，因嫁給葛品連為妻，故又稱「葛畢氏」。根據中國古代的正統禮俗，女子一旦嫁人，就在本家姓氏前面配上夫姓，表示自己。所以在後來的審案紀錄和檔案資料中，一般都稱她為「葛畢氏」。葛是她丈夫的姓，畢則是她自己的本姓。毫無疑問，這也是傳統社會中女子沒有社會地位的真實寫照。她於咸豐六年（西元一八五六年）出生於餘杭縣倉前鎮畢家堂村，粗算下來，她比楊乃武小近二十歲。畢秀姑的父親早就過世，在她八歲時，母親改嫁給在縣衙當糧差的喻敬天為妻，本姓王，所以又稱「喻王氏」。據說長大後的畢秀姑長得相貌姣好，白皙秀麗，又喜歡穿著白衣綠褲，周圍的人就給她取了個外號叫「小白菜」。但是從歷史研究角度看，「小白菜」的稱呼並不見於清廷的案卷資料和文人筆記，當時《申報》的報導中也沒這麼稱呼。它應當是最終案情大白之後，文人的杜撰或者當時「狗仔隊」的戲稱。而關於「小白菜」的美貌，在官方奏摺和後來《申報》報導中都予以認同。《申報》甚至說畢秀姑「美而豔」、「受諸極刑，而色終未衰」，沈喻氏在供詞中也屢次說她「生得美」，可見畢秀姑相貌確實漂亮。

畢秀姑的丈夫葛品連，係倉前鎮葛家村人。其父早亡，母親葛喻氏後來改嫁給餘杭縣務農的沈體仁為妻，人稱「沈喻氏」。為維持生計，繼父讓葛品連到餘杭縣城裡一家豆腐店裡做幫工夥計。巧的是，這個喻敬天與沈體仁兩家比鄰而居，大約到畢秀姑十一歲時，葛品連的母親沈喻氏與畢秀姑的母親喻王氏商量，打算把畢秀姑聘給葛品連為妻。因他們兩人的父親都是繼父，對他們的終身大事不管不問，於是就由兩人的親生母親做主，只等兩人年紀稍長後就可完婚。

到了同治十年（西元一八七一年），畢秀姑年滿十五週歲，十六虛歲，出落得水靈清秀，肌膚白淨。在古代，女子及笄（ㄐㄧ）即十五歲時就可以行婚。在親友幫助下，兩家請家住附近的秀才楊乃武擇定了日期，於同治十一年（西元一八七二年）三月初四舉辦結婚儀式。就在他倆結婚前約四個月的時候，楊乃武在澄清巷口新建了三間兩層樓房，當時還請了葛品連的繼父沈體仁做監工。葛品連與畢秀姑結婚後，日子比較拮据，沒有單獨的住處。沈體仁得知楊乃武的房子除了自家居住外，還有一間空出的屋子沒人住，就與妻子一起與楊乃武商量，以每月八百文的價格租一間給兒子兒媳居住，並於結婚一個多月後搬來。此後，楊乃武一家就同葛品連夫婦住在一個屋簷下。

話說葛品連在豆腐店當夥計，因做豆腐需要晚上發酵，第二天一早發賣，且店鋪離家路途較遠，就不得不起早摸黑，為了節省往返時間，他就經常晚上睡在店裡頭。而小白菜（成家後應該叫葛畢氏）活潑外向，隻身在家，閒著無事，就常到楊家拜訪，楊乃武性格爽朗，倒也素無避忌，相處融洽，如同一家人似的，小白菜有時還在楊家同桌吃飯。在楊乃武的影響下，她對讀書、誦經產生了興趣，請楊乃武教她。楊乃武也不推辭，常常手把手地教她識字背詩，秉燭夜讀，笑語盈窗。

這個時候，楊乃武的第二任妻子大楊詹氏還在，小白菜與楊乃武往來雖然較為頻繁，但並沒怎麼引人注意。到了當年（西元一八七二年）九月初八，大楊詹氏因難產去世，剩下楊乃武一人在家，小白菜仍然和以前一樣，不避嫌疑與楊乃武同吃共讀。這樣過了些日子，葛品連有時回家比較晚了，發現小白菜還在楊家，不由起了疑心，懷疑妻子與楊乃武有姦情。他為探明情況，一連好幾個晚上，從店裡跑回家，躲在門外屋簷下暗中偷聽。可除了聽到二人讀書誦經外，並沒有調情輕薄之事，更沒有抓獲姦情。但葛品連心中的疑雲難以消散，就向自己的母親沈喻氏將自己的懷疑和所見述說了一遍。沈喻氏與丈夫沈體仁住在別處，偶爾去楊乃武家看望兒子兒媳，也曾見兒媳與楊乃武同桌吃飯，早已疑心，聽到兒子如此一番說法更是疑雲重重。婦道人家口沒遮攔，沈喻氏又添油加醋，在鄰居間大肆渲染。一時間鄰居們指指點點，流言四起，街談巷議都是楊乃武與葛畢氏「羊吃白菜」的桃色新聞。

而楊乃武這邊妻子大楊詹氏去世兩個月後，十一月初三，在岳母的同意下，楊乃武又與大楊詹氏的胞妹小楊詹氏結了婚。這個時候，葛品連與小白菜之間的吵鬧也開始增多。葛品連經常藉故打罵妻子，但又沒錢另租房子，只得依然住在楊乃武家。如此不斷摩擦，到了第二年，也就是同治十二年（西元一八七三年）的六月，楊乃武以行情見漲為由，提出要把房租提高到每月一千文。葛品連聽從母親的勸告，決定趁此機會遷居以避開嫌疑。就向楊乃武說明不再租住其房屋了，隨即搬到位於小白菜繼父喻敬天的表弟王心培家隔壁租住。

王心培也早就聽說過楊乃武與小白菜之間的風言風語，自從葛品連一家搬來隔壁居住後，就留心觀察，看楊白之間到底有沒有傳聞的風流韻事。可是觀察了好多天，並沒見到小白菜出去，楊乃武更沒有過來與她幽會。但是，葛品連的疑慮卻並沒有因此消解，依舊對妻子耿耿於懷，認為畢秀姑對自己不忠，常常藉故打罵。這年的八月二十四，葛品連嫌小白菜醃菜晚了時日，將妻子痛打一頓。小白菜忍無可忍，尋死覓活，剪掉自己幾縷頭髮，發誓要出家做尼姑。鬧了許久，直到雙方父母趕來調解，房東王心培也趕來勸解，才算平息風波。但這個事件，在街坊鄰居看來，實際上就是葛品連假借醃菜問題，出一下楊乃武與小白菜同吃誦經甚至通姦的惡氣。

故事說到這裡，讀者朋友們也許要問，楊乃武和小白菜倆人除了彼此有好感之外，究竟有沒有做什麼不倫之事？我們的答案是不知道。因為在法律上最講究「有一分證據，說一分話」。案件筆錄和證人證言確實反映出他們常在一起，相互間有好感，但直到全案最終審理完畢，審判官們都沒有發現確切的證據能證明他們之間有苟且害人之事。但是話說回來，大家不要忘了，傳統社會遵循男女授受不親的封建禮教，他們二人經常在一起交往的行為，的確與這種「餓死事小，失節事大」的倫理道德規範相衝突。也就很容易引起街坊鄰里的非議。

還要說明的是，前文提到了不少與主角有瓜葛的人，如：葛品連的母親及其繼父，小白菜的母親及其繼父，楊乃武的第三任妻子小楊詹氏，還有鄰居王心培。聽起來很亂，但大家要注意將來案件發生後，這一干人都被作為證人多次出庭作證，而所謂「楊白」案的相關事實也正是靠所有這些人的供述才能勾畫完整。

二、葛品連暴病身亡

同治十二年八月（也就是葛品連藉醃菜事件打了小白菜的前後），楊乃武赴杭州參加癸酉科鄉試，中了浙江省第一百零四名舉人，是當時餘杭縣唯一一名中舉的舉子。按照慣例，中舉者必須在張榜後的兩三個月內到浙江首府杭州辦理確認和報到手續，否則將被視為棄權處理。這個時候，楊乃武的岳父病故，雖然早已落葬，卻還未曾除靈（一種迷信儀式）。而當時他的兩個兒子都已病故，沒有男性子嗣，於是詹氏宗族就討論把族侄詹善政過繼給他為嗣。於是定好十月初三除靈，初五舉行詹善政的過繼禮，而先後娶了詹家兩個女兒的楊乃武自然是非要參加這兩個儀式不可的。於是，十月初二，楊乃武前往杭州辦理中舉事宜，至初三辦理完畢，就從杭州直接趕往南鄉岳母家中。當時同去祭奠的還有好多人，包括詹耀昌的乾兄弟、監生吳玉琨、還有沈兆行、孫殿寬等。楊乃武初三下午趕到祭奠，當晚就住在岳母家。初五舉行詹善政過繼禮，所有參加儀式的親朋好友都在過繼書上畫押作證。一切手續辦完後，楊乃武於初六返回家中。

就在楊乃武忙碌著辦理中舉和家族事宜的同時，葛品連生病了。十月初七這天，葛品連忽然感到身體不適，全身疲乏無力，忽冷忽熱，像犯了瘧疾，兩腿像灌了鉛，走路沉重。小白菜知道丈夫本來就患有流火症（上火），勸他找人代班，回家休養。葛品連認為無甚大礙，執意不肯，支撐病體勉強上工。這樣硬挨了兩天，病情日趨加重。初九早晨，葛品連實在支撐不住，只好請假回家，途中屢次嘔吐。他的繼父沈體仁正在路邊大橋店內吃早茶，見葛品連渾身哆嗦，走路艱難，心知他流火病復發，就沒有叫住他，只是讓他回家早些休息。葛品連路過一家點心店時，還買了一個粉團作早點，但剛吃了幾口，還沒走到家，就都吐了。好不容易到家門口，房東妻子見他兩手報肩，瑟瑟發抖，問詢了幾句，就喊小白菜出來扶她丈夫上樓歇息。

小白菜將丈夫扶到樓上，脫衣躺下，蓋上兩床被子，見丈夫依然嘔吐，大叫發冷。詢問他病情，葛品連說自己連日來體弱氣虛，大概是流火病復發，囑咐妻子拿一千文錢託岳父喻敬天代買東洋參、桂圓煮湯補補元氣。喻敬天派人買回東洋參和桂圓，小白菜給他煎成湯藥服下，而後又叫來自己的母親喻王氏幫忙照料。喻王氏來了後，見女婿依舊臥床發抖，不多時間就想嘔吐，既無好轉也沒惡化，於是安慰開導一番，就回去了。

到了傍晚時分，小白菜聽到葛品連喉中痰響，急忙上前照料，卻見丈夫口吐白沫，已經不能說話，十分害怕，就高聲叫喊，先是房東王心培夫婦聞聲趕來，而後又叫來雙方母親沈喻氏及喻王氏。婆婆和母親來了之後，見葛品連兩手在胸口亂抓，目光直視，就趕緊找來大夫看病。大夫來了之後，診斷說得的是痧症，不是什麼治不了的大病，吃服中藥就好了。按照中國傳統中醫理論，對這種病的治療辦法就是刮痧，刮痧之後，人的皮膚上會出現相應的顏色反應，疝氣去除病就好了。於是在大夫的指導下，用土法灌萬年青汁、蘿蔔籽湯，但仍未見效。王心培後來還跑出城外，把小白菜的繼父喻敬天叫來，另外延請大夫診治，也是毫無效果。葛品連最終挨到次日（十月初十）下午申時（也就是下午三至五點），氣絕身亡。

葛氏家人悲痛欲絕，哭聲震天。哭過之後，家人商量發喪出殯事宜。沈喻氏給兒子擦洗身子，換上乾淨衣服，準備停靈兩日後入殮埋葬。當時屍體並無任何異常，在場的所有人都認為是葛品連是痧症致死，起初並沒有絲毫懷疑。

葛品連死亡的時令雖已是十月深秋天氣，可南方天氣悶熱潮濕，屋內又通風不暢，加上死者身體肥胖，到了第二天即十一的晚上，屍體就開始發生變化，口鼻中有少量淡血水流出。葛品連的乾媽見後，認為屍體怪異，就提出疑問，說葛品連「死得蹊蹺」。沈喻氏平時就對兒媳舉止輕浮不滿，見有人提出問題，也不覺起了疑心。她又仔細查看了兒子屍體，見屍體面部發青，口鼻流血，面目猙獰，回想起兒子死前雙手亂抓，口吐白沫，於是疑竇叢生，認為兒子可能是中毒死亡的，就當場盤問起兒媳小白菜。小白菜一口斷定丈夫是因病致死，絕沒有其他緣故。沈喻氏見問不出眉目，自己的疑惑又難以消除，便與家人商量著告官，只是說自家有人好端端地突然暴病而死，不明究竟，希望由官府勘驗兒子是否中毒而死，如果的確不是中毒而死就入殮出殯；如果確係中毒死亡，就追究兇手，為兒子申冤報仇。當下就請來地保（如同今天的里長）王林，讓他先察看屍身，王林也認為是中毒模樣，同意告官，當晚便請人寫好呈詞。次日一早，在王林的陪伴下，沈喻氏向餘杭縣衙遞交了請求驗屍的呈詞。

按照清代法律的規定，如果地方上發生了人命案，需要到現場查驗的，縣官老爺必須親自出馬，趕到現場調查究竟，畢竟人命關天。過去有句說法，說是地方上發生的事情，對於最基層的朝廷官員來講，就好比是一個孩子剛剛降生，需要父母照顧。而離案發地最近的縣官，你可是當地人的父母官，你就有義務、有責任在第一時間予以關注和照料。縣官前往勘察時，往往還要帶一名仵作同行。仵作就是古時候的法醫，他專門負責勘查現場，檢驗屍首的受傷或病理情況。除了仵作而外，還要帶上一名刑書，也就是記述現場勘驗結果的書記員。當然了，兩三個隨行的衙役跟上，以便維持秩序、現場審問或追捕兇手。這樣，連同縣太爺，一行人就這麼四五個人。當然也不可能多帶，因為當時的法律還明確規定，這些公務員的飲食都要自備，為的就是要防止他們到了鄉間吃拿揩油，騷擾民眾。由此可見，古代法律規定中也是有它便民親民之處的！

禍起枉判

沈喻氏報官之後，餘杭知縣劉錫彤，就帶上仵作沈祥和跟班門丁沈彩泉及一班衙役前往現場勘驗葛品連的死因。在現場勘驗時，劉錫彤命仵作沈祥用銀針刺探咽喉，卻忘了用皂角水擦洗銀針……因屍體症狀與砒霜中毒表現不符，仵作沈祥不敢確認是否中毒而死，只是含糊報告知縣，死者屬「服毒身亡」，知縣劉錫彤即刻將小白菜帶回縣衙審訊，從下午審到半夜，小白菜終於忍不住酷刑的折磨，招認了自己與楊乃武的姦情……

一、案件一審

時任餘杭知縣劉錫彤，天津鹽山人氏，道光丁酉科順天鄉試舉人，此時他已經年近七十。他十月十二一大早接到訴狀，見一向平靜祥和的餘杭竟然出了命案，即刻準備，叫來仵作沈祥和門丁沈彩泉及隨行衙役前往葛家勘驗，探訪案情。

一夥人收拾完畢，正待出發，餘杭秀才陳竹山來到縣衙給劉錫彤看病。劉錫彤年邁多病，聘請陳竹山定期前來給他檢視身體。兩人關係密切，常來常往，已經成為無所不談的朋友。望聞問切之餘，劉錫彤向陳竹山談起正要前去勘驗的一起兇案的事情，要斷明葛品連是否確為中毒而死。陳竹山就把他在街頭巷尾聽到的關於楊乃武與葛畢氏（「羊吃白菜」）

的風流傳聞告訴劉知縣，並說其後葛品連為避嫌疑搬了家；他們小夫妻失和，有一次吵架，小白菜哭鬧著要剪髮做尼姑等等；還說現在葛品連青年暴死，鄰居都認為是楊乃武與小白菜合謀毒死。

陳竹山和劉錫彤聊到近中午時分才分別。陳竹山離開後，劉錫彤即帶領仵作、門丁及衙役前去勘驗。正午時分，一行人來到葛家，此時葛品連的屍體腐爛加劇，肚腹膨脹，上身變青，腹部有幾個水泡，一按即破。仵作沈祥勘驗發現：屍身仰面，淡青色，尚未僵硬，口鼻內有淡血水流入眼耳，腹部有大泡十餘個，用銀針刺探咽喉，銀針呈青黑色，擦之不去。在報告結論時，根據以往經驗，沈祥有些犯難：這個症狀與宋慈《洗冤錄》[2]所載服砒霜而死的特徵應有「牙根青黑、七竅流血、嘴唇翻裂、遍身小泡」的情形不同，但與「用銀針刺喉，銀針變暗擦之不去」的特徵卻又一致。

沈祥想起自己曾勘驗的另一個死者，其屍體特徵與此相似，那個人是自服生煙土（鴉片）致死的。沈祥思慮再三，就說，死者可能是服生煙土中毒而死。門丁沈彩泉在縣衙時，也聽到了陳竹山的議論，於是先入為主，認為煙毒都是自己吞服，與被人毒死不同，葛品連肯定是被砒霜毒死。沈祥不服氣，與沈彩泉爭執起來，這時，試毒的銀針本來應該用皂角水多次擦洗的程序也被忘得一乾二淨。兩人爭執的結果是誰也說服不了誰，只好含糊地向劉錫彤報告稱死者係「服毒身亡」。

劉錫彤一聽「服毒」，立刻想起陳竹山的話，認為葛品連肯定是被人毒死的。當即詢問告狀的沈喻氏，讓她陳述葛品連死前情況，吃了什麼東西，誰做飯餵服。沈喻氏把大致情形訴說一遍，特別說明死時只有兒媳在身邊服侍。劉知縣當即叫來小白菜質問，讓她說出實情。小白菜說只讓喝了一碗東洋參煮的桂圓湯，而矢口否認自己毒死了丈夫，並對天發誓。劉錫彤見在葛家問不出頭緒，就讓衙役把小白菜帶回縣衙嚴審。

劉錫彤將小白菜帶回縣衙，胸有成竹，認為很快就能破案，查出兇手。他吃過午飯，稍事休息，立即升堂審問。劉錫彤因有成見在先，先問小白菜：葛品連因何中毒身亡？威逼她說出毒死丈夫的實情。小白菜連呼冤枉，堅稱自己毫不知情。劉錫彤用了一下午時間，審問依然毫無進展。劉錫彤見問不出頭緒，就直奔主題，打算突破小白菜的心理防線，逼問其是否認識楊乃武，與其有什麼關係。小白菜供認自己認識楊乃武，她和丈夫原是租住在楊乃武家的，但案發前已經因他家租金太貴搬了出來，另租了房子，兩家現已互不來往。同時她對丈夫的死仍表示毫不知情，葛品連就是突然發病致死的。劉錫彤平素對姦夫淫婦深惡痛絕，眼見小白菜堅持自己的說法，更覺得是詭辯抵賴，愈加相信那些社會議論了，是可忍孰不可忍，就下令用刑。按照清代法律的規定，傳統的法律制度，在審訊人犯的時候，可以對人犯用刑，叫做刑訊，「刑訊逼供」的說法就是從那時來的。按照我們今天的法律觀點來看，這是不允許的，但在過去卻一直被認為是正當的（當然它也不可以濫用）。

一開始，先用「拶刑」。清代對女性人犯如果要刑訊的話，還有個比較重的刑罰叫做拶（ㄗㄢˇ）指，拶子是一種審訊女犯時所用的夾手指刑具，實際上它是在五根木棍或竹片當中，橫穿兩根皮線，讓這個人犯的兩手各四指插在五根棍子當中，然後由衙役在兩邊用力拉緊皮線，五根棍子便收緊壓迫手指，使得這個人犯非常痛苦。有戲詞說：「拶子本是五根柴，能工巧匠造起來，雖然說它不是斬人的劍，拶得我十指連心痛難挨。」當時劉錫彤就給小白菜上了拶指的重刑，小白菜疼得冷汗直冒，卻咬緊牙關矢口否認，審訊沒有效果。

接下來，劉錫彤又叫衙役們剝去小白菜的上衣，用開水澆在背上，仍無效果，再用燒紅的鐵絲刺穿小白菜的乳頭。也就是採取了「燒紅鐵絲刺乳房，錫龍滾水澆背」的酷刑，遠遠超出了法定刑罰的限度。小白菜撕心裂肺，幾次昏死過去。劉錫彤審訊了近十個時辰，從下午一直審到半夜，小白菜最終難耐酷刑，招認了與楊乃武因日久生奸，進而謀害親夫葛品連的「實情」。

小白菜的供狀大致如下：

> 楊乃武在他第二任妻子大楊詹氏因難產去世後，曾多次調戲自己。同治十一年（西元一八七二年）九月二十八傍晚，丈夫去了店裡，楊乃武又來調戲，自己素念楊乃武風流儒雅，把持不住，同意其要求。此後，兩人一有時機，便行苟且之事，不計次數。第二年搬離楊家後，兩人仍有來往，被丈夫察覺。八月二十四，丈夫以自己醃製鹹菜遲誤生氣毆打，自己剪落頭髮哭鬧。楊乃武尋機過來勸慰，說要娶自己為妻，自己以已有丈夫而拒絕，楊就勸自己毒死丈夫，並說過門後與原妻地位身分一樣，不分妻妾、大小，自己也就應承下來。十月初五傍晚，楊乃武交給一包砒霜末，囑咐自己尋機下手。十月初九上午，丈夫因流火疾返家，要我買東洋參和桂圓煎湯服用，自己就將砒霜倒入湯中，毒死了丈夫。

小白菜做完口供，已是半夜三更。劉錫彤見供大喜，一刻也不耽擱，立刻命衙役阮德等人捉拿舉人楊乃武。楊乃武面對不速之客表現冷淡，回說時間太晚，有事明天再說。阮德等人豈肯罷休，不由分說將楊乃武強行拘捕，帶往縣衙。來到縣衙，劉錫彤出示小白菜的口供，讓楊乃武詳細敘述毒害葛品連的經過。楊乃武脾性剛硬，半夜三更平白無故被強行帶到縣衙，真是氣不打一處來。他不但一口否認與小白菜通姦謀毒之事，還頂撞劉錫彤，說他強闖民宅，違律拘繫文人，實屬誣陷，使得劉錫彤大為光火。但因楊乃武是新科舉人，係天子門生，具有相當的社會地位與待遇。按照清朝規定，對有功名的人不得施加刑罰。劉錫彤一時束手無策，拿楊乃武毫無辦法。又無法取得口供，只得暫時宣布退堂，將楊乃武押入大牢。

由於楊乃武拒絕承認有什麼姦情和下毒害人，而清朝律法中關於訴訟的規定又極為看重口供（即非罪犯自己承認不得定罪），沒有楊的口供，劉錫彤也就無法定案。於是，劉錫彤就打算給楊乃武用刑來審問，可是按照《大清律例》，對楊乃武這樣有舉人功名（身分）的人不可以像對一般老百姓那樣，隨便動用刑罰（即：有舉人功名者，依律不能上刑）。當然如果關係重大，必須動刑訊問的話，可以由督撫一級官員上報吏部，由吏部提供一個是否批准革去該犯的舉人身分的建議，最後由皇帝核准。

次日一早，劉錫彤就向他的頂頭上司杭州知府陳魯致函說舉人楊乃武涉嫌通姦謀毒，為便於審訊，要求革去其舉人身分。而按照清制，需由巡撫上報朝廷具題。杭州知府陳魯見事關重大，即刻呈報浙江巡撫楊昌濬。於是，楊昌濬就給當時的同治皇帝上奏了一個革除楊乃武功名的題奏，最終同治皇帝為這個事情還就下了一個御批，他的批示中說：既然楊乃武牽扯到了一樁命案，那就允許先革去他的舉人的身分進行審問，務必使案件清楚地審結。

在朝廷的批文尚未到達之前，楊乃武的家人就從各種管道探聽消息，得知楊乃武被小白菜攀誣（誣陷），且在供詞中有十月初五楊乃武親自交給她砒霜云云。家人就託人趕到楊乃武岳母家，求十月初五在場的本家親友為楊乃武作證，證明他初五在南鄉為岳父除靈，舉辦過繼承嗣儀式，初六才回餘杭城內，以擊破小白菜供認的初五交砒霜的謊言。在岳母家人的努力下，那天參與除靈過程的一干人等（監生吳玉琨、過繼的詹善政、楊乃武的堂兄楊恭治及孫兆行、馮殿貴等人）即向餘杭知縣遞交了公稟（證明），聯合證明楊乃武初五尚在南鄉做客，不可能當面交給小白菜砒霜。

劉錫彤看到遞交上來的公稟呈詞，就安排楊乃武與小白菜當面對質。小白菜懼怕受刑，咬定原供屬實。楊乃武拒絕承認，還破口大罵，怒斥小白菜信口雌黃。劉錫彤見此，認為楊乃武家人是合夥作假證以開脫楊乃武的罪責，對呈遞的公稟不再予以理會。

由於朝廷革除楊乃武舉人身分的批覆還沒有下來，不能對楊動刑，雖然楊乃武沒有招供，但小白菜已將案情供認清晰，按照清律，可以認定案件初審結束。十月二十，劉錫彤將楊乃武、小白菜及相關卷宗押送杭州府。在這裡，我們需要簡單地介紹一下清代的審級制度。對於涉及人命的案件，先由縣級地方官受理，但他無權最終定罪處罰。他的任務主要是就近現場勘驗、透過刑訊和偵查取得涉案人犯的口供和現場物證，形成初步結論後。

再轉呈到上級知府衙門，由知府衙門定罪量刑。如果案犯有可能被判處死刑或者死刑犯提請上訴和京控的，那麼還要從府上報到省，由省上報給皇帝最終定案。

此時，自沈喻氏報案以來僅九日時間，劉知縣辦案可謂神速，且時限、程序上均符合清律。不過：

一、劉錫彤認為楊乃武親朋吳玉琨等遞交的楊乃武十月初五不在餘杭的公稟證詞是偽證，不值得上報，就擅自扣押，沒有連同其他卷宗上交杭州知府。

二、為了讓上司看到自己辦案有力、能力超群，也為了不讓上司駁回案子，他在初審報告中謊稱試毒的銀針已用皂角水擦洗，結果「青黑不去」，與《洗冤錄》所載服砒中毒情形一致等等。

對於劉錫彤的這個小動作，絕不可輕視。因為這兩個證據正是此案事實不清、判斷不實的證明。很明顯，劉錫彤是在知情的情況下，而有意隱瞞的這兩點證據。從現在司法程序的角度看，往往由於證據的改變而使得整個案子被推翻。例如，前些年轟動全球的美國橄欖球明星O·J·辛普森殺妻案。當時所有的罪證都指向了辛普森，即他涉嫌殺死了自己的白人妻子。可是在法庭質證的時候，警察指控說辛普森正是戴著從現場搜到的血手套殺人的，但在全球億萬觀眾眼睛的注視下，這個手套卻怎麼也戴不進去辛普森的大手，這時候律師又指證說提供證據的警察以前有過不良紀錄，於是這一個證據的認定錯誤就轉化成了警察在說謊，再轉化為他們前面提供的所有證據都是偽造的，這些白人警察蓄意想整辛普森，白人欺負黑人……最終的結果是辛普森在這次刑事訴訟中被判無罪。具體到本案中，劉錫彤之所以要和一個小百姓過不去，甚至不惜隱瞞和假造證據，並非像有些文學作品上說的劉錫彤的兒子貪戀小白菜的容貌殺了葛品連，而後劉氏父子合謀嫁禍於楊乃武，因為史料中並沒有劉錫彤兒子其人其事，在我看來主要還是封建司法體制中「官判無悔」的思想作祟，也就是官府衙門已經作出的判決，即使有錯誤也要想盡辦法予以維護、掩飾，以免影響自己的政績和陞官發財。這個問題我們後面還要詳細分析。

隨著劉錫彤把案件上交杭州知府陳魯，該案初審宣告結束，正式進入二審程序。

二、案件二審

話說這個案子到了杭州府，知府陳魯看過上報案卷之後，見楊乃武並未承招，無法定罪，就命令餘杭縣把人犯押解到杭州府進行二審。劉錫彤害怕翻案，趕緊將案卷人犯移送杭州府，他向陳魯信誓旦旦地保證說：餘杭縣的審理得都很正確，沒有什麼紕漏。因革去楊乃武的舉人御批已經下發，杭州知府陳魯覆審案件便不加詳查，見楊乃武拒絕認罪，行伍出身的陳魯原本就瞧不起這些平素傲慢無禮的舉人，喝叫大刑伺候，以跪釘板、跪火磚、上夾棍等刑具逼供。楊乃武是個讀書人，受刑不過，只好誣服，也就是照著小白菜那一套假口供，招認是他把砒霜交給了小白菜，囑其毒死葛品連。陳魯追問砒霜來源，楊乃武臨時編說十月初三從杭州回鄉途中，在餘杭縣倉前鎮「錢記愛仁堂」藥店以毒老鼠為名購得四十文紅砒霜，交給小白菜毒死親夫。楊乃武進一步交代說這家藥店的主人叫錢寶生。知府陳魯以為真相大白，覺得如果查實這個情節的話，就等於有了楊乃武設謀殺人的重要憑證。而根據封建社會的律法，案件審訊時最重要的東西就是人犯的口供。審判官只要得到當事人（即被告人）自己的口供，同時他們本人又承認畫押，案件就算坐實了，辦成不可能推翻的鐵案。所謂畫供，是指被判刑的人承認所犯罪行而在判詞後畫的圓圈或者摁的紅手印。傳統審案的這套規矩，在後來的許多文學作品當中比比皆是。如魯迅的《阿Q正傳》裡，就說阿Q因被誣告處斬，臨刑前還要將判決書上的圈圈畫圓。

為了證實楊乃武招供的在藥店買砒霜這個情節，杭州知府陳魯特命劉錫彤傳訊愛仁堂藥店前來作證。劉錫彤不敢怠慢，為了確保錢寶生作證，特別讓其幕僚、倉前鎮人章濬（綸香）以同鄉身分寫信將其召至縣衙。錢寶生應召前來，聲明自己就是「錢記愛仁堂藥店」的掌櫃，但不叫錢寶生，而叫錢坦，並且從未出售砒霜給楊乃武其人。此時，劉錫彤結案心切，打自己的小算盤：如果這條證據情節不能夠坐實認定，他在餘杭縣的一審恐怕就有問題，案子全部會被反過來，而如果這樣的話，他這輩子的仕途恐怕就熬到頭了。但是如果反過來講，不管楊乃武以後是否推翻自己的招供，把自己從愛仁堂藥店買到砒霜的事情是重刑之下的妄供，但如果想辦法讓錢坦證明就是他賣了砒霜給楊乃武，這樣楊乃武真就百口莫辯了。

於是劉錫彤一再威脅利誘，聲稱不會追究他私賣砒霜的刑事責任，並作書面保證。但錢坦以為此事本是無中生有，堅持拒絕作出不實之證。這時，錢坦有個同父異母的弟弟錢塏，得知兄長被知縣傳去，總以為兄長吃了官司，想託人給予消弭。他認識陳竹山，也知道陳竹山與知縣劉錫彤關係非同一般，就找到陳竹山，請陳竹山給說項。陳竹山來到縣衙，剛巧劉錫彤在衙門內堂詢問錢坦。陳竹山就坐在外間，向沈彩泉要了楊乃武的供詞看。不一會兒，錢坦從內衙出來。陳竹山叫住錢坦，問了他作證的情況。錢坦如實相告。陳竹山不僅相信街巷傳聞，更相信楊乃武的供認，並且同樣認為錢坦是怕做證人，怕承認賣砒霜後被追究責任。於是，陳竹山就告訴錢坦，楊乃武已如此這般作了供認，不如就照楊乃武所作的供詞作證。即使賣砒霜有罪，也不過枷杖而已。楊乃武都已經招供了，如不按其意思作證，就有包庇之嫌。陳竹山一面利誘錢坦說：「你只要做了這個證明，沒有事情的。」另一方面又威脅說：「你如果承認確有此事，大不了就是挨一頓板子；可是你要是死不承認，楊乃武又一口咬定說這藥是從你這裡買的，你反倒會落一個包庇罪犯，有殺人共犯的嫌疑，罪過豈不更大。」最後，錢坦被說動了，出具了證詞，於是劉錫彤就從錢坦手上獲得了一份虛假的關鍵證詞：楊乃武確實藉口「毒自家老鼠」在他的愛仁堂買了砒霜。這時候知縣劉錫彤眼見大功告成，怕錢坦悔供，又親筆寫了「此案與錢坦無干」的保證。也不讓楊、錢對質，便申報知府。

當然，誘供偽證並不是劉錫彤犯下的唯一一個錯誤。實際上，在他把整個案件上報給陳魯的時候，就已經犯過一個錯誤了。我們前面已經說過，一審時小白菜招供說楊乃武在十月五在葛家親手拿來砒霜與事實不符：因為十月五楊乃武並不在餘杭，由楊乃武家人聯名出具的公稟證言，足以證明小白菜是在攀誣楊乃武。但劉錫彤在移交案卷時並沒有上報給知府陳魯，而是擅自扣押了這份證明。對此，按照當時大清律的規定：官員對上彙報不能有所隱瞞，更不能有虛假，否則要被追究刑事責任。這個過錯，自然也要記在劉錫彤身上。由此可見，知縣劉錫彤對楊乃武與小白菜的冤獄的確應該承擔重要責任。

劉錫彤把錢坦的偽證報上去之後，儘管藥店店主的姓名對不上號，杭州知府陳魯卻認為全案事實已經查清，案情大白，更沒有傳楊乃武招供的所謂「錢寶生」老闆當堂對質，立即定案。小白菜在嚴刑拷打之下，曾經信口供道，八月二十四楊乃武來家調戲，被葛品連撞見痛打，葛品連暴死以後，婆母沈喻氏當即盤問，便說明了與楊乃武同謀殺夫的事情。口供傳出，沈喻氏明知與事實不符，但為兒子報仇心切，不管真假，也照樣胡說，造成她的口供與她原遞控狀牛頭不對馬嘴，矛盾重重。鄰居王心培本來從未見到楊乃武前往葛家，卻也隨著沈喻氏信口開河。知府陳魯完全依照二審口供定案，根本不去查究原審的情節。劉錫彤見各個口供都說葛品連「口鼻流血」，與他上報的屍體檢驗紀錄不符，就公然舞弊，將口供一律改成「七竅流血」。經過府縣一番修改拼湊，同治十二年十一月初六，杭州知府陳魯作出判決，以因姦謀殺親夫罪處小白菜凌遲之刑，以授意謀害他人親夫處楊乃武斬立決，錢寶生擬以杖責，上報浙江按察使。

那麼，這個判決是怎麼作出來的呢？「斬立決」和「凌遲處死」又是什麼樣的刑罰呢？我們簡單介紹一下：

本案中，小白菜被認定與外人通姦毒殺自己的親夫，這在傳統法律裡面，罪名是很重的，屬於「不得赦免的」十惡之罪裡面的一種，所以她被判了死刑裡面最重的一等刑罰「陵遲」（後稱「凌遲」）。陵遲刑就是俗稱的「千刀萬剮」，之所以把陵遲這兩個字放在一個刑罰名稱上，有什麼寓意呢？我們都知道丘陵地帶連綿起伏，漫無邊際。用「陵遲」這個詞，就是說這種死刑方法在殺人上不圖快，而是慢慢地把人殺掉，也就是一刀一刀地割人身上的肉，直到差不多把肉割盡了，才剖腹斷首，使犯人斃命。（根據明清兩代法律的規定，受刑人被押赴刑場之後，綁在一個柱子上，然後一刀一刀地割，割上數百刀甚至一千多刀之後，最後才在這個人喉嚨上一刀斃命。）由此可見，陵遲是個極其殘忍的刑罰，無辜的小白菜就被判處了這樣的刑罰。

依照判決，楊乃武姦淫他人之妻，並設計毒殺其夫，屬於故意殺人犯罪的重犯。判處「斬首立即執行」的刑罰。在古代法律制度史上，從隋代起一直到明清，都把斬首列為五刑中的死刑之一，處罰的程度在凌遲和絞刑之間。斬首作為一種官方正式執行的刑罰，在清亡後被槍斃所代替。古代被判處斬首的犯人，執行死刑的時間，從漢朝起歷朝歷代都在入秋以後，這也就是人們常說的「秋決」。這同中國古代陰陽五行和「天人合一」的哲學觀有關：春天時候，冰雪消融、萬物復甦，這時候殺人有違節令；夏天花草繁茂、生機勃勃，自然也不合適殺人；冬天人們儲備糧食和精力，等待來年的好年景，不合適殺人；只有秋天，秋氣肅殺、秋風掃落葉，正是除去人間壞人的節令。但在本案中，楊乃武被判斬立決，即執行他的死刑，絕不等待到秋天，須立即執行。

此外，古人判處斬刑的具體時辰也有講究，正所謂「午時三刻開斬」。意思就是說，在午時三刻鐘（差十五分鐘到正午）時開刀問斬，此時陽氣最盛，陰氣即時消散，此罪大惡極之犯被處死後，應該「連鬼都不得做」，以示嚴懲。也有一種說法認為：在「午時三刻」，人的精力最為蕭索，處於「伏枕」的邊緣，所以這個時候處決犯人，犯人也是懵懂欲睡的，腦袋落地的瞬間，也許痛苦會減少很多。如此看來，在「午時三刻」處決犯人，還有體諒犯人的考慮，這當然是閒話了。

楊乃武的罪過，一旦被坐實，斬立決一經判決，它就要按照當時《大清律》的程序逐級上報審批，四級終審。從杭州府上報浙江按察使，也就是專門負責浙江省刑名的機構（省高院），再由按察司上報省級的總督或者巡撫，最後從省上報刑部備案，刑部最終批覆同意後就要執行斬刑。

說了半天官府的審案動作，再來講講楊乃武家裡的情況：楊乃武無辜蒙冤，被捕入獄，楊家頃刻之間大禍臨頭，一時無所適從。稍稍沉靜後，家人想盡一切辦法打探消息，試圖營救楊乃武。他的妻子小楊詹氏日夜痛哭，雙目盡腫，而又恰好剛剛分娩，行動不便，只能乾著急；楊乃武的姐姐楊菊貞即葉楊氏四處託人打聽縣、府審訊情況，還跑到倉前鎮詢問錢坦的母親和愛仁堂的夥計，從他們口中得知他們店中從沒有賣過砒霜。獄中楊乃武得知自己將被秋決處死，不甘心俯首就戮，枉做冤鬼，遂自擬呈詞，歷述被嚴刑逼供屈打成招的冤情，囑其妻小楊詹氏和其姐葉楊氏（楊菊貞）上告申訴。楊家面臨家破人亡的困境，到處奔走，設法營救楊乃武出獄。

三、案件三審

前面已經講過，杭州知府陳魯作出「楊乃武斬立決，小白菜凌遲處死」的判決之後，就把這個死刑案件上報給浙江按察使。當時的浙江按察使叫蒯賀蓀，出身舉人，他不像陳魯那樣蔑視讀書人。接到杭州知府陳魯呈交的案卷後，蒯賀蓀並沒有立刻採信審訊結果。他覺得因姦謀毒與楊乃武舉人的身分不相稱，很感蹊蹺。因為在當時的情況下，考中舉人殊為不易，一旦中舉，如果再能考中進士的話，入仕做官，前途無量。於是他就帶著疑問調閱了全部卷宗，並審查了杭州府的結案報告，還親自過堂訊問兩名案犯。而此時，楊乃武和小白菜經過前兩次刑訊，都已經心灰意冷，毫不抵抗，照前供述。蒯賀蓀見案犯所供無異，又叫來初審的劉錫彤和二審的陳魯詢問審判經過，追問審訊是否有可疑之處。劉錫彤和陳魯二人則信誓旦旦地說，此案鐵證如山，絕無冤屈。蒯賀蓀見此，就召集所有案犯、證人一一畫押透過，將案件上報浙江巡撫。

三審就此草草結束，按察使蒯賀蓀根本沒有造成審核把關的作用。

四、案件四審

按清朝刑事訴訟制度，死刑案件由按察使審核後，還要上報該省總督或者巡撫審問。當時閩浙兩省設一個總督，衙門設在福州，杭州城內沒有總督，只有巡撫，所以本案就由浙江巡撫楊昌濬負責四審。

陳魯嚴刑逼供，草率定案，楊乃武的家人就到省城杭州喊冤告狀，此事已傳聞整個杭州城。浙江巡撫楊昌濬為人正派，在當地很有政聲。接手這個案子之後，為把案子辦得紮實，他認真閱讀卷宗，親自審訊案犯、證人，但楊乃武、小白菜二人早已屈打成招，料想難以翻案，便依樣畫供。楊昌濬見此，並不草率結案，也是怕這個命案再有紕漏，自己的烏紗帽不保（當時的地方官如果對人命案有疏忽，最容易招致監察御史的彈劾，也最容易丟官），就特別委派手下的候補知縣鄭錫滜微服到餘杭私訪，探聽民間議論，看百姓言論是否與案犯所供相符，如此深究下去，必定能水落石出。

鄭錫滜到餘杭後，人生地不熟，就打算依靠知縣劉錫彤，暗訪相關證人和案犯家屬。劉錫彤見上面來人，自然要好好表現，設宴款待。觥籌交錯中，鄭錫滜告訴劉錫彤他此行的目的。劉錫彤緊張萬分，因為劉錫彤這個時候已經是一錯再錯了，他不能夠讓上邊的人查出錢坦所做的這個證供是虛假的，否則他的烏紗就危險了。於是，他就事先做了安排：囑咐陳竹山給錢坦施加壓力，警告錢坦按原供交代。如此一來，鄭錫滜本來最應該關注的就是楊乃武有沒有從錢坦手裡買砒霜，兩方當事人當面對質一切問題都就清楚了。結果幾天的微服私訪過後，所得的只是一些劉、陳等人專為他準備的假情報，他反倒認為暗訪很有效果，回到杭州就向巡撫大人楊昌濬稟報說當地百姓對楊乃武、小白菜通姦殺夫之事切齒痛恨，前面兩審均無紕漏，證據確鑿，「無冤無濫」。楊昌濬對暗訪結果深信不疑，很是滿意，覺得他這個「候補」縣令還挺能幹，就給他安排了一個肥缺讓他「實任」當縣太爺去了。

這時候，由於楊乃武家人多方上告，社會輿論反應強烈。為慎重起見，浙江巡撫楊昌濬就又會同按察使衙門、藩台衙門進行「三司會審」，但是這些高官官僚主義嚴重，不進行調查研究，更沒有所謂案犯與證人當堂對質，審來審去，最後還是維持了杭州知府陳魯的原判。同治十二年（西元一八七三年）十二月二十，巡撫楊昌濬就以楊乃武和小白菜通姦毒殺葛品連案四審結案，上報朝廷。至此，只要刑部批准回文一到，楊乃武和畢秀姑就要人頭落地了。

我們總結一下：從葛品連暴病身亡到浙江巡撫楊昌濬終審結束，時間從同治十二年十月十，到當年十二月二十，前後僅僅七十天時間，卻經過了餘杭知縣劉錫彤初審、杭州知府陳魯二審、浙江按察使蒯賀蓀三審、浙江巡撫楊昌濬特派候補知縣鄭錫滜暗訪、浙江巡撫楊昌濬會同按察使衙門、藩台衙門「三司會審」四審結案，上報朝廷。官方刑事訴訟程序倒是走了多道，審理時間也算是比較快，可是楊乃武和小白菜卻遭遇了因這些昏庸官吏的枉濫之判，受刑坐牢，平白蒙冤。

就在浙江巡撫楊昌濬終審定案、上報朝廷的同時，創刊不久的新聞媒體《申報》對本案持續追蹤報導，引起江浙籍官僚和人們的關注，楊乃武的家人也沒有死心，先是到杭州喊冤告狀；後來在楊昌濬定案之後，他的姐姐和夫人又克服重重困難，特別是得到著名的「紅頂商人」胡雪巖的資助，前往北京告狀。官方和民間這兩條案件發展的線索，最終在北京會合，導致本案又被提審三次，而且還驚動了兩朝皇帝乃至慈禧太后，從而給這起不幸的冤獄平添了不少曲折往復的故事情節。

七審七決

前面講到浙江巡撫楊昌濬四審定案，用題本的方式上報朝廷。按照當時的法律制度，他一方面題奏給了皇帝，一方面他還要把一個案件的複本咨送給當時主管全國案件的中央機構——刑部。

這裡需要補充說明一下當時的公文奏報制度。管理地方的總督巡撫往往會根據案情的嚴重程度，選擇兩種向皇帝奏報的行文辦法：一般的死刑人命案件向皇帝彙報，多採取題本這樣一種常規的公文形式，巡撫把題本上報到北京之後，先由一個受理各省督撫題本的機構叫通政史司衙門，統一受理並彙總之後，交到內閣。內閣的閣員再在報來的題本上面貼一個小條子，用非常簡潔的語言向皇帝註明這是一個什麼案件，觸犯了何種刑律，最後把它交到皇帝手上。第二種公文上報方式是奏摺，其所涉案情或事件往往比較嚴重，既要及時、便捷地送達皇帝手中，這中間還不能被京城其他機構或官僚截獲訊息，從而避免了在皇帝作出決定前搞得滿城風雨。在本案中，浙江巡撫楊昌濬上報案件採用的就是題本。

此外，根據清朝法律制度，有三大機構負責審理全國性案件：一個就是刑部，主要負責審查所有上訴到京城的案件，同時也直接受理京城的案件；第二個是監督刑部審理案件的機構，叫大理寺；第三個是負責對京城和地方各個行政機構及其官員進行行政監察監督的機構，叫都察院。

楊昌濬把案子報告給了皇帝，一般情況下皇帝自己不拿主意，他就下一道諭旨，其大體內容就是「交三法司合擬具奏」，把這個題本重新批回刑部，由刑部和大理寺和都察院，合稱「三法司」共同為上報案件擬一個核准「同意判決」或「發回重審」，或「直接更改其判決」的決定。

一、楊家人兩次京控

就在「三司」受理楊乃武案題本的時候，楊乃武的家人也來北京上告了。當時，老百姓進京上告有一個說法，叫「京控」。本來按照法律規定，案件只能夠逐級地來受理，如果你要越過中間的一個層級上告，叫越訴，越訴人是要被治罪的。但是為了體恤民情，也為了顯示皇恩浩蕩，封建統治者又允許百姓如果有冤情，可以直接到京城去控訴，可是凡是採取京控的人，按照當時的制度，都要被拘押，要被遞解回原籍，然後再由接受控告的衙門來具體審理他們所控是否屬實。一旦發現所控內容不屬實，控告者最重的可以被判處流刑。那年月，交通不便，路途遙遠，若所告不實，還要承擔嚴重後果。正所謂「千辛萬苦闖京城」，怎一個「苦」字了得！

楊乃武被抓之後，他的姐姐楊菊貞曾到城隍廟求籤算卦，預測未來凶吉，連續兩次得到的都是好兆頭，這給予她極大信心。為此，楊菊貞利用探監的機會，說動楊乃武，準備上京告御狀。於是，楊乃武在獄中親筆寫了一篇翻案資料。為了洗脫自己，他捏造了兩個情節：一個是何春芳曾在葛家與小白菜玩笑，被葛品連發覺痛打，另一個是餘杭縣知縣劉錫彤的兒子劉子翰向楊乃武索詐不成，才串通其父恃權誣陷。按照清制，婦女不能越級呈遞狀詞，家裡人一商量，決定以剛剛過繼到楊乃武岳母家的詹善政（楊的小舅子）的名義，撰寫申訴狀，向各個衙門投狀告冤。

同治十三年（西元一八七四年）的四月分，楊乃武的姐姐帶著楊乃武在獄中寫的申訴資料，叫上楊乃武岳母家的兩名長工相陪，上京告狀來了。他們先是透過同鄉指點，找到了專門監察官吏行為的督察院，遞交了申訴資料。都察院接受呈詞後，以楊乃武的姐姐等人越級上告，違反律制，派人將其押送回鄉，責令以後不准再告。同時，下文給浙江巡撫，要求覆審此案，務必查出漏洞和可疑之處。浙江巡撫楊昌浚接到都察院命令，認為既然是無可置疑的鐵案，很是不屑，就把該案又批回給原審結案的杭州知府陳魯審查。陳魯雖然認定此案已經案情大白，鐵證如山，但上級命令又不敢違抗，就又另外傳訊了地保王林、房東王心培等證人。幾個證人見犯人早已供認，也胡亂供認以免沾惹是非。陳魯見與原審無異，仍舊按照原審判決再次上報浙江巡撫楊昌浚，楊昌浚隨之上報都察院。都察院見案情無任何疑問，可以結案。都察院的這次審查也草草收場。

對此，楊乃武的家人當然不滿意。他們多次去愛仁堂藥鋪找錢坦，軟硬兼施，央求他悔供證明楊乃武並沒有在他的藥店裡買砒霜。錢坦擔心知縣劉錫彤報復，外出躲避，不敢出來推翻證言。楊家人還找到葛母，央求她撤回申訴，救楊乃武一命，並答應以金銀田地相報。沈喻氏為子報仇心切，也不答應。楊乃武的妻子小楊詹氏還到浙江巡撫、按察司衙門上告，但都沒有結果。

就這樣過了一段時間，當時的大富豪「紅頂商人」胡雪巖聽說楊乃武的冤情之後，深表同情，答應資助楊乃武家人們進京上告的路費和在京的一應生活用度。得到了胡雪巖的資助後，楊乃武的家人就開始第二次進京告御狀。這年七月，楊乃武的妻子小楊詹氏隨帶其娘家的幫工姚士法進京上告。兩人走了兩個多月，大約九月分的時候方才趕到北京。在一些在京浙江籍官僚士紳的指點下，這次她將楊乃武的申訴資料遞交給了步軍統領衙門（這個機構從稱呼上好像讓人覺得是個管打仗的，但實際上它是負責京城治安的。而因為京城是首善之區，所以這個衙門也負責受理一些地方老百姓京控的案件）。這一申訴資料同時被《申報》全文刊登出來，題為〈浙江餘杭楊氏二次叩閽原呈底稿〉，從而使楊乃武的申訴理由廣為傳播，天下皆知。同時也給步軍統領衙門帶來很大壓力，不能再應付差事，只得將資料上奏。這次京控，終於算是驚動了朝廷。案卷輾轉到了軍機大臣翁同龢的手裡，案情也才開始有了轉機。根據翁同龢的上奏以及慈禧太后的旨意，同治皇帝就下了一道諭旨，要求：「刑部令浙江巡撫楊昌浚督同有關官員重新審訊，務得實情，再行上報。」就是讓楊昌浚這個巡撫，親自來過問這個案件。這樣一來，已經判處「斬立決」的案件就拖了下來，兩個人的死刑也一直沒有得到執行，都押在大牢裡。

二、第一次提審

浙江巡撫楊昌濬得到聖旨，不敢再像上次一樣交給杭州知府陳魯審訊。他絞盡腦汁，試圖另闢蹊徑，想到由局外人審判此案可能會更為中立客觀，不會先入為主，就委託剛剛到任的浙江湖州知府錫光以及附近紹興知府、富陽知縣、黃巖知縣等幾個下屬會同審理此案。在交接案件時，楊昌濬還對他們諄諄教誨，強調應秉公執法，不枉不濫。錫光等人自然不敢怠慢，不敢動用刑罰，而是細心盤問案情。楊乃武見此次審訊是朝廷聖旨下令，又沒有動刑，知道自己寫的申訴資料起了作用，就推翻原來所有的有罪供認，重新說明自己與此案毫無瓜葛。小白菜也趁機全部翻供，否認自己毒死丈夫。咬定原來的口供不成立，屬於嚴刑拷打下的逼供和攀誣。

這個案件審到這裡，如果能夠乘機核對證人證言，平反冤情是易如反掌的事情。可是，對於官小職低的錫光等人來說，卻是如坐針氈、進退兩難：當事人翻供，既無法維持原來判決，前面包括巡撫楊昌濬在內的多位官員對案件事實已經審結，又難以推翻原先審判。於是他們只好採取拖的辦法。這樣拖來拖去，就錯過了平反冤案的良機。正在幾位審問官沒有台階可下的時候，恰好同治皇帝駕崩，又適逢浙江省三年一次的大考，案件審訊工作就不得不暫停下來。其後遷延日久，幾位審問官就主動遞交辭呈，請求另擇大員審理。於是此次提審就這樣毫無結果，不了了之。

同治皇帝死後，光緒皇帝於次年（西元一八七五年）正月繼位。按照慣例，新皇帝登基繼位，為顯示天子之仁愛寬厚，都要大赦天下。但楊白一案因審而未結，案情重大，悖逆人倫，罪大惡極，不在特赦之列。但是在錫光等人的此次提審中，楊乃武與小白菜雙雙翻供的消息，經過《申報》報導後立刻傳遍各地。由於楊乃武和小白菜一案久拖不決，社會影響很大。這年（光緒元年）四月二十四，一名負責監察的官員——刑部給事中王書瑞首先發難，向皇帝遞呈奏摺，說這個案件拖了這麼久，已經招致社會的各種議論。那麼兩次咨交、發交回原省審理，至今也沒有結果。其原因可能是浙江巡撫楊昌浚「覆審案件，意存瞻徇」。什麼意思呢？就是可能他想繼續拖延這個案子的審理，其背後恐怕是另有不可告人的企圖。也就是可能想讓人犯在關押期間死在監獄裡，這樣便可草率結案，維持初審判決。王書瑞進而提出，最好的辦法應該是皇帝親派一個官員（作為欽差）審理「楊白」案件。

三、第二次提審

朝廷接受了他的這個建議，再次垂簾聽政的慈禧太后的命令剛剛由禮部侍郎下放到地方，擔任浙江學政的胡瑞瀾就近全權提審此案，並特別指令巡撫楊昌濬充分保證案件兩個人犯的安全，不能發生意外。清代各省、府、縣均設有學政。學政負責當地科舉考試、遴選人才等，通常由飽學之士擔任。浙江學政（相當於浙江省教育廳廳長）胡瑞瀾就是一位公認的學富五車的人物，在當地也頗有些名望。朝廷頒旨胡瑞瀾負責審辦「楊白」一案時，他正忙於當年的浙江省考選。直到他忙完後，才開始著手閱覽卷宗，正式審理此案。

毋庸置疑，作為學政，職掌全省的科考、人才遴選大事，胡瑞瀾學識深厚，堪稱飽學之士，十分稱職，但對於審判案件尤其是錯綜複雜的刑事案件，則有些力不從心，何況以前從未接管審理過案件。只好奏明皇帝，請求允准自己從下屬中選出幾個官員共同審理，以表明自己沒有暗箱操作，保證審案的公開、公正。他最終選定了寧波知府邊保城、嘉興知縣羅子森、候補知縣顧德恆、龔心湩等參與審訊。這四人均非原審官員，沒有必要回護偏袒任何一方。

但是胡瑞瀾等人的覆審，由於沒有抓住案件的關鍵核心所在，從而錯過了平反這起冤假錯案的大好良機。胡瑞瀾審案並沒有從案件的源頭抓起，考證葛品連是否中毒身死、楊乃武是否購買砒霜，而是針對楊乃武的申訴資料展開調查，結果卻發現楊乃武的申訴資料中有大量亂咬誣陷之處，完全與事實不符，從而一葉障目，不論其他。楊乃武申訴狀中的破綻之處包括：

一、自己被小白菜誣陷，皆因生活上的一些瑣事，小白菜懷恨在心。

二、葛品連之所以搬出另尋租處，是因楊乃武向葛品連舉發說小白菜有不軌行為，才導致了小白菜遭到丈夫毆打，從而對楊乃武懷恨在心，誣告楊與其通姦謀毒。這兩件具體一查全是胡說八道。

三、知縣之子劉子翰向其敲詐洋錢不成，遂被誣陷因姦謀毒。胡瑞瀾一問及敲詐多少，有無給付等具體情節，楊乃武先是說給了，後來又說沒給，前後不一，露出了馬腳。

四、楊乃武說縣衙書辦何春芳與小白菜來往密切，形跡可疑等，其實並無依據。

由於楊乃武的申訴多處失實，再加上小楊詹氏等在為楊乃武平反冤案的過程中有一些不太正當的做法，如：

一、小楊詹氏到步軍統領衙門去控告時，是讓一個家人替她告訟的。胡瑞瀾發現，這次京控投書署名者是王廷南，實際確是王阿木，冒名頂替，程序違法。

二、去沈喻氏家中跪請沈喻氏撤回呈訴，去倉前鎮強求錢坦撤回證詞，也被胡學政抓住了把柄。[3]

總之，楊乃武為了把自己的虛妄之罪擇乾淨，卻又在申訴狀中胡亂說了許多不實之詞。在經過不辭勞苦的調查證偽之後，胡瑞瀾就此認為楊乃武做賊心虛，企圖掩蓋事實，銷證滅跡。於是得出結論說：楊乃武的申訴及其家人的兩次京控，都不過是在糾纏。於是依然使用嚴刑逼供的老一套。給楊乃武上「天平踏杠」的重刑，致使楊乃武雙腿夾折；小白菜四指盡被拶子拶斷。這天平踏杠，又叫夾棍，由三根木頭做成，俗稱「三木之刑」。它主要用在大案要案，如人命盜案時，且只對證據確鑿而拒絕認罪的人才使用。它可夾斷人的腿骨，使人致疾致死，因此使用時必須經高一級的官府批准，並且限定在同一案件中對同一個犯人使用不得超過兩次，否則就按酷刑逼供論處。

酷刑之下，小白菜又再次誣供楊乃武指使她殺人；楊乃武也把所有責任推給小白菜，雙方胡亂攀誣。胡瑞瀾對此，不辨供詞前後的區別，主觀上就認定他們確實有罪。為了顯示自己沒有徇私舞弊、判案高明，胡瑞瀾還發揮自己文筆好的特點，千方百計將案犯和有關證人彼此矛盾的供證資料修飾得圓滑周密，最後就像寫作小說一樣將酷刑下逼出來的攀誣口供做素材，編造了一個讓自己都覺得天衣無縫的奸謀毒夫的作案過程，然後將這份結案報告一起上奏給皇帝和太后。光緒元年（西元一八七五年）十月初三，胡瑞瀾上奏皇帝和皇太后，稱：「（該）案經反覆推究，供詞僉同，並無濫刑逼供之事，即照本律科斷，葛畢氏以因姦同謀殺夫罪，擬凌遲處死，楊乃武以姦夫起意殺死親夫罪，擬斬立決，又以作假呈詞京控，罪加一等；錢寶生以私賣砒霜致成人命罪，擬杖八十；王阿木以強令錢寶生遞交悔呈，又為葉楊氏作抱京控，與王廷南、姚士法等擬杖八十；其他未犯證人不予追究罪責。」

在這份擬維持原來判決的奏摺中，胡瑞瀾還附上了揭露楊乃武及參與申訴的親屬有諸多過錯的《招冊》，作為其維護原審判決的證據。楊乃武自知生路已絕，自撰輓聯：「舉人變犯人，斯文掃地；學台充刑台，乃武歸天。」沒想到，胡瑞瀾審結報告和《招冊》向上呈遞，《申報》立即予以報導，一時間朝野輿論大嘩，議論紛紛。這時候，「楊乃武和葛畢氏」一案已成為全國矚目的大案。其歷經縣、府、臬司、省等七審七決，每次審訊都引起社會喧動，《申報》的報導更是吸引了上至台閣官員下至平民百姓的關注，使該案成為街談巷議的最核心話題。固然有許多人相信歷經七審，楊白一案應當沒有冤情，可以定為鐵案，但更有不少人從一開始發現其中的疑點，想方設法地為楊乃武鳴不平。

這時候，一名負責監督監察官員行為的人，戶科給事中邊寶泉，就又給皇帝上了個奏摺。說這個案子幾次三番審到現在仍維持了原判。其核心是官官相護的緣故。因為按照彼此任官的關係，胡瑞瀾作為浙江學政，每年官員考核時，要由浙江巡撫楊昌濬來為他決定。胡瑞瀾自然不敢得罪楊昌濬，並且要刻意回護那些知縣知府，而不是盡心地來審出本案中的弊端。更何況，胡瑞瀾本是職掌學政的文臣，從沒辦理過刑案，必然抓不住要害，決難平反。現在這個案子依然存在許多可疑之處，難以據此定讞，社會輿論洶洶，請求皇上和太后審慎研究，並將該案交給刑部從頭審理。

四、第三次提審

邊寶泉的奏摺得到了許多官員、百姓的支持，但卻沒有得到光緒皇帝和慈禧太后的恩准。這是因為光緒皇帝剛剛登基，兩宮垂簾，各種事情繁雜，各部的監察官員們為這麼一件小案子屢屢要求刑部提審也招致當時地方上的許多督撫的不滿。比如當時的四川總督丁寶楨，他在下面就發牢騷，說如果這個案子七審七決了都要被翻過來，那我們這些地方官就甭當了。而按照清代的法律制衡框架，一般由督撫提奏的案件，中央基本都是認可的，為了兩個平民百姓的小命導致地方中央不合，完全划不來。朝廷不願意也不好讓這些封疆大吏為難。於是為了平服眾議，慈禧太后做了個妥協，就以光緒皇帝的名義發了個上諭。

上諭中說：外省審理過的案件再遞交到刑部重新審理，向來沒有這樣的先例，而且如果外省的案件都紛紛提交到刑部審理，刑部作為職掌全國刑獄的部門，根本忙不過來，何況從杭州押解證犯到京，讓證犯勞累疲憊，不屬仁愛之道云云。但是考慮到朝野的輿論情緒，儘管皇帝不同意由刑部審理，但卻要求將此案案卷交刑部詳細審研，看是否有可推敲之處，一一標出，再交胡瑞瀾進一步查究明晰，予以答覆。

刑部接旨之後，經過仔細審查案卷，發現了一些疑點：一是八月二十四所謂「小白菜醃菜遭打事件」中，楊乃武有沒有進入葛品連家，有沒有被葛品連撞破姦情一事？卷宗中前後上報資料（巡撫楊昌浚的報告和胡瑞瀾的上奏內容）說法不同；二是關於楊乃武購買砒霜的時間問題，卷宗中先說是初三，後又說是初二；三是錢寶生是賣砒霜的最重要證人，卻僅在餘杭縣審案時傳訊過一次，其後各次審訊均未要求到庭，更沒讓他與楊乃武當面對質；等等。

這時候，在京的浙江籍官員也是群情激奮，聯絡起來，共有十八名刑部、戶部等的浙江京官聯名向都察院遞交呈詞。這十八位浙江京官是：內閣中書汪樹屏、羅學成，翰林院編修許景澄，戶部主事潘自疆，吏部主事陳其璋，戶部主事張楨、何維傑、周福昌、吳昌祺、徐世昌、徐樹觀，刑部員外郎鄭訓承，刑部主事濮子潼，員外郎汪樹堂，主事戚人銑，工部員外郎吳文諤、邵友濂，主事梁有常。他們聯名的呈詞由二十八歲的浙江餘杭人李福泉作報告呈遞上去。在呈詞中，他們羅列了歷次審訊中的諸多破綻與歧異情弊，如騙供、捏報供詞等，揭露此案經縣、府、省三級七審七決，均為嚴刑逼供，屈打成招，各級官員上下包庇，欺罔朝廷。並認為刑部雖提出了不少疑點，但仍交胡瑞瀾審查報告，極為不妥。胡瑞瀾自然會維護其前審結論，並藉此機會，絞盡腦汁為案中漏洞彌縫，使之看起來更為周密詳致，到時將很難從胡呈報的資料中找到破綻，楊乃武只能冤沉海底。仍懇請皇帝和太后將這一疑難案件交刑部審理，人犯提京審問，並將結果昭示天下，以釋群疑，使該案確無冤縱。垂簾聽政的兩宮太后批准了都察院的奏請。

正是這份「呈詞」為楊白一案的平反奠定了基礎！

在此期間，浙江學政胡瑞瀾按照聖諭，針對刑部提出的幾點疑問，對楊乃武等人又進行了一次提訊。此次審問雖然他不敢再用嚴刑拷問，但楊乃武與小白菜認為已經沒有翻案可能，仍照前供述，審訊沒有取得任何突破。隨後，胡瑞瀾就按照他前一次提審所認定的「胡氏事實」，一一解答刑部提出的疑問：一是八月二十四楊乃武是否進入葛家調戲小白菜，胡奏稱葛品連早知楊白姦情，實藉八月二十四醃菜遲誤出氣，楊當日並未來葛家；二是楊乃武買砒霜時間是初二還是初三，胡奏稱實際是楊乃武初二由杭州開始乘船返回餘杭，杭州到倉前鎮水路四十里，傍晚到錢寶生藥鋪購買砒霜，船至大東關過夜，初三清晨到家；等等。胡瑞瀾對這些疑問都作了細緻彌縫，使整個案件看起來無懈可擊。

胡瑞瀾在奏摺最後說，這種通姦謀毒的案件，事情極為機密，外人不能親見，只能以當事本人供詞為憑，楊乃武的奸謀是小白菜在餘杭縣初審時供出，並不是他人教唆欺誘。而楊乃武為脫罪，運用其狡猾伎倆，散播謠言，導致人們認為他確有冤抑，自己雖然秉公斷案，也難免授人口實。案情重大，人言紛紛，楊乃武的刁橫又比先審時更甚。對此只有請皇帝、太后另選大臣審理此案。

胡瑞瀾第二次結案報告傳出，質疑之聲更是此起彼伏。

五、刑部終審

話說都察院接到浙籍十八名京官的聯名呈控，感到事態重大，立即向皇上、太后奏明。事情鬧到這個分上，朝廷也就很為難。但迫於朝野輿論的巨大壓力，在案情實在無法在地方搞清的情況下，慈禧不得不做了進一步的妥協。她接受了都察院的奏摺和浙江籍十八個官員的聯名上奏，降旨把「楊白」一案提到北京，交刑部親自審核、徹底根究。

刑部奉旨提審以後，立即組織人馬調閱從頭到尾的全部卷宗，細細推敲、詳加考究。當時刑部六堂官中，崇實、恩承患病家養；賀壽慈被人彈劾，無法任事；僅有新任刑部尚書桑春榮和刑部左侍郎紹祺、翁同龢三人實際辦事。光緒元年（西元一八七五年）八月，翁同龢以內閣學士派署刑部右侍郎。接到諭旨後，翁同龢向刑部浙江司索取浙江巡撫楊昌浚原奏、學政胡瑞瀾復奏細細閱讀，又對楊乃武與小白菜的招供與翻供仔細審核，詳加推究，發現案牘中疑竇叢生。翁同龢先後走訪熟於律例的翰林院編修張家襄、廣壽、夏同善、余君撰等官員，聽取眾人意見，他們都認為此案破綻甚多。這些都促使翁同龢下定一查到底的決心。在刑部舉行的堂會上，翁同龢首先發難，列舉出此案中諸多疑點，得到滿缺刑部左侍郎紹祺和秋審處總辦余君撰、刑部浙江司主稿林拱樞等多數與會官員的支持。刑部尚書桑春榮平日膽小怕事，擔心為此得罪某些大員，影響自己的前程，持「慎重行事」的圓滑態度，實際上主張「維持原奏」。經長時間辯論，會議決定向浙江巡撫衙門「飛咨問數條不符處」，在十一月二十三（陽曆十二月二十四日）前「暫不入奏」。經多次協商，刑部由秋審處草擬奏摺，要求對楊乃武與小白菜案駁令再審。光緒二年（西元一八七六年）正月，翁同龢補授戶部右侍郎，此案尚在審理當中。翁同龢的侄子翁曾桂時在刑部浙江司任職，承辦此案覆審事宜。翁同龢透過其侄，對此案特別關注，促成冤獄得以昭雪。

光緒元年十二月十四（西元一八七六年一月十日）都察院將浙籍京官聯名呈報上奏。

同日，諭旨此案交刑部審理。另一刑部尚書皂保接旨後親自處理，調閱案宗，發覺「案情種種可疑，虛實亟應根究」。隨後，刑部奉諭旨，請全案人犯押解赴京。同時，行文給浙江巡撫楊昌浚，務必將該案有關人犯、證人分批遞解到北京，沿途所經縣域務必給予配合，嚴加看守，增派兵丁，以防串供。楊昌浚雖心懷不滿，但又不敢公然違抗旨令，只得遵辦。

刑部遞解該案人犯、證人進京分三批進行。一路上除了兩名主案犯和幾十位證人之外，還為女犯小白菜安排了兩個伴婆隨同前往，照顧生活。兵丁衙役守護囚車，陸路長途跋涉，要走兩個月左右方能到京，這當中也就引起了許多的麻煩，比如說前後牽扯到的證人有幾十位，有些已經死去，就由其親屬畫押證明，有些是婦女，生活上比較麻煩，有些年老行動上諸多不便。真可謂千辛萬苦！那麼，過去的人犯和證人是怎麼遞解進京的呢？就是由案發地到北京，沿途每到一處，該地衙門必須提供食宿以及保安，並調出數名衙役替換原來兵丁。因係奉旨進京，朝廷還特派了一位候補知縣親自押送，寸步不離。可就在此時，即光緒二年正月十六，本案最重要的證人、錢記愛仁堂藥鋪的老闆錢坦（即錢寶生）忽然在獄中暴斃！關於他的死因，胡瑞瀾在上奏中說是「在監病故」，但也有同獄犯人說是被劉錫彤、陳魯買通獄卒毒死藉以滅口。事件真實性現在已經無從考出，但由於錢坦直接關係到楊乃武是否有買砒霜的事實，此時關鍵證人的暴斃，不僅給審查帶來極大影響，而且外界會滋生出諸多議論，更給刑部帶來巨大壓力。

楊乃武、小白菜和一干證人分三批陸續抵京，接受三法司會審。清末凡京控大案，均由刑部主審，都察院、大理寺會審，名為大審，又名三法司會審。刑部會審中，楊乃武與小白菜均推翻前供，稱並無通姦合謀毒死葛品連之事，之前誣服實是酷刑下的無奈之舉。楊乃武還強調說自己十月初五在南鄉岳母家參加立繼儀式，初六午後才返回，根本沒有通姦謀毒之事。對此其有他的親屬多人（堂弟楊恭治、監生吳玉琨、民人詹善政等）都能予以證明。提案件相關人員詢問時，因錢坦病故，其母錢姚氏與愛仁堂夥計楊小橋代為作證，稱從未購進砒霜，更不會賣出，確認該店沒有賣過砒霜。庭審中，刑部還調查出餘杭縣仵作沈祥、門丁沈彩泉以及餘杭生員陳竹山與本案關係重大，即刻飭浙江巡撫遞解到京。審訊中，仵作沈祥供認，驗屍時只見口鼻流出淡色血水，並非屍格上所填「七竅流血」；屍體臉色青黑，腹部有大液泡十餘個，與《洗冤錄》所載「服砒身死，牙根青黑，七竅流血，嘴唇翻裂，遍身發小泡」情形不符，用銀針刺探喉部，也呈青黑色，就認為是服生煙土毒致死。但門丁沈彩泉堅持是服砒毒致死，縣令未令擦洗銀針，勘驗不準。刑部又訊問當時在場的街坊鄰居，都說見到沈祥與沈彩泉爭執，未擦洗銀針。檢查餘杭縣衙上報案卷，只報服毒身死，沒有指明何毒，又查杭州知府上報案卷，均寫「七竅流血」。家丁沈彩泉畏罪心虛，亦供出了陳竹山誘使錢坦做不實之供的經過。至此，整個案情大致理清，冤情漸現。刑部確知，葛品連是什麼原因致死，僅根據證人證言還難以確認。經請旨，提葛品連屍棺運至北京，重新勘驗。為防止盜屍的意外發生，葛品連的屍棺由餘杭裝船入京，沿途每至一處，該抵州縣均加封條，由專人看守，以防屍棺被調包。

等到把葛品連的遺體運到北京，已經是光緒二年（西元一八七六年），距案發已有三年。十二月初九，刑部尚書皂保（滿人）和桑春榮（漢人）親自坐堂主審，偕同五城兵馬指揮等地方官，在朝陽門外神會路海會寺前，對千里迢迢從餘杭押運抵京的葛品連屍棺，由當時京城刑部最有名望的兩位仵作當眾開驗。檢驗時，「正犯」小白菜、原告葛喻氏、鄰居王心培、餘杭知縣劉錫彤、餘杭仵作沈祥等人在場。前來圍觀者更是人山人海。

打開屍棺，屍體皮肉消化，只剩骨殖，刑部指定老練的仵作荀義、連順由上至下逐一詳驗，隨驗隨報。死者頭部頂心囟門骨並未浮出紅暈，頷骨及齒牙根，手足指趾十骨顏色黃白，胸部龜子骨、尾椎骨顏色黃黯，係血沁所致，其餘同身大小骨殖色俱黃白，屍骨經過蒸煮也沒見異常，對照醫學專著《洗冤錄》所謂「如中砒毒，牙根、心坎、手足各骨應呈青黑」的紀錄，得出結論為：葛品連並非中毒而死，實是因病而亡，當場填寫記錄。又讓原驗知縣劉錫彤，仵作沈祥親自詳驗，他們只好承認，原驗草率，分辨不真，錯將正常變化誤作中毒證據，現今親參復驗，並無異說，甘願具結領罪。至此，案情已經基本清晰。接下來，刑部尚書皂保和桑春榮又令案犯證人環跪一圈，當面對質。在眾目睽睽之下，沒有人敢再胡編亂造。全案的來龍去脈，始末經過，至此全部水落石出。楊乃武與小白菜皆被冤枉，其有罪供述係嚴刑拷打之下的逼供之辭。歷時三年多，經過七審七次誤判的疑案，屢經曲折，柳暗花明，至此終於大白於天下。於是，刑部上奏皇上，革去了劉錫彤知縣之職。御史王昕上奏摺，請求兩宮皇太后、皇上革去楊昌濬、胡瑞瀾官職。

案子審結，楊乃武與小白菜蒙冤三年多終於出獄。到了光緒三年（1877年）二月十六，刑部彈劾承審官員的疏奏遞交給皇帝，其中對整個案件的描述是：「沈喻氏懷疑請驗，劉錫彤誤驗中毒，葛畢氏受刑屈招，楊乃武被刑偽供，錢坦被逼偽證，杭州府草率定案，浙江省依報照結，胡瑞瀾回護屬官。」在奏報光緒皇帝之後，也對涉案人等進行了處理如下：

楊乃武與葛畢氏雖無通姦，但同食教經，不知避嫌，且誣陷何春芳等人，以脫己罪，杖一百，被革舉人身分不予恢復。

葛畢氏因與楊乃武同桌共食、誦經讀詩，不守婦道，致招物議，杖八十。

餘杭知縣劉錫彤未按合法程序勘驗現場與審理案件，被刑部參奏，革去知縣之職，發往黑龍江效力贖罪，年逾七十不准收贖[4]。

生員陳竹山已在監獄病死，不論。

葛品連之母沈喻氏因在審訊時，亂說已向小白菜盤出謀毒情節而被杖一百並判徒刑四年，須交銀方能贖罪。

仵作沈祥杖八十，徒二年；門丁沈彩泉杖一百，流放二千里。

欽差大臣胡瑞瀾、浙江巡撫楊昌浚、杭州知府陳魯以下三十多名大小官僚均被撤職查辦。

沈喻氏杖一百，徒四年；王心培杖八十；錢寶生業已病故，不論。

……

對於那些被撤職查辦的官員可以說，多多少少都罪有應得。而最可憐的無過於本案的兩位當事人：

楊乃武出獄時，年四十一歲。他回到餘杭老家，家人為救他，變賣了所有家產，生活窘迫。楊乃武靠友人協助，此後以養蠶種桑為生，淒苦度日，心灰意冷，很少與外人交往，於民國三年（一九一四年）病故，終年七十四歲，葬於餘杭鎮西北舟枕鄉安山村附近。

小白菜出獄時，年二十二歲，因丈夫已死，親友無靠，衣食無著，萬念俱灰，到餘杭南門外石門塘準提庵出家為尼，法名慧定。因庵裡香客寥落，以養雞鴨為生，在青燈蒲團、晨鐘暮鼓伴守中了卻殘生。至民國十九年（一九三〇年）圓寂，終年七十五歲。墓龕建於餘杭東門文昌閣，一九五〇年代墓塔被毀，一九八〇年代後當地政府按原形重建於安樂山東麓。這個地方今天也成了一個旅遊景點。據說餘杭當地還為這兩個人修了一個資料陳列館，以紀念這樣一件震驚當時、轟動離奇的案子。

故事講完，再看此案，真是：「一曲冤歌傳百年，長伴遺恨說青天！」

堅持抗爭抑或機緣巧合？

一、楊白案發生在已是風雨飄搖的清末，其牽涉人物之廣泛、辦案程序之繁複、審理過程之曲折令人驚嘆

本案自同治十二年（西元一八七三年）十月初十葛品連暴病身亡，到十月十二餘杭縣一審結案；十月二十杭州府二審開始，接著是浙江巡撫楊昌浚「三司會審」終審結束是當年十二月二十。前後七十天時間，經過了餘杭知縣劉錫彤初審，杭州知府陳魯二審，浙江

按察使上報，巡撫特派官員密查，浙江巡撫衙門、按察使衙門、藩台衙門「三司會審」終審結案，官吏過了四級，程序走了多道，辦案查實案件的程序非常繁複。儘管如此，但最終的結論還是維持原判，將兩個無辜的人打入監牢，預備斬立決和淩遲處死。

此次結案後楊家不服，又先後到都察院、步軍統領衙門以及刑部京控上訪，並透過一些浙江籍在京官員直接向皇上舉發和申訴，期間又經歷了三次提審：第一次由楊昌浚委託湖州知府錫光等提審，不了了之；第二次由皇帝欽命浙江學政胡瑞瀾進行，愚夫子不懂刑名之術，捨本逐末，在原審冤案的基礎上一錯再錯；第三次仍由胡瑞瀾再行確審具奏，他卻繼續維持原判，難以服眾。一直到光緒二年（西元一八七六年）十二月才最終由刑部終審結案，截至光緒三年（西元一八七七年）二月刑部上奏皇帝審結。前後達三年半時間。經歷了五次正審、五次覆審和提審，可以說是十審九冤，一朝平反。

結合刑部的終審報告，楊白案的複雜過程及其屢次審訊未能正確處理的原因，大體可以概括為「道聽途說，先入為主」、「玩忽職守，錯誤鑒定」、「刑訊逼供，誘供誘證」、「官員相袒，一錯再錯」等因素。從結構角度看，當時破案技術、刑事偵查技術、鑒定勘驗技術的落後也是冤案難以平反的主要原因。而封建法制中行政權、司法權合一，實行有罪推定，刑訊逼供合法則是其制度設計上的缺陷。此外，古人男女授受不親，男女間正常接觸稍多，也會被視為越軌甚至有姦情的思想觀念在某種程度上也是造就冤案的關鍵。我們特意根據整個案件的發生發展及審理線索，整理出下列圖表，方便讀者直觀地了解相關情況。

審次	地點	主審	經過（或原因）	結果
			楊乃武 道光十六年出生於餘杭縣城。	
			小白菜 咸豐六年出生於餘杭縣倉前鎮。	
			同治十二年（西元一八七三年）十月初十。	小白菜之夫葛品連暴病身
一審	餘杭	餘杭知縣劉錫彤	同治十二年十月十二，葛母沈喻氏請求驗屍。經用銀針探喉之後，沈祥含糊認定葛品連為「服毒身死」；劉錫彤先入為主地懷疑楊乃武與小白菜合謀毒死葛品連，嚴刑逼供小白菜，使之攀誣楊乃武；又傳訊楊乃武，呈請杭州府革去其功名。	在楊乃武不認罪的情況下，劉錫彤即以楊、白二人通姦謀毒殺害葛品連，上報杭州府予以定罪。
二審	杭州	杭州知府陳魯	對楊乃武嚴刑拷打，楊被迫招認自己在愛仁堂藥店錢寶生處買了四十文紅砒霜，交給小白菜，囑其毒死葛品連，命劉錫彤去取「錢寶生」的口供，愛仁堂店主錢坦作了偽證。	判處「楊乃武斬立決，葛畢氏淩遲處死」，上報浙江按察使署。
三審	杭州	浙江按察使	浙江按察使蒯賀蓀調閱了全部卷宗，審查了杭州府結案報告，查證無誤後上報浙江巡撫。	維持陳魯原判。
密查	餘杭	鄭錫淳	浙江巡撫楊昌浚特派候補知縣鄭錫淳密查無果。	上報楊昌浚，說此案「無枉無濫」。

四審	杭州	楊昌浚等	浙江巡撫楊昌浚會同按察使衙門、藩台衙門「三司會審」，終審結案。	維持陳魯原判，上報朝廷。
一次提審	杭州	錫光等四名府縣官員	根據同治皇帝諭旨：「刑部令浙江巡撫楊昌浚督同有關官員重新審訊，務得實情，再行上報」，楊昌浚委派湖州知府錫光等四名府縣官員提審。	發現本案疑點極大，楊白二人均翻供，原判不成立。但礙於情況複雜，不敢推翻。採取推拖之策，延遲審結。
二次提審	杭州	浙江學政胡瑞瀾等五名官員	發現楊乃武申訴資料中有大量捏造誣陷之處，確認楊乃武的申訴及其家人的兩次京控，均屬纏訟。於是再用嚴刑逼供，酷刑之下，小白菜再次誣供楊乃武指使她投毒，楊乃武也把責任推給對方，兩相攀誣。	胡瑞瀾在審結報告中認定：「案經反覆推究，供詞皆同，並無濫刑逼供之事。即照本律科斷，葛畢氏以因姦同謀殺夫罪，凌遲處死，楊乃武斬立決，又以作假呈詞京控，罪加一等。」
三次提審	杭州	浙江學政胡瑞瀾	（慈禧太后批交刑部諭知胡瑞瀾再行確審具奏）胡瑞瀾不敢再用嚴刑，但仍維持原判，解釋了刑部指出之疑點，請朝廷另選大臣審理此案。	楊乃武和小白菜仍照前供述，審訊沒有取得任何突破。
刑部終審	北京	刑部尚書皁保和桑春榮	刑部尚書皁保等親自坐堂主審，並開棺重新驗屍，證實葛品連並非服毒身亡，而是得病而死。案犯證人環跪一圈，當面對質，案件原委水落石出。餘杭知縣劉錫彤、仵作沈祥等承認了當時驗屍時的疏忽以及後來刑訊逼供的問題。光緒二年（西元一八七六年）十二月，案件終審。	楊白蒙冤三年多終於出獄，但因兩人違反禮教，楊乃武杖一百，葛畢氏杖八十杖；劉錫彤被革去知縣之職，發往黑龍江效力贖罪，欽差胡瑞瀾、浙江巡撫楊昌浚以下 30 多名大小官僚均被撤職查辦，沈祥等也受到處分。

			光緒三年（西元一八七七年）二月十六日刑部疏奏審結。	
			楊乃武 民國三年（一九一四年）病故，終年 74 歲。	
			小白菜 民國十九年（一九三〇年）圓寂，終年 75 歲。	

二、案件終審後實行了嚴格的錯案追究制，對涉案人員處理之嚴令人感觸頗深

先說這起冤案的始作俑者餘杭知縣劉錫彤和仵作沈祥，他們在結案時得到了應有的處罰。可是我們要分析，他們為什麼就生生造就了一起冤案呢？其原因也許是多方面的：從哲學上講，他們犯了形而上學的毛病；孤立、靜止地看問題，只知其一，不知其二的毛病。從法醫科學的角度，他們在現場勘驗問題上違反了正常的工作規程，所得出的結論不符合事實，從而導致判斷錯誤。從犯罪心理學角度看，當以後的審理有可能否定自己的初審判決時，劉錫彤為了維護自己的錯判，顢頇愚蠢，不惜顛倒是非、扣押證據，逼人製造偽證，從而一錯再錯，直接導致楊乃武和小白菜冤獄遷延多年，難以昭雪。

根據《洗冤錄》的說法，一個人是否中毒而死，往往採取一個做法：就是用一根銀針來探死者的喉部。如果銀針是黑的，就要結合其他的症狀推斷其是否中毒。可是葛品連這

個人，身體比較肥胖。當時不過是初秋，天氣很熱，他死後不久屍體就發生了腐爛。據說這個屍體發生腐爛裡面就有一種化學成分，叫硫化氫，這個東西也能使銀針變黑。當然那時候的宋慈不可能說明這是硫化氫。但是按照傳統仵作的經驗，自然也是仵作一行的工作規程，這個銀針必須再用皂角水來擦洗，如果黑色擦洗不掉才能證明確實是中毒。可是這個環節，劉錫彤和沈祥根本就沒做。這樣，刑部透過重新開棺驗屍，就徹底地證明初審官劉錫彤和仵作沈祥犯了重大的審案過失罪。

由此可見，劉錫彤除了違反屍檢規程，勘驗不實外，還透過假造證據、欺瞞上司等方法，使得楊乃武與小白菜兩個人都被判處死刑，屬於冤案的始作俑者，對此，按照封建法律，就要對他按照「出入人罪」（也就是說他判處別人什麼罪，後來被證明錯誤的，他就要自己承擔所判的那個刑罰，即「自作自受」）進行處理。果真如此的話，劉錫彤的入人罪是個死罪，他就要也被判處斬立決。不過好在楊、畢二人最終並沒有被處斬。因此，劉錫彤在刑部審結的案件報告當中，被革職之後減輕了一格刑罰，流刑發配到了東北。而按照清代法律的另一個規定：七十歲以上的老人可以收贖，就是可以由家裡面湊錢來贖免他的罪過。劉錫彤當時已經七十多歲了，本可享受這種優待。但是光緒皇帝就此案特別諭旨，劉錫彤不許收贖，顯然認為他的罪過在這起冤獄案件當中是最大的，不可饒恕。

在封建司法制度中，官員如果斷罪量刑不當，濫用刑訊逼供，會構成失職行為，嚴重的還將構成刑事犯罪。早在唐代的法典中就規定了「官司出入人罪」：「諸官司出入認罪者（故增、減情狀，足以動事者。雖聞知有恩赦，而故論決；及示導，令失實辭之類），若入全罪，以全罪論。」這種對官員的錯判行為進行追究的制度一直延續到清代。在本案中，牽扯到很多官員，雖然也有人說判得輕了。但我們看到：冤案真相大白後，凡是參與過該案審理的，最終欽差大臣胡瑞瀾、浙江巡撫楊昌濬、杭州知府陳魯以下三十多名大小官僚均被撤職查辦。這在封建社會來說還算是很難能可貴的。真是「一石激起千層浪，一案打落百名官」。這樣處理他們雖然嚴酷了些，但對於杜絕冤案的繼續發生卻是完全必要的。遺憾的是，儘管歷朝歷代的統治者都對昏官庸吏深惡痛絕，往往給予嚴懲，但總是處理完一批又出現一批，不能從根本上解決問題。慈禧太后可以將這麼多名官員撤職查辦，卻無法改變腐朽的封建制度走向沒落的必然結局。如果整體的封建官僚制度不改變的話，那麼，這個社會以後還會出現張乃武案、王乃武案。

三、案件平反昭雪的背後，隱藏著尖銳的政治權力鬥爭，既是當事人家屬堅持抗爭的結果，也是機緣湊巧的幸事

此案的政治意味極濃，清廷內部鉤心鬥角，在朝官員互相傾軋。從上方說，有帝后兩

黨的爭鬥；從下方講，又有滿族皇室、江浙籍官吏與在浙江為官的湘系官僚之間的矛盾。其中既有內外之爭，言路與樞府之爭，又有地方士紳及京官與本省大吏之爭。原來，曾國藩、左宗棠及其湘系軍閥自鎮壓太平天國起義之後，在江南幾省掌握了軍政實權，其勢力逐漸在江浙一帶坐大，朝廷很難進行有效控制，這就成為清朝統治者一塊很大的心病。與此同時，出身江浙一帶的文官們對於這些絲毫不懂行政管理和審判技能的赳赳武夫們在自己家鄉如此胡作非為也是恨之入骨，但苦於無計可施，愛莫能助。可巧，在湘系將領（如楊昌浚、陳魯等）治下出了「楊乃武與小白菜」這麼一件涉及湘系官員草菅人命的大案，朝廷自然就有了大做文章的憑據（按照朝廷律法以瀆職、貪腐等罪名彈劾湘系官僚）。於是，藉著「楊乃武與小白菜」案，代表清朝皇族利益的慈禧太后在江浙文官的支持下乘機將一大批與本案有牽連的湘系官吏革職查辦，同時又順理成章地贏得了「為民做主」、「平反沉冤」、「清吏肅貪」的名聲，從而進一步鞏固了朝廷至高無上的權力，也解了江浙文官們的一口惡氣。本案中，楊昌浚為左宗棠嫡系，以浙江全省的收入供西征之軍餉；胡瑞瀾提督浙江學政，待士嚴苛，欲去之而後快的大有人在。甚至還有地域之爭：楊白案最初判決書裡，因劉錫彤出生北地，獨受重懲，而身為兩湖同鄉的楊、胡二人得以置身事外。因此同為北人的邊寶泉、王昕就上疏重點攻擊南人楊、胡，力圖將他二人拉下馬。

楊白案在京城吵吵嚷嚷，進行第二次提審時，御史王昕，就給光緒皇帝寫了個奏摺，說透過此案，我們更應該關注的是涉案這些地方大員，他們對皇帝的忠誠值得懷疑。他說：「上至浙江巡撫楊昌濬，下到學政胡瑞瀾，他們前後為什麼總不能審清這個案件呢？」「歸根到底，他們就是心存回護。就是他們經常想的不是忠於朝廷，而是怎麼來保護他們上下勾連的圈子裡面的官員。（而）現在新皇帝（光緒）登基對這樣的事情不能不予以糾正。」王昕這樣說是有所指的，在刑部提審此案的過程當中，浙江巡撫楊昌濬曾發表過自己的看法。他認為這個案子刑部要提審就審，可是沒必要從浙江餘杭找那麼多證人到北京。對於刑部提出前後有三撥幾十名證人都遞解到北京的要求，楊昌濬說這簡直是有點騷擾老百姓。對此王昕就說：「這叫什麼話？皇帝決定讓刑部提審這起有可能冤屈的案件，以顯示君王的仁愛之心。可是你卻認為提解人犯是滋事騷擾，足見楊昌濬的內心不知道在想著什麼。」最後這句話說得就很重了。在這個奏摺的末尾王昕又說：「楊昌濬還曾說過『兩宮垂簾、新皇帝登基，不必如此大動干戈』。這言下之意是什麼呢？兩宮是女人，新皇帝是小孩兒，你這地方督撫是不是瞧不上當今中央的當權者？」在奏摺最後他告誡兩宮太后說，「大臣倘有朋比之勢，朝廷不無孤立之憂」。所以，皇上應降旨，「著刑部徹底根究，以期水落石出，毋稍含混。楊昌濬、胡瑞瀾等應得處分，俟刑部定案時，再降諭旨」。這幾句話一寫，在兩宮皇太后和皇帝看來非同小可，王昕的奏摺適時而出，正合兩宮太后及朝中親貴裁抑督撫逐漸收權的心思，於是楊昌濬和胡瑞瀾就難逃處分。最後等刑部結案的時候，這兩名大員果然受到了很重的處分，全部被革職。

事實上，不僅楊白案，而且張文祥刺馬案在內，清末四大奇案都是發生在清末太平天國被鎮壓後的一段政治動盪期，其背後都有這樣或那樣的政治上的雲譎波詭，普通的刑事案件被有意識地加以利用，從而使得普通小人物的個人命運，一下子和時代的大風雲連接在一起了，案件折騰到最後，誰都說不清到底是案件本身的複雜性使然，還是政治鬥爭的傾軋、牽扯所致，在筆者看來，這正是上述案件成為千古「奇」案的根本原因所在。

此外，從楊乃武家人的立場來看，由於楊乃武是無辜受冤，無論案件的審理在杭州還是京城，楊乃武家人都是不屈不撓，堅持要求改變原審判決、平反昭雪。正是在他們的努力下，更藉助於浙江籍在京官員和都察院監察官員的力量，幾次三番地要求各有關部門重新審理本案，還無辜當事人以公道，最後刑部終審才平反四年的冤獄大案。這按有些人的說法，楊家之所以能夠上達天聽，也還是因為他們在北京有門路，在朝廷裡有人有關係。根據清代法律的規定：老百姓的申訴信只要寫明給皇上，任何大臣都無權拆閱。當事人的申訴如果能夠直接送達最高當權者，則在很大程度上有助於減少冤案的發生。因此在某種意義上，也可以說本案之所以能最終扳回，也是同治、光緒兩任皇帝和兩宮皇太后直接干涉的結果。話說回來，儘管楊乃武確實沒有殺人，但在一個權大於法的專制社會裡，案件最終的平反昭雪卻仍然是權力與權力的較量。如果楊乃武不是舉人出身、家境也不富有，是一個普通的老百姓，也沒有朝中一批江浙籍官吏的幫忙，這個冤案就很難得到平反昭雪。

最後，楊乃武與小白菜案之所以能最後獲得平反，剛剛創辦的新聞媒體《申報》的作用功不可沒。《申報》的介入在很大程度上擴大了楊乃武家人的京控影響，圍繞此案展開的縱深調查和歷時三年有餘的報導，對這個案件成為一個家喻戶曉的案件，為引起高層統治者重視並督察案件的審理造成了促進作用。事實上，另外幾個案件，如張文祥刺馬案、楊月樓風月案，都是由於《申報》的連續報導和炒作，才成為家喻戶曉、轟動一時的奇案。從這層意義上，《申報》不僅是中國的第一家現代紙質媒體，而且透過強有力的輿論監督，成功地讓楊白冤案得到平反昭雪。

四、歷史的教訓

（一）楊白冤案源於各級官員的枉法裁判以至於封建司法制度本身

從楊乃武和小白菜一案當中，我們可以看到，儘管楊白二人面對的是一個極端落後的封建司法制度，但是畢竟人命「關天」，其在審判制度和上訴監督程序上的規定也是非常嚴格謹慎的，可以說是從縣到府、從府到省，再從省到中央刑部，一環套一環，採取了重大刑事案件的多審級制和權力分立制衡來防範判決不公、審理失當，一起人命案件，當時能審理那麼多次，至少提供了案件監督以及讓冤案昭雪的許多機會。其中的有些制度設計至今也能看到影子，如死刑覆核程序、兩級終審制、檢察機關抗訴監督等。但在另一個方面，在這樣一個腐朽的歷史時代，即便是設計了多麼複雜完善的訴訟制度，也未能避免像楊乃武和小白菜這樣的冤案的出現，這就不能不讓人們懷疑這種司法體制內部存在的致命缺陷了。

「楊乃武與小白菜」一案的核心，就是兩個無辜的人被糊塗官給冤枉了，使得他們平白無故遭受許多痛苦，進而改變了他們的人生命運。我們先來解析一下漢語中的「冤枉」這個詞。眾所周知，「冤」是一種正義得不到伸張的狀態，我們因此常說冤屈、蒙冤、含冤；「枉」是一種法律被不正當運用的事實，我們因此常說枉法。「冤」、「枉」作為一個習語連用，在某種程度上反映了民眾潛意識中對二者因果關係的認同。而大聲呼喊「冤枉」的聲音從傳統社會的各級衙門裡時常傳出來。

在本案中，楊、畢二人屢次訴諸的吶喊，在不經意間也道出了一個常被人們忽視的道理：「冤」緣自「枉」，冤案起因於枉法。它既是當事人（多是被告）對自己冤屈的一種表白、對自己權利的一種訴求、對自己遭受不公正對待原因的一種思考，也是對審判官員不公正裁判的一種間接否定和委婉指責。冤的是被告，枉的是法律，被告蒙冤是因為法官枉法。這是普通民眾對於冤案成因的一種感性認識和直觀解說。

就本案而言，雖說使楊、畢二人蒙冤的直接原因是知縣劉錫彤的主觀枉法、仵作沈詳的瀆職枉法，上級覆審官員陳魯、楊昌浚等的舞弊枉法。這似乎都可以被概括成是一個「人格的問題」，即審判人員的個人品質問題。但據史料記載，參與辦理「楊乃武與小白菜」案的各級官員也不能說都是品質低劣的酒囊飯袋：縣令劉錫彤、浙江巡撫楊昌浚接案後，都曾派員進行「微服私訪」；湖州知府錫光等多人會同審理，浙江巡撫還安排了「三司會審」。即便如此，為何還會出現十審九冤的局面呢？在人品這種偶然性、個人性的因素之外，是否還有其制度上的、人權保護上的根本缺陷呢？這起冤案形成的深層原因令人深思。

封建司法體制的最終目的，並不是查清事實真相，恪守法律裁判案件，而是保境安民、維護皇權，而官員們之間基於官僚體制的惰性，也存在著官官相護、上下一體的情況。從劉錫彤、陳魯，到楊昌浚甚至曾國藩，考慮案件對錯的首要思維一定是本集團的利益，而不是老百姓的利益；即便是幾名御史糾察錯案，其本心也不是還天下人一個公道，而是維護皇權、打擊異己力量。因此，在楊白案中，湘系官僚製造了冤案，慈禧太后以及江浙籍文官則平反了冤案；但也許在另外一個案件中，冤案的製造者與檢舉者恰好換了位置。其根本原因即在於他們都不是為著人民的權利和社會正義來裁判案件的，對權力和利益的爭奪才是他們的行為邏輯。這種邏輯，正應了元代詞人張養浩的那句話，「興，百姓苦；亡，百姓苦。」解決冤案的根本辦法，不是處理一批官員，而是改變整個封建制度。

（二）「有罪推定」的錯誤審判觀念是冤案發生的重要原因

千百年來，中國的封建法律制度就實行「有罪推定」原則，即在一個「罪從供證」的法制環境裡，官員先入為主地認定犯罪嫌疑人有罪，隨之千方百計、不擇手段地去證實自己的這種假想，然後再用這種審判結果的「正確性」去證明其審判過程的正當性。即以主觀推定犯罪之果，倒求犯罪嫌疑人為什麼犯罪、怎麼樣犯罪之因。從而導致「凡是被告即為罪犯」這種有罪推定的機械邏輯。在這種邏輯之下，被告一旦確定並被逮捕，官府所關注的就不再是罪與非罪的問題，而是此罪與彼罪的問題，是如何想辦法證實被告被控之罪的問題。致使許多人屈打成招，刑訊致死，造成無數人間痛苦與冤情。

「楊乃武與小白菜」冤案的最初根源恰恰就是有罪推定。我們看到，楊乃武與小白菜從一開始就被審案官員假想為謀殺葛品連的姦夫淫婦，正是基於這種思維，劉錫彤、陳魯等審判官依次動用夾棍、踏杠、拶指等種種酷刑去逼取口供，甚至不惜篡改驗屍結果去證明自己假想的正確，楊、白二人挺刑不過，便成了這種司法制度下的犧牲品。正所謂「任你銅澆兼鐵鑄，管教磨骨與揚灰」。

其實，不唯楊、畢二人，劉錫彤、陳魯等後來被處罰的大批涉案官員又何嘗不是這種司法制度下的犧牲品呢？「有罪推定」是一種有缺陷的制度，它本身隱含著產生冤案的潛在危險，角色的重合與衝突使得審判官員存在著枉法裁判的必要與可能。雖然楊、畢二人最終得到平反，但這並不是這種司法制度自身運作的必然邏輯，而是制度外因素干預的結果，是慈禧太后與地方官吏間政治鬥爭的需要。縣、府、按察使署、省四個審級均一錯再錯，最終要靠最高統治者的干預才能夠平反這樣一件原本並不複雜的冤案，這本身也暴露了這種司法制度的嚴重缺陷，表明了它在本質上不可能真正消除冤案，維護老百姓的正當權益。

(三) 權力不受監督和「官判無悔」是封建制度中兩個看不見的司法毒瘤

在傳統中國的司法制度中，行政兼理司法，作為審判官員的地方政府官員同時扮演著政府最高行政長官、警察、檢察官、法官的多種角色，多項權力集於一身。既沒能自我監督，又沒有民眾合法而有效的監督和制約，致使官員們在審案過程中，大多玩忽職守，草率定案，以致發現不了明顯的錯誤，遲遲無法糾正錯判。「楊乃武與小白菜」冤案最強烈的現實意義之一，是法官一定要慎用權力，堅決杜絕憑主觀臆斷辦案。辦案一定要負責認真，慎之又慎，要對案件證據進行嚴格審查，才能保證案件經得起歷史的檢驗，成為「鐵案」。在這起案件中，一些官員沾染官僚惡習，缺乏嚴謹深入的作風，過分輕信自己的主觀推定，拿捕風捉影的街談巷議作為定案的主要依據。

與此同時，在封建官場裡面，由於各級官員共同的權力追求，他們欺上瞞下，為保頂戴花翎而官官相護，互相包庇。縱使後一審法官發現了一審中的種種問題和疑點，也都想盡辦法予以維護、掩飾，從而使得沉冤難雪。「楊乃武與小白菜」一案的覆審、再審環節不可謂不多，之所以遲遲難以定案，與各審官員相互包庇和縱容，並結成防止翻案的攻守聯盟有密切關係。

(四) 刑訊逼供是造成「楊乃武與小白菜」冤案的又一個重要原因

司法審判中刑訊逼供是中國幾千年封建司法制度的主要特點之一。在「無供不成案」的審判規則面前，在「人是苦蟲，不打不招」、人進衙門一通打，「寧可錯殺三千，不可漏網一人」的審判經驗指導下，枉法刑訊以逼取口供就成為傳統司法制度中的常態。刑訊逼供的必然後果是屈打成招，造成冤案。這就是傳統司法制度製造冤案的整個過程。

我們評析「楊乃武與小白菜」案，也非常感慨於這一千古冤案的慘痛與磨難。平反冤案、減少冤案的根本出路還在於改變過去落後的封建政治制度，在於堅持文明辦案，禁止刑訊逼供，實行體現民主正義原則的司法制度。制度的設計是有其規律可循的，良好的司法制度才能切實保障民眾的合法權益。現行的《刑法》明確規定了「無罪規定」的原則，即「法無明文規定不為罪，法無明文規定不處罰」。只有徹底消除那種不合理的傳統司法制度，消除專制集權、有罪推定、刑訊逼供這些人治社會下的必然產物，貫徹權力制約、無罪推定、正當程序這些法治社會下的基本精神，才能避免「冤枉」呼聲的再次響起，才能真正使民眾和法官走出傳統的由「枉」致「冤」的悲劇和怪圈。了解了「楊乃武與小白菜」案的慘痛與磨難，我們就會更加珍惜現代法制進步的良好局面，更加明確尊重和保護人權、崇尚法治的重要意義。

我們今天正說「楊乃武與小白菜」一案，就是本著一種史料的真實和傳統法律制度的背景對當時的案件進行復原，進而對傳統法律制度有一個切實的恰如其分的評價。斯人已逝，無由感慨。但是歷史帶給我們的感動與沉思卻不會輕易飄走，它必將深植於我們每個人的心中，並繼續鑄造著新的不一樣的歷史。

〔相關事件表〕

西元一八三六年（道光十六年）楊乃武出生。

西元一八四〇年六月，英國發動鴉片戰爭。

西元一八五一年一月，洪秀全領導拜上帝會在廣西桂平金田村起義，建號太平天國。

西元一八五五年（咸豐六年）小白菜出生。

西元一八六四年，清軍攻克南京，太平天國失敗。

西元一八七二年四月，《申報》在上海創刊。

同治十二年（西元一八七三年）十月，楊乃武與小白菜案發。

西元一八七五年，同治帝卒；載湉繼位，改元光緒；慈禧太后再度垂簾聽政。

光緒三年（西元一八七七年）二月，全案審結。

【延伸閱讀】

本案中所使用的刑具和刑罰

「楊乃武與小白菜」一案中涉及拶（ㄗㄢˇ）子、笞杖（板子）、天平踏杠和炮烙之刑等四種酷刑刑具，簡述如下：

一、拶子

是我們經常在電視電影中看到審訊女犯時所用的夾手指刑具，在五根竹子上穿上繩子，用刑時把人的十個手指放在五根竹子中間，兩邊繩子用力一拉，竹子便收緊壓迫手指。有書說：「拶子本是五根柴，能工巧匠造起來，雖然說它不是斬人的劍，拶得我十指連心痛難挨。」

二、天平踏杠

又叫夾棍，由三根木頭做成，俗稱「三木之刑」。它主要用在大案要案，如人命盜案時，而且只對證據確鑿而拒絕認罪的人才使用。它可夾斷人的腿骨，使人致疾致死，因此使用時必須經高一級的官府批准，並且限定在同一案件中對同一個犯人使用不得超過兩次，否則就按酷刑逼供論處。

三、炮烙之刑

在楊乃武的案件上有著極其重要的作用，楊乃武就是被此刑具屈打成招的。其實清朝並無此刑具，因此書中也稱其為「非刑」。「炮烙」一詞最早見於《封神演義》，為妲己所設計。《封神演義》第六回「紂王無道造炮烙」中說：「刑高二丈，圓八尺，上中下用火參門，將銅造成如銅柱一般，裡邊用炭火燒紅……諸般違法者，跣剝官服，將鐵索纏身，裹圍銅柱之上，只炮烙四肢筋骨，不須與煙盡鼻消，悉成灰燼。」而楊乃武案中的炮烙與紂王時所用的炮烙也有所不同，按書中的描述，就是把烙鐵燒紅，放在受刑者的光背上燙燒。

【延伸閱讀】

復奏、會審

這是封建統治者為「恤刑慎罰」、「施行仁政」而採取的一個重要措施。漢以後各代，一般對徒（判處須拘禁服勞役）以上的案件，實行初審後由上一級審判機關覆審和審核的制度。對於死刑，北魏世祖時定制，凡死刑「獄成皆呈，帝親臨問，無異辭怨言乃絕之。諸州國之大辟，皆先讞報乃施行」。也就是說，死刑執行前，須奏請皇帝批准，方可行刑。這就是所謂「復奏」。隋時定為「三復奏」。唐代貞觀初，太宗李世民以「人命至重，一死不可復生」，規定決死刑，在京師「五復奏」，在諸州「三復奏」，犯惡逆以上及部曲、奴婢殺主一復奏。唐以後各代均實行了死刑復奏制度。

明、清兩代，還創立了覆審疑獄、重囚的會審之制。明代對重大或疑難案件，要經由刑部、大理寺、都察院「三法司」共同審理，謂「三司會審」。對於特別重大的案件，「三法司」還要會同吏、戶、禮、兵、工各部尚書和通政使共同審理，謂「九卿會審」。清代對大獄重囚實行「九卿會審」。無論是「三司會審」，還是「九卿會審」，最後仍得報請皇帝裁決。

逐級覆審制度

中國古代頗懂得慎刑的意義，認為「刑者，侀也，侀者成也，一成而不可變，故君子盡心焉」（《禮記．王制》），建立了一套頗具特色、自下而上的逐級覆審制度。

逐級覆審制度，起源於夏朝的「錫汝保極」。就是要求下級官吏書寫定罪處刑的具體依據，申報上級核准。周朝重大案件實行三級審核制，一審機關是史和正，二審為司寇，終審為周王。至秦朝，鄉里的訴訟案件由「秩」和「嗇夫」受理，鄉不能決的案件，送縣；縣不能決的，報郡；郡不能決的，報中央廷尉；皇帝為最終的裁決者。

漢朝，凡地方司法機關不能斷決的疑案，要逐級上報覆審。漢高祖七年（西元前二〇〇年）曾制詔御史：「獄之疑者，吏或不敢決，有罪者久而不論，無罪久繫不決。自今以來，縣道官獄疑者，各讞所屬二千石官（郡守），二千石官以其罪名當報之。所不能決者，皆移廷尉，廷尉亦當報之。廷尉所不能決，謹具為奏，傅所當比律令以聞。」（《漢書．刑法志》）

唐代覆審制度趨於完備，其逐級覆審制度的主要內容如下：

一、上報於州的覆審。縣裡審理的徒刑以上案件，全部要上報到州裡覆審。其中屬於徒罪及流罪應處決杖或應贖的案件，覆審後即可執行。如果是死罪，州進一步逐級上報，最後由皇帝決定。

二、上報於大理寺的覆審。縣、州所審疑難案件，必須報送大理寺覆審。能決的，覆審後即可執行；不能決的，報送尚書省，最後奏報皇帝。

三、上報於省的覆審。就是報送於尚書省、刑部的覆審，其覆審範圍是大理寺、京兆府、河南府直接受理的徒刑案和官吏犯罪案。

四、上報於皇帝的覆審。其範圍是大理寺及各州受理的流刑及死刑案件。

宋元以至明清時期，逐級覆審制度又得到了進一步的發展。宋朝，縣徒以上案，擬判後送州覆審定判。州覆審後，如需重新審理者，原案不再返送本縣而改由其他機構重審，以防止原審法官變換情節、弄虛作假。各州所斷死罪案件，則一律上報刑部覆審，然後奏聞皇帝。

元朝立國之初曾規定，凡州、縣所審之死罪案件，應一律逐級上報覆審，不得「擅行科差」，違者要處以刑罰。

明朝的審級為縣、州、府、按察使司及中央的刑部和都察院。洪武三十年（西元一三九七年）正式頒行天下的《大明律．刑律．斷獄》「有司決囚等第」條規定：「凡獄囚鞫問明白，追勘完備，徒、流以下，從各府、州、縣決配。至死罪者，在內聽監察御史，在外聽提刑按察司審錄，無冤，依律議擬，轉達刑部定議奏聞回報。直隸去處，從刑部委官，與監察御史；在外去處，從布政司委官，與按察司官，公同審決。」

清朝的審級基本上沿襲明朝，只是在按察使之上又有督撫（總督、巡撫）。徒刑以上（含徒刑）案件在州縣初審後，詳報上一審級覆審，每一級都將不屬自己權限的案件主動上報，層層審轉，直至有權作出判決的審級批准後才終審。這樣，徒刑至督撫，流刑至刑部，死刑最後直至皇帝。

總之，自夏周以來直至明清時期所實行的逐級覆審制度，是中國古代慎刑思想的一項重要制度，有助於上級審判機關考查下級審判機關的工作，糾正錯誤判決，維護法律的正確和統一實施。

[1] 影視劇和文人小說往往熱衷於告訴讀者，楊白案是一個「現代版」的潘金蓮和西門慶案，或是一個癡情男女憑空蒙冤最後平反昭雪案。但是文學作品畢竟代替不了史實，多有演繹杜撰成分，以訛傳訛，竟至於以假亂真，影響了人們對案件的整體認知。

[2] 《洗冤錄》是宋朝理宗年間，即約西元一二四七年記載奇案的書，書中全是當時仵作的驗證實錄，是中國古代第一位法醫、宋代提刑官宋慈的經驗著作，宋慈一生斷案如神，尤其擅長驗屍，能從屍體中找出疑案的蛛絲馬跡，所著《洗冤錄》已成為此後歷代仵作斷案的根據和標準，具有不

可置疑的可信度和準確性。

[3] 楊乃武在申訴書中所編造的這些情節，日後成為各種文藝作品的基本素材，影響十分深遠。

[4] 按當時的法律規定，一般婦女犯罪和年過七十的犯罪人都可以以銀贖罪。

張文祥刺馬案

在一般人的心目中，大俠都會是一個高大威猛、本領高強而且受人敬佩的英雄人物。在各種虛構的武俠小說和傳奇故事當中，行俠仗義、殺富濟貧的俠士就是正義的化身。他們重義氣、講信譽，言出必行，至情至性。像金庸小說《天龍八部》中的喬峰、《神鵰俠侶》中的楊過，都是大家津津樂道的武俠英雄。前一陣子，由陳可辛導演的賀歲大片《投名狀》上映伊始，也很快受到廣大觀眾的好評，這和該影片成功地塑造了姜午陽為兄復仇而刺殺背信棄義的龐青雲這樣一個俠士形像有很大的關係。這部影片的原型就是清末四大奇案之一的「張文祥刺馬案」，其中李連杰飾演的龐青雲對應歷史上的被刺者清朝兩江總督馬新貽，金城武飾演的姜午陽則對應刺客張文祥。

張文祥行刺馬新貽的故事在民間流傳很久了。一直到現在，由於案件本身的起因撲朔迷離，一直都沒有定論。大體的說法有：

一、因馬新貽賣友求榮，背信棄義，霸占友妻，張文祥執意復仇而刺殺了馬新貽；

二、馬新貽因審理丁惠衡一案，造成督撫不和，從而招來殺身之禍；

三、太平天國起義被平定後，清廷與湘軍的政治矛盾加劇，受朝廷指派監視和裁撤湘軍集團的馬新貽被對手設謀刺殺；

四、因馬新貽私通回部，張文祥為天下人鳴不平，決意刺殺；

五、因馬新貽嚴厲打擊海盜，且與張文祥積怨甚深，後者於是出頭刺殺了馬新貽……

這些來自官方和民間的故事版本層出不窮，加之經歷了一百三十多年歷史的洗禮之後，更讓這件刺馬奇案蒙上了一層神祕的面紗。其之所以被列入「清末四大奇案」，在當時社會上引起巨大震動，「奇」就奇在案件裡既有男兒血性、江湖英雄俠肝義膽的內容；又有叔嫂通姦、因果相報、背叛復仇之類的愛恨情仇；在案件審理的時候還被捲入政治漩渦當中，隱藏或者折射出當時更大的社會矛盾和政治鬥爭，從而使它變得不再只是一個孤立的故意殺人案了。以下我們就來詳細探討這個「刺馬」奇案。

「月課」遇刺

在回顧案件的前因後果之前，先來了解下案中的兩位主角，遇刺者清末兩江總督馬新貽以及刺客張文祥。

一、馬新貽平步青雲，調任兩江總督

馬新貽（西元一八二一年至西元一八七〇年），字谷山，回族，山東菏澤人。出身書香門第，自幼聰敏好學，深得祖父輩的喜愛和栽培。他苦讀詩書，專心科舉。道光二十七年（西元一八四七年）參加會試，與李鴻章等人同榜，中三甲第六名，賜同進士出身，奉旨以知縣即用。馬新貽的仕途之初，很長時間都和安徽有關。馬新貽被簽發安徽，先後任太

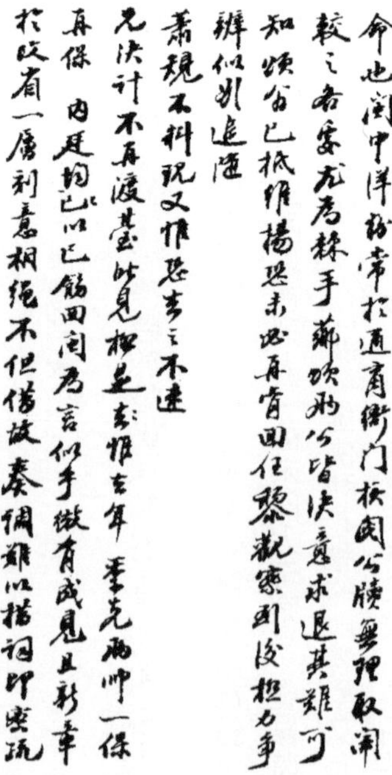

掃描自《道咸同光名人手札》

＊馬新貽手記

和、宿松、亳州知縣。

當時，由洪秀全帶領的太平天國自西元一八五一年在廣西桂平金田村起義以來，全力進攻，屢戰屢勝，已經攻陷了南京，並占據了江南很多地區，在整個中國南方，與大清朝的統治形成了犬牙交錯的戰爭態勢。咸豐三年（西元一八五三年），馬新貽被保薦為建平縣知縣。此時，太平天國大興，數十萬大軍西征，經略皖北。建平縣地處偏遠，但在戰亂環境中，位置特殊，恰在太平軍占據的南京與清政府湘軍大本營安慶之間，是兩軍爭奪的戰略要點。馬新貽招募鄉勇，加強防務，辦理團練，積極與太平軍對抗。當周圍城寨大多被太平軍攻陷之時，唯獨小小的建平縣固若金湯。在這種兵荒馬亂的特殊時期，任官不久的他也算是為清朝立下了功勞。馬新貽因此戰功嶄露頭角，第二年就被轉派到地理位置較好的定遠縣任知縣。

咸豐五年（西元一八五五年），太平軍林鳳祥、李開芳率兵北伐，進入安徽，得到以皖北為根據地的捻軍的配合，連下數城，西征軍勢如破竹再克安慶，移府廬州（今合肥）。馬新貽受命帶兵助防，不料廬州失守，安徽巡撫由旗人福濟補授。福濟是馬新貽科考時的坐師，他任命馬新貽擔任合肥知縣，與李文安（李鴻章之父）、前任知府傅繼勛、地方團練首領方有莘、舉人汪人廉等統帶勇營，與練丁一千餘人駐紮巢湖南岸，以阻斷廬州太平軍外援。馬新貽多次襲擊太平軍營壘，配合清軍統帥和春攻陷廬州，因功受賞，保升知州，積功賜花翎，代署廬州知府，級別相當於現在的合肥市長一職。咸豐七年（西元一八五七年）太平軍將領陳玉成、李秀成協同作戰，進兵皖北，福濟退守廬州，馬新貽與太平軍、捻軍戰於舒城，記名以道員補用。咸豐八年（西元一八五八年），福濟被免職召回京師，翁同書被任命為安徽巡撫，督辦軍務，馬新貽深得其賞識，上下級關係融洽，被翁同書讚譽為「皖省第一循吏」，即第一幹練精明的官吏，同時給朝廷上疏請求任命馬新貽為安徽按察使，最終雖未實授，但馬新貽實際上已悄悄步入了省級官員的行列。

這時，太平軍在清軍不斷的圍剿之下，壓力越來越大。洪秀全占據江寧府，並將其作為太平天國的都城，定名天京。同時，清廷起用地方的漢族地主武裝——曾國藩的湘軍。太平天國重用年輕將領陳玉成，意欲打破湘軍的圍剿，主攻地點正是馬新貽治下的廬州。西元一八五八年八月，太平天國領導集團在樅陽召開軍事會議，決定北上攻取廬州。廬州之戰，陳玉成帶領太平軍大敗馬新貽的清軍地方武裝。馬新貽浴血殺出重圍，當時只有時金彪等三人隨從，並在倉皇出逃中把知府大印和臬司印信一併遺失。按大清律法，失城又丟印，任何一個都是腦袋落地的罪。據說，馬新貽深知自己責任重大，痛不欲生，想投河而死，因被隨從勸阻而沒有死成。而清廷則考慮到戰亂時期、局勢緊迫，正是用人之際，只予以革職留任處分，以觀後效。

西元一八五九年，馬新貽母親病故，馬新貽遵照封建禮教，要回籍守制。一行人到達徐州時，聽說太平軍已經攻陷定遠，不得已又趕緊返回安徽。這時候，因軍務吃緊，當時督辦安徽軍務的袁甲三（袁世凱的叔祖父）就調馬新貽承辦大營糧台，也就是管安徽軍隊的糧草後勤工作，同時向朝廷奏請，為馬新貽開復原官。到了咸豐十一年（西元一八六一年），馬新貽父親又病逝，他依禮再回老家山東菏澤為父守孝，這時正趕上在安徽一帶起義的捻軍北入山東，威脅當地的安全，他於是在家鄉組織地方團練，配合清廷委派的剿捻將領、蒙古王爺僧格林沁鎮壓曹州府（即今山東菏澤）一帶的捻軍，於是再次受到朝廷權貴們的關注。

到了同治元年（西元一八六二年），兩江總督、欽差大臣曾國藩與安徽巡撫李續賓，兩人聯銜向朝廷啟奏，重新起用馬新貽。奏摺獲准，馬新貽署理安徽布政使，奉命回到安徽軍營主辦廬州前敵營務。這時候恰好督辦安徽軍務的袁甲三因為有病請辭，於是他所帶領的軍隊也全都交由馬新貽統領。同治二年（西元一八六三年），馬新貽被任命為廬鳳潁方泗兵備道。而後皖北練總苗沛霖擁兵自重，反叛清廷，圍攻蒙城，馬新貽苦苦堅守達半年之久，解圍後受到朝廷的提拔任用，讓他署理安徽布政使，總理一省的財政、吏治，任職期間，因他招撫流亡，勸稼農桑，使百姓休養生息，頗受曾國藩的賞識，誇獎他為官處事「正本清源，實事求是」。

同治三年（西元一八六四年），太平天國起義被鎮壓，馬新貽得到朝廷重用，擢升為浙江巡撫。據史書記載，戰亂之後的杭州，十室九空，由於戰亂和流徙，人口不足原來的十分之二。到任後的馬新貽勤勉非常，採取了一系列有效措施恢復當地經濟。在選任官員時，馬新貽參考左宗棠和曾國藩的意見，盡量任用湘軍故舊，以此來穩定當地局勢。而且盡可能不插手湘軍把持的軍務。如此經過了兩年，馬新貽在地方上政績頗彰。同治七年，也就是西元一八六八年，馬新貽再一次得到清廷的提拔，奉旨補授為閩浙總督，駐地在福建福州，主掌福建、浙江的軍政大權，從此走進了封疆大吏的最高殿堂。按照清廷的官制，凡是地方的督撫，也就是總督和巡撫初次被任命，都要進京請訓，也就是要到北京覲見皇帝，接受皇帝的訓導。於是馬新貽向皇帝上表謝恩，請求覲見請訓。六月底，馬新貽與浙江巡撫楊昌浚交接工作，然後離開浙江任所趕往京城。這年的七月五日，馬新貽來到北京。七月六日，他隨班（跟著京官朝臣）一同到太和殿，接受當時同治皇帝的召見，然後到養心殿拜見慈禧太后。此時，慈禧「垂簾聽政」，是清政府的真正掌權者。慈禧接見馬新貽時，對他在安徽抵抗太平軍和治理浙江的表現誇獎有加。之後，他又多次受到同治皇帝和慈禧太后的召見。在最後一次召見時，慈禧向馬新貽傳達了一道密旨，讓他在閩浙總督的任上，徹查湘軍剿滅太平軍之時太平天國「聖庫」中的庫銀去向等事宜。馬新貽深知此事非同一般，當時曾氏兄弟帶領的湘軍剛剛平定太平軍，在整個江南地區（蘇浙皖）勢力如日中天，現在他一個外來官員調查太平天國「聖庫」中金銀財寶的下落和湘軍裁撤事宜，凶險極多，因此他在養心殿被召見出來的時候，據清代史料和當時的文人筆記記載說是：大汗淋漓，朝服浸濕，非常恐慌。

眾所周知，太平天國自起兵以來，雄踞江南富庶地方十年，將許多錢財聚斂到南京城裡，其中洪秀全的天王府更是金碧輝煌、金銀財寶無數。湘軍統帥曾國藩的九弟曾國荃攻陷天京之後，曾縱兵燒殺搶掠，弛禁三日，也就是明目張膽地讓湘軍官兵搶劫三天。但最終上繳給朝廷的財寶卻非常少。對此，朝廷在湘軍攻陷南京後曾降諭旨，要求曾國藩、曾國荃等追查天京金銀下落，諭令中特別告誡曾氏兄弟說：「曾國藩以儒臣從戎，歷年最久，戰功最多，自能慎終如始，永保勛名。惟所部諸將，自曾國荃以下，均應由該大臣隨時申儆，勿使驟勝而驕，庶可長承恩眷。」這些話實際上是提醒曾氏兄弟如果不知進退，驕傲胡為，將「勛名」難保、不能「長承恩眷」，其中暗伏殺機。其實那時候北京政界早有傳言，曾國藩和湘軍有巨大的政治野心，有可能擁兵自重，同清政府分庭抗禮。於是，慈禧太后對平定太平天國戰亂之後的湘軍產生猜疑，對他們有可能囤積財寶的下一步行動深感恐懼。大家讀《史記．淮陰侯列傳》都知道，（飛）鳥盡（良）弓藏、（狡）兔死（走）狗烹是中國封建時代的政治傳統。曾氏湘軍以一支私人軍隊如此功勛卓著，雄踞江南，清廷不可能不對他高度警惕、一定要將其裁撤而後安。慈禧太后這次委派不屬於湘系人馬的馬新貽調查太平天國「聖庫」裡面的庫銀去向，協助裁撤湘勇，整肅戰亂後的政治，目的是造成節制、監督湘系軍閥的作用，使之繼續聽命於朝廷。

在北京請訓完畢後，西元一八六八年七月十五日，馬新貽向朝廷請假回鄉省親，這也是他離開家鄉二十多年來第二次回歸故里。在家逗留期間，這位身為一品重臣的閩浙總督十分低調和小心，生怕過分招搖而惹出事端。到了當年的九月分，就要離開山東前往福建赴任了。動身之前，他特意叫來兩個哥哥，祕密叮囑他們說：「我這次赴任吉凶難料，萬一有什麼不測，你們一定要記好，千萬不要進京去告狀，要忍氣吞聲，但求自保。」兩位兄長聽後萬分驚恐。後來，當馬新貽果真遇刺之後，他的二哥馬新沐不顧勸阻，進京打探消息。但到京不過三日，便暴病而死。據說是因旅途疲憊，偶感風寒所致，但這自然也只是文人筆記所載的後話了。

告別故鄉後，馬新貽一路自山東菏澤往南，穿越山東、江蘇向福州趕路，準備赴閩浙總督之任。當他途經山東濟寧時，忽然接到一份朝廷發來的廷寄諭旨（廷寄是對地方官的一種發自中央軍機處，帶有祕密性質的詔令，它和內閣明發上諭不同，上諭是公開傳諭的）。這道廷寄諭旨的內容，就是讓馬新貽接替時已調任直隸總督的曾國藩，改授兩江總督兼通商事務大臣，而且要在他路過江寧時直接轉任即可。要說馬新貽的這個新職位可不簡單。兩江總督是當時清朝九位最高級的封疆大臣之一，是兼領江蘇、安徽、江西和上海四省市的最高軍政長官。當時有句老話，國家財富，悉出兩江。也就是說有清一代，兩江總督下轄的省分是清廷財政的主要來源，因此兩江總督雖然在名義上位於疆臣之首的直隸總督之下，排名第二，但論及軍事、政治、財政的實權，反而是最重要的封疆大吏。那麼，為什麼朝廷剛剛任命馬新貽督署閩浙不久，又急急忙忙讓他轉任為兩江總督呢？其根本原因還是鑒於曾國藩及湘軍勢力在江南一帶坐大，裁撤兵員的工作又十分緩慢，於是慈禧太后將曾國藩調離南京，讓他在自己眼皮子底下（保定）做直隸總督；而改派與湘軍素無瓜葛的馬新貽擔任兩江總督，造成摻沙的作用，同時迅速裁撤湘軍。

根據以上所述可以看出，從少年及第的進士到一品兩江總督，名不見經傳的馬新貽僅僅用了二十一年的時間，年僅四十七歲便坐上了堂堂封疆大吏——省部級高官的位子。如此平步青雲，扶搖直上，在當時確實是少見的。上任之後，馬新貽奏請調動候選道孫依言到兩江督署補用，山東候補道員袁保慶等人也到手下委任，團隊配齊之後就準備大幹一番。但是，常言說「福兮禍之所伏」，到了同治九年七月二十六，也就是西元一八七〇年八月二十二日，馬新貽在總督衙署「閱射」（檢閱部隊）後打道回府的路上（箭道）上，卻被突如其來的刺客刺殺，一個如日中天的朝廷重臣瞬息而亡！

這個刺客如此神勇，究竟何許人也？

二、孤膽英雄張文祥，刺殺馬新貽

張文祥，河南汝陽人。其他身世情況不明。他的這個名字，實際上也不準確，在各種歷史資料中也都眾說紛紜：有的文獻寫作「張汶祥」，有的寫作「張文詳」。有一種說法應該是比較可信的，即他的本名應該是「張文祥」三個字，但後來因刺殺馬新貽被抓獲，成為殺人犯，而根據古時候的衙門規矩，官府在刑事案件的案卷紀錄中，往往會在犯人名字上加三點水或者草字頭，如「汶」、「詳」字，以表示輕蔑之意，這樣讓旁人一看，就知道他是山賊草寇或者被判重刑（本文均稱「張文祥」）。

史料上說，張文祥幼時家境貧寒，曾練過武功，因世道混亂，長大後的張文祥不甘在家鄉受窮，於是變賣了家產，跑到浙江寧波做氈帽生意。他在此期間碰到了太平軍打到江南一帶，於是就跟隨了太平軍的一個將領即侍王李世賢，加入太平軍的活動。期間曾攻打過漳州，並轉戰於江南地區。因作戰勇敢，屢立戰功，還擔任過一定職務。後來太平天國失敗，張文祥就隱姓埋名，在浙江一帶討生活，同時也與當海盜的一些江湖兄弟保持聯繫。但當時正巧馬新貽擔任浙江巡撫，作為朝廷的忠實鷹犬，他在浙江大肆捕殺太平軍餘黨，嚴厲地圍剿海盜（其大部分人員猜想正是太平軍的殘兵敗將），張文祥對此十分痛恨，於是決計行刺馬新貽。最後在西元一八七〇年八月二十二日那天行刺成功。

那麼，張文祥為何要刺殺馬新貽呢？其原因在朝廷保留的案卷資料和民間故事當中都莫衷一是，歷史沒有定論，我們後面再詳細分析，此處按下不表。先說說整個刺殺事件的經過：

每年的陰曆七月二十五，兩江總督都會閱視武弁各員（部隊兵丁）投射，也就是閱兵操練，稱為「月課」，最初是在曾國藩擔任兩江總督時定下的規矩。在「月課」活動進行業中，也允許當地的老百姓前來觀看——一則宣揚軍威；二則便於督署官員同老百姓彼此接觸，穩定人心。但這個規定，顯然也為刺客化裝成一般老百姓趨前行刺提供了絕佳機會。與此同時，原清朝兩江總督衙門在太平天國攻占南京後被改為天王府，洪秀全居住於此。大興土木擴展重修，輝煌一時。但在曾國荃率兵攻破天京時，戰火熊熊，天王府的許多建築也因此遭到焚燬（民間流傳著曾國荃藉這把大火既燒掉了天王府，也毀滅了湘軍私吞國庫銀兩之證據的說法）。曾國藩擔任兩江總督之後開始重修總督衙門，馬新貽調補兩江總督時總督衙門還沒修好，就暫住在江寧府衙裡面。該府衙在建築結構上有一個特點：它後院有一個西門，出了西門，經過一段箭道可以直接到達閱兵場，來往皆可步行，無須乘轎，這樣一來，馬新貽的安全保衛措施反而被忽視了。

到了同治九年的七月二十五（西元一八七〇年八月二十一日），又逢月課之日，但因突降大雨，總督閱射不得不推遲一天。第二天，也就是八月二十二日，天氣轉晴，馬新貽一大早就來到巡撫衙門西邊的校場演武廳。當天的閱射分為四棚（方陣），馬新貽親閱頭棚。按照慣例，巡撫閱第二棚，但江蘇巡撫丁日昌此時已赴天津，協助曾國藩審理「天津教案」，改由洋務局張道台閱第二棚；總務巡營處楊道台閱第三棚；總理保甲局嵇道台閱第四棚。馬新貽首先閱畢，步行回署，旗牌在前引道，接著是巡捕、差弁和隨弁等緊跟在後。途中一人突然跪在道旁，大喊「馬大人，請助我也」。後來查證此人是馬新貽的同鄉王咸鎮，馬新貽以前曾兩次資助他，這次又來求助，巡捕一把將他推開，馬新貽並未停步。當隊伍行至西角門時，前面突然闖出一個人（後來查實即張文祥），身著短衣，快步衝向馬新貽，打千問安，右手突然從靴筒中抽出匕首向馬新貽右肋刺去。馬新貽猝不及防，應聲倒地。早有後面的護衛見勢不妙，一擁而上。刺客張文祥見狀並不逃跑，挺身就擒。捆綁中只聽得他高喊：「養兵千日，用在一朝。大丈夫一人做事一人當，今日拚命，二十年後又是一條好漢！」隨即仰天長笑，後被押往上元縣衙門受審。

這個時期，正是晚清政治腐敗，社會動盪時期，各種五花八門的事情層出不窮，現在又冒出個堂堂兩江總督、封疆大吏馬新貽竟在光天化日之下被一個匹夫之徒所刺殺，真是朝野震驚，舉國關注。兩江總督平時的隨扈很多，護衛森嚴，竟然被刺客一次刺殺即獲成功，這是自大清立國以來二百年都很少見的大案，再加上報紙傳播、民間流言，於是本案也就被稱為清末四大奇案之一的「刺馬案」。

多番受審

一、幾番審理

馬新貽被刺的第二天下午（同治九年七月二十七，西元一八七〇年八月二十三日），即因傷重斃命。臨終前他口授遺書，由其嗣子馬毓楨代書：

……二十六日遵照奏定章程，於卯刻親赴署右箭道校閱武弁月課，巳刻閱竣，由署內後院旁門回署。行至門口，突有不識姓名之人，以利刃刺臣右肋之下，深至數寸，受傷極重。當經隨從武弁等將該犯拿獲，發交府縣嚴刑審訊。一面延醫看視，傷痕正中要害，臣昏暈數次，心尚明白，自問萬無生理。伏念臣身經行陣，迭遭危險，俱以堅韌固守，幸獲保全，不意戎馬餘生，忽遭此變，禍生不測，命在垂危。此實由臣福薄災生，不能再邀恩眷。而現當邊陲未靖，外患環生，既不能運籌決策，為朝廷紓西顧之憂，又不能禦辱折衝，為海內弭無形之禍，耿耿此心，死不瞑目。……

案發後，江寧將軍魁玉命藩司梅啟照會同江寧知府馮柏年、江寧知縣莫祥芝和署理上元知縣胡裕燕等人連夜審訊。刺客張文祥對殺害馬新貽的行為直認不諱，但對自己的行刺動機閃爍其詞。魁玉又加派臬司賈益謙、江蘇候補道孫依言、山東候補道袁保慶（袁世凱的叔父，過繼父）等嚴加審訊，並飛章入奏朝廷。

西元一八七〇年八月二十九日，光緒皇帝接到驛六百里飛章陳奏「刺馬案」後，深感驚駭。這事報告給慈禧太后時，慈禧也十分震怒，問道：「這事豈不甚奇？」曾國藩誠惶誠恐地回答：「這事甚奇。」李鴻章也表示：「谷山近事奇絕，亦向來所無。」堂堂封疆大吏在光天化日下竟遇刺身亡，朝廷顏面何在！於是一日連下四道諭旨。第一，命「魁玉督同司道各官趕緊嚴訊，務得確情，盡法懲辦。」給馬新貽獎恤，「用示憫念疆臣至意」。[1] 第二，「曾國藩著調補兩江總督，未到任以前著魁玉暫行兼署。直隸總督著李鴻章調補」。[2] 第三，密旨安徽巡撫英翰加強長江防務和地方治安，密切注視江寧局勢，以備不測。[3] 第四，「著魁玉督飭司道各官，設法熬審，務將因何行刺緣由及有無主使之人一一審出，據實奏聞」。[4]

＊李鴻章像

上諭未到江寧，二十七日魁玉又急奏：「拿獲行刺之兇犯，始則一味混供，迨晝夜研鞫，據供係河南人，名張文祥，直認行刺不諱，而訊其行刺之由，尚屬支離狡詐。」在此期間，魁玉又派人緝拿了收容張文祥的店家朱定齋、周廣彩以及當日跪道求助的王咸鎮等疑犯。

九月三日，清廷接二次上奏後立即諭旨：「情節重大，亟應嚴切根究」，「務將行刺緣由究出，不得含混奏結」。這件事情在朝堂之上議論的時候，給事中王書瑞奏道：督臣遇害，疆臣人人自危，其中有牽掣窒疑之處，應派親信大臣徹底根究，勿使稍有隱飾。於是清廷九月五日再下諭令：「唯以兼圻重臣，督署要地，竟有不法兇徒潛入署中，白晝行刺，斷非該犯一人挾仇逞兇，已可概見。現在該犯尚無確供，亟須徹底根究。著張之萬馳赴江寧，會同魁玉督飭司道各員，將該犯設法熬審，務將其中情節確切研訊，奏明辦理，不得稍有含混。」顯而易見，清廷清醒地意識到此案的嚴重性，同時懷疑刺馬案絕非張文祥一人所為，必須徹查其中團夥作案的證據，因此口氣十分嚴厲，並加派漕運總督張之萬參加會審，以示偵破此案的決心。

九月十八日，當得知魁玉等審案進展緩慢，尚未查處張文祥背後的「團夥作案線索」時，清廷又下諭旨：「張文祥行刺督臣一案，斷非該犯一人逞忿行兇，必應徹底研鞫，嚴究主使，盡法懲辦。現審情形若何？魁玉此次折內並未提及。前已明降諭旨，令張之萬馳赴江寧會同審辦。即著該漕督迅速赴審，弗稍遲延。魁玉亦當督飭司道等官，詳細審訊，務得確供，不得以等候張之萬為辭，稍形鬆懈，此事案情重大，斷不准存化大為小之心，希圖草率了事也。」案件過程講到這裡，讀者們可以設想一下，儘管光緒皇帝反覆多次督促官員們認真審案值得誇獎，但是畢竟本人並不在審案現場，遠在千里之外就主觀認定刺馬案絕非張文祥一人挾仇逞兇，一定有幕後「主使」或其他隱情，先入為主地就給案件定了性，進而命令具體審案者魁玉務必透過「熬審」（嚴刑逼供）抓到幕後黑手。這種罪由心定的做法無疑給具體經辦人很大的壓力，非得掘地三尺找出這麼一個人來不可，它也必然同現代法律的正當程序相悖，對此我們後文還要進一步分析。

九月二十四日，接到朝廷一遍又一遍斥責諭旨的魁玉，帶著幾分委屈，幾分無奈，甚至幾分惶恐，再次向朝廷上奏：伏思前督臣馬新貽被刺一案，案情重大，張文祥刁狡異常，奴才督飭司道晝夜研審。張文祥自知罪大惡極，必遭極刑，所供各情一味支離。訊其行刺緣由，則堅稱既已拚命做事，甘受碎剮。如果用刑過久，又恐兇犯倉猝致命。在這份奏摺中，魁玉還向朝廷報告了一些案件訊問的最新進展，他審理查明張文祥係「漏網髮逆（對太平軍的蔑稱）頭目」，曾在太平軍侍王李世賢名下領兵打仗，進攻過漳州，並轉戰於安徽、江西、廣東、福建、浙江等地。目下張文祥的女兒張寶珍，兒子張長幅，與之居住在一起的舅嫂羅王氏等都已經被抓獲；同時，魁玉還致信給山西巡撫何璟，要求將張文祥的結義兄弟，時任山西某官職的時金彪歸案對質。但除此之外，對破案的核心即行刺緣由仍無確供。

至此，魁玉審理刺馬案已經有一個多月了，每份奏摺都是說張文祥的招供「一味閃爍」、「語言顛倒」、「一味支離」。那麼張文祥「閃爍」的是什麼？「支離」的又是什麼？魁玉卻沒給朝廷奏報。不由得身在朝堂之上的慈禧太后、光緒皇帝以及大臣們生疑。他們越來越相信：這些閃爍支離之語，恐怕不是張文祥的招供，而是魁玉、梅啟照這些承審大員在審案時已經發現了重大問題，但考慮到其他方面的原因而支吾其詞，謊瞞朝廷！於是嚴令張之萬即刻趕赴南京會同審辦，不得有一點遲延。

張之萬，字子青，直隸南皮人，道光二十七年考中狀元，與馬新貽、李鴻章同年（也就是同科考中的考生），時任漕運總督。他二十五日收到吏部發來咨文，三十日打點行裝，給朝廷寫了個「遵旨馳赴江寧督審，恭報啟程日期」的摺子，從清江浦沿運河南下。張之萬原本就膽小怕事，行前就聽到關於刺馬案的許多傳聞，說是馬新貽自恃朝廷器重，大刀闊斧裁撤湘軍，招致湘軍集團的刺殺，此次朝廷委他以重任，讓他去南京督審，務要確供、抓到背後元兇。他越發膽顫心驚，一直拖延著不肯到江寧。但聖命難違！於是他選調了自己管理漕標的兩百名精銳兵丁，數十號官船一同前往南京。而且一路上嚴加戒備，親兵不離左右，白天不上岸，夜間同宿一船，唯恐自己的性命發生什麼意外。漕帥如此小心保命，於是就有關於張之萬此行的一則小故事：那時候正值深秋，到了瓜州地方，張之萬在船裡悶了幾天，就想上岸走走。岸邊走了一陣兒，忽然內急，於是就近找了個茅廁方便。但是野外孤露，四無隱蔽，倘或此時遇到刺客，那可是件非常危險的事，於是，他手下的漕標參將，就親自帶領兩百親兵，拿槍的拿槍，拿刀的拿刀，將茅廁團團圍住。百姓

＊張之萬：溪橋雲起並行書八言

＊張之萬字畫

好奇，圍過來看熱鬧，參將擺擺手說：「漕帥出恭（即小便），閒人莫近。」漕帥出恭，警衛兩百精兵，一時被傳為笑談。

十月七日（同治九年九月十三）傍晚，張之萬終於抵達江寧城。進到官衙後，他不著急審案，而是先約請主審官魁玉、梅啟照在密室裡會晤。久歷宦海的張之萬非常清楚：這個案子不管怎麼審，怎樣結，都是兩頭不落好。審不出「背後的」主使人，馬家不滿意，朝廷更不滿意；審出了主使人（如果真是湘軍將領的話），那就要得罪更多人，而假如那個幕後黑手真要像除掉馬新貽一樣，把自己也「做掉」，豈不惹禍上身？正是基於這種明哲保身、不蹚渾水的考慮，張之萬和魁玉不約而同都採取了拖延審訊的策略，試圖最終將大事化小、小事化了。加之他倆早就得知慈禧太后已經另行安排曾國藩歸任兩江總督之位，於是，張之萬和魁玉的審理就時審時停，其如意算盤是：一切等曾國藩來了再說吧，他是湘軍主帥，不管這個案子裡的「水」有多深，曾大帥親自審理總比我們要好得多。

張之萬、魁玉的拖延政策，自然遭到朝野兩方面的抨擊。案子久拖未結，不但給受害人家屬難以交代，而且招致朝廷裡的更多抨擊和彈劾，成了眾矢之的。朝廷於是震怒，於十二月九日、十二日連下兩道諭旨。其中十二月九日的朝廷上諭對張之萬、魁玉嚴加訓斥，指出：「現已（距開審）五旬之久，尚未據將審出實情具奏，此案關係重大，豈可日久稽延！」

迫於無奈，十二月十二日，張之萬、魁玉向朝廷提交了「審明謀殺制使匪犯，情節較重，請比照大逆向擬，並將在案人犯分別定擬罪名折」其中奏道：「兇犯張文祥曾從髮捻，復通海盜，因馬新貽前在浙撫任內，剿辦南田海盜，戮伊夥黨甚多。又因伊妻羅氏為吳炳燮誘逃，曾於馬新貽閱邊至寧波時，攔輿呈控，未准審理，該犯心懷忿恨。適在逃海盜龍啟雲等復指使張文祥為同夥報仇，即為自己雪恨，張文祥被激允許。該犯旋至新市鎮私開小押，適當馬新貽出示禁止之時，遂本利俱虧。迫念前仇，殺機愈決。同治七、八等年，屢至杭州、江寧，欲乘機行刺，未能下手。本年七月二十六，隨從混進督署，突出行兇，再三質訊，矢口不移其供，無另有主使各情，尚屬可信。」

總體來說，張之萬、魁玉的上奏審結整體看來還算順理成章，但在人命關天的法律文書的行文最末，卻用了「尚屬可信」四個字，雖然敘述了案件的原委和法官審理查明的事實，但如此的說法實在難以用來審結故意殺害朝廷重臣的案件。對此，朝廷在十二月十八日的（回覆）上諭中明確不予認可，認為難以結案：「馬新貽以總督重臣，突遭此變，案情重大。張文祥供挾恨各節，及龍啟雲等指使情事，恐尚有不實不盡，若遽照魁玉等所擬，即正典刑，不足以成信讞。」

從這幾封朝廷上諭中，我們可以看出，慈禧太后並不相信結案報告中張文祥啣恨復仇刺馬的說法，她確信張文祥有其他更大的同夥，案件幕後也有人搗鬼，報告上來的「事實」與她自己的推斷不相符合。與此同時，朝中大臣也無不覺得封疆大吏死得不明不白，不能查清案由明正典刑，自會有傷國體，此案糊塗審結，風氣一開，朝廷委任大臣也會心存顧忌，不敢放手辦事，否則就可能成為馬新貽第二。同時也是為了穩住朝綱，樹立威信，慈禧太后再次嚴厲要求張之萬、魁玉等會審官員務必將案件事實查得水落石出，也免得人言紛紛、清議不斷。同時，又另發一道諭旨，命令刑部尚書鄭惇謹趕赴江寧，與正在赴任途中的曾國藩，會審此案。

二、終審結案

前已說明，朝廷在得知馬新貽遇刺的消息之後，很快就指派直隸總督曾國藩調補兩江總督，未到任以前暫時由魁玉代行總督職責，直隸總督則由李鴻章調補。面對著朝廷及某些清議派大臣眾口一詞地要查找張文祥背後「主謀」的不利局面，而且在他們已將矛頭指向湘軍將領的情況下，老謀深算的曾國藩自然不

＊李鴻章像

願意在如此敏感的時刻前往就任兩江總督。於是他以年老體弱為由婉辭兩江總督一職，但都未能如願。清廷認為曾國藩老成宿望，是擔任兩江總督的合適人選。剛巧這年的十月七日正是曾國藩六十歲大壽，慈禧太后為了安慰曾國藩這個有功之臣，特旨賜壽，給足了曾國藩做臣子的榮耀。要知道，他的生日恰好比西太后的生日晚一天，老佛爺的壽辰還沒慶祝，倒提前先給他曾國藩祝壽，足見朝廷別有一番深意。曾國藩對此十分明了。對他來說，慈禧對湘系在江南做大的防範心理是十分清楚的，朝廷用你打敗了太平天國之後，唯一想要湘軍做的就是自廢武功、忠於皇帝，無論這個案子的背後是否真有湘系官僚指使，湘軍都脫不了關係。對此，如果不想像洪秀全一樣造反或者自立為王，曾國藩作為臣子走狗，就得打落牙齒和血吞，聽任朝廷驅馳。於是曾國藩在十月十日上摺謝恩，覲見慈禧太后，固辭兩江總督不得，只好無奈赴任。

曾國藩十月十日覲見慈禧後，到十一月七日才啟程前往江寧。一路上磨磨蹭蹭，直到十二月十二日才到江寧，總共用了三十六天，這超出正常行程好幾倍的時間反映了他的拖延觀望態度。進而，他到了江寧之後，也並沒有馬上升堂問案，而是等待朝廷另行委派的刑部尚書鄭惇謹到達江寧之後，一起會審刺馬

＊曾國藩像

案。那麼，在他等待鄭惇謹的兩個多月時間，每天都做些什麼呢？根據有關文獻的記載，他一是會客聊天；二是看《閱微草堂筆記》。

此時，站在慈禧太后的角度，她的想法也很清楚：要靠曾國藩主審此案，抓出所謂刺馬案「背後的黑手」，本身就不可靠。如果此案真是湘軍所為，讓他們自己人抓自己人，一旦查實，就是一個大的把柄抓在朝廷手裡；退一步，如果不是湘軍所為，利用此案敲山震虎，也可以打一下湘軍的囂張氣焰。於是在西元一八七〇年十二月二十三日，上諭命刑部尚書鄭惇謹趕赴江寧，會同新任兩江總督曾國藩覆審刺馬案。鄭惇謹是個什麼人呢？鄭惇謹是湖南長沙人，道光十五年乙未科的翰林，時任刑部尚書。他過去曾在山西辦了一次大案，使之圓滿解決，在當時的社會上評價很好，各方面都認為他是一個鐵面無私的大清官。在鄭惇謹這次南下江寧，隨行帶了他的兩個得力助手，也就是刑部的滿族、漢族兩位郎中。

同治十年即西元一八七一年的二月十八日，鄭惇謹一行趕到了江寧。這一天剛好是大年除夕，只歇了兩天，到了正月初二，他就招呼曾國藩這一應人等，開始會審張文祥刺馬一案。按照常理，鄭惇謹頂著社會上給他的崇高清譽，他的想法那就是一定要把案件的真正緣由審出來，上不負皇恩，下不屈黎民。但案卷資料中卻記載說，他一連審訊當事人和有關證人十四天，卻一點新的進展也沒有。在這十四天裡，兩江總督曾國藩每次都和他一起會審，但到了大堂之上，曾國藩為避免有回護部下嫌疑，總是一言不發。十四天下來，仍舊一無所獲之後，曾國藩對鄭惇謹說了一句話：「看來我們也只好按照當初魁玉和張之萬奏結的內容向朝廷交命了。」而素稱鐵面無私的鄭惇謹經過十幾天的詳細勘察訊問，的確沒有發現什麼深層緣由或者牽連出別的什麼人，於是也同意和曾國藩依原審判決定案。

最後一輪會審完畢後，至三月十九日，刑部尚書鄭惇謹和兩江總督曾國藩聯名上奏：「會同覆審兇犯行刺緣由，請仍照原擬罪名及案內人犯按例分別定擬。」終審奏結比張之萬、魁玉原來的定擬敘述更加詳細，取供、採證、行文更加縝密，但基本內容不出前者，這就是仍照原擬定的意思。所不同的是：第一，特別強調了張文祥「聽受海盜指使並挾私怨行刺」，「實無另有主使及知情同謀之人」。第二，對張文祥量刑更加殘酷，除了「按謀反大逆（十惡之首）律問擬，擬以淩遲處死」外，又增加了一條「摘心致祭」。並對其他人等也各有定奪。

應該說，鄭惇謹和曾國藩維持原判，是符合刑事訴訟基本原則的，即：有一分證據，講一分話。沒有證據，即使有萬般猜疑，總歸只是猜疑，落不到定案報告中。這種依照證據確定事實的原則，不僅是現代法治的基本原則，它在古代社會也是十分重要的。但聞聽這個消息時，馬新貽生前重用的官員孫依言和袁保慶兩人卻大為不滿。他們認為，此案並不是無法深究，而是前後幾審官員，包括刑部尚書鄭惇謹，均礙於案件牽涉曾國藩的湘系人馬，心存偏袒，不想深究。也就是說「非不能也，實不為也」。於是，就在鄭惇謹、曾國藩擬好終審奏結，要孫依言、袁保慶兩位陪審官員簽字畫押的時候，他們受到馬新貽生前重用，由於對終審結果大為不滿，他們拒絕在奏結上「書諾」（簽字）。但他倆畢竟官矮品低，手臂拗不過大腿。曾國藩、鄭惇謹是何等人物，他們自有應對的辦法，在奏結中根本不提孫依言、袁保慶參加會審一事。並在給朝廷上奏的同時，為避免日後有人重新翻出此案，就把「供招」（訊問筆錄）抄錄分送軍機處、刑部存案。原本「供招」只需要送刑部即可，他們特意將此呈送實際掌握朝廷行政權力的軍機處存案，其目的就是要讓此次終審最後定讞，成為一個鐵案。

最終，朝廷儘管對沒有追出所謂案後「元兇」十分不滿，但也不得不接受這樣的事實。於是在西元一八七一年三月二十六日，諭旨下達，肯定了鄭、曾的奏結。四月四日，曾國藩奉旨監斬，將張文祥凌遲處死，並摘心致祭。

刺馬案審結並執行凌遲之後，朝廷和其他清議官僚並不安心，他們總覺得此案疑竇叢生：各路審案官員從魁玉到張之萬，再到鄭惇謹、曾國藩，都是延宕推託，前後經過七個多月的審理才最終定讞，但仍沒有「揪出」張文祥的同案犯或者背後的「黑手」。是不是馬新貽之死與湘軍有關？如果沒有，他們又何故一個個藉故拖延，諱忌莫深呢？各種民間猜測、大膽質疑和風言耳語也是甚囂塵上：「刺馬案」真的就是張文祥挾私故殺，沒有其他隱情和案中之案嗎？據說張文祥和馬新貽原本認識，而且是結義兄弟，為何刺殺馬新貽呢？是不是江湖英雄仗義復仇呢？

真假緣由

堂堂兩江總督、當朝一品重臣馬新貽竟在光天化日之下被一個匹夫之徒刺殺，而最後的定案只說是挾私謀殺，完全是個人行為而沒有背後的深層原因，無論是當時還是後來，都有許多人提出質疑。也因此，關於馬新貽被刺的原因眾說紛紜，莫衷一是。總括相關文獻和歷史傳說，張文祥刺殺馬新貽的緣由動機，大致可以歸結為以下五種：

第一，馬新貽賣友求榮，背信棄義，霸占友妻，張文祥為兄弟復仇而刺殺馬新貽。

民間傳說，馬新貽在安徽合肥署理知縣時，曾經為捻軍所擒，擒獲他的就是張文祥。但張文祥久有反正清廷之心，所以捉住了馬新貽之後，他不但不向捻軍頭領張洛行（張樂行）等人去報功，反而有意結納，並且為他引見了自己的兩個好朋友，一個叫曹二虎，一個叫時金彪，四個人義結金蘭。然後悄悄放馬新貽回去，讓其跟撫台說妥當了，再來接他們幾兄弟投降清軍。事情進展得非常順利，張、曹、時三個人都拉了人馬，投降了清朝廷。上頭委任馬新貽挑選選降眾，編設兩營，因為馬新貽號谷山，所以依制所領部隊稱為「山字營」（大約相當於現在的團），他的這三個義兄弟都當了「哨官」（大約是營長）。馬新貽就憑這兩個營起家，一路扶搖直上，升到安徽藩司。

洪秀全、楊秀清率領的太平天國被平定之後，各路官軍要進行大規模裁撤（一則免得像湘軍那樣，構成對朝廷政權的威脅；二則部隊糧餉籌措不易；三則戰事結束後老百姓也需要休養生息，不能負擔過度錢糧）。「山字營」被遣散，張、曹、時三人都隨著馬新貽到藩司衙門去當差。據說，這時候的馬新貽，已經有些看不起貧賤患難之交的意思了。因此，當曹二虎準備去接家眷時，張文祥就勸他一動不如一靜，但曹二虎執意不聽，還是把他的妻子從家鄉接了過來，就住在藩司衙門裡。既來了，就不能不到上房謁見嫂夫人，即馬新貽的妻子，這時恰好馬新貽也在上房，一見曹二虎的妻子，驚為絕色，就此起意，勾搭上手，只是礙著本夫，不能暢所欲為。於是，馬新貽經常派曹二虎出差，而每一趟的差使，總有油水可撈，曹二虎樂此不疲，馬新貽也就得以負友漁色了。

這樣不多日子，醜聞傳播得很快。張文祥就將此事告訴了曹二虎，他起先還不肯相信，暗中去打聽了一番，才知真有其事，便要殺自己的妻子。張文祥勸他：「殺奸須雙，光是殺妻，《大清律例》上規定也是要償命的，這樣做太犯不著。大丈夫何患無妻？你索性就把老婆送了他，也保全了交情。」曹二虎想想也不錯，找了個機會，微露其意，誰知馬新貽勃然大怒，痛斥曹二虎侮蔑朝廷高官。曹二虎回來告訴張文祥，張文祥知道他快要有殺身之禍了。

這樣過了些時候，曹二虎又奉命出差，這次是到安徽壽州去領軍火。張文祥防他此去有變，約了時金彪一起護送。途中安然無事，曹二虎還笑張文祥多疑，張文祥自己也是爽然若釋。

於是，第二天曹二虎到壽春鎮總兵轅門去投文辦事。正在等候接見時，中軍官拿著令箭，帶著衛兵，來捉拿曹二虎，說他通匪。等一綁了他，不容曹二虎辯白，就告訴他說：「馬大人委你動身後，就有人告你私通捻匪，這次你預備領了軍火，接濟捻匪。已有公文下來，等你一到，立刻以軍法從事。你不必多說了。」

曹二虎含冤被殺，張文祥大哭了一場。他跟時金彪當面表示，一定要為曹二虎報仇。時金彪聞聽面有難色，張文祥便指責他「不夠朋友」，願意獨任其事，一人做事一人擔。於是收了曹二虎的屍體埋葬以後，張、時二人，就此分手。直到後來張文祥就一個人看準兩江總督檢閱部隊的機會刺殺了背叛兄弟情誼、靠兄弟頭顱陞官發財的馬新貽。

上面所說的傳說情節，在民間流傳很廣，深受老百姓的推崇。因為張文祥是替兄報仇，懲惡揚善的一位正義俠士，因此張文祥刺馬在很大程度上被老百姓認定為是一個俠肝義膽的英雄壯舉，他最後被判凌遲也在很大程度上得到了民眾的同情。先後有兩部香港影片都是根據上述說法關係展開故事敘述的。整個影片故事的確引人入勝，情節也著實跌宕起伏，但是仔細考察事情的真相，這結義四兄弟的故事還確實是史出無據、無從考證。不過這當中唯一真實的是，時金彪確有其人，在刺馬案發生時他在山西當參將。因此，這種桃色緋聞一說也僅僅是迎合了民眾的味口和故事傳播的樂趣，「漁色負友」的刺馬緣由僅僅是民間戲說而已，歷史無法查證屬實。

一、《刺馬》，三十多年前由香港導演張徹拍攝，其基本劇情是：張文祥、黃縱皆為草莽中人，與馬新貽不打不相識，並結為異姓兄弟。老二黃縱的妻子米蘭愛慕大哥馬新貽，但馬新貽因兄弟情義，未被米蘭的愛所打動。待馬新貽任兩江總督，米蘭對於馬新貽愈加愛慕，而馬新貽為達目的不擇手段，他的道德和感情防線也徹底崩潰，終於占有了米蘭，殺害了兄弟黃縱。老三張文祥聞得此事義憤填膺，刺殺了馬新貽，並在刑部公堂之上供認不諱，慷慨赴死。整個故事圍繞三個男人為一個女人反目成仇、情節血腥剛烈，頗獲觀眾好評，但卻與史實完全不符，屬於後世編劇的演繹。

二、《投名狀》，二〇〇七年由香港導演陳可辛拍攝，其基本劇情與《刺馬》大體相同，只不過更加強調當時的戰爭背景和刺殺案的複雜緣由。其基本劇情是：清末戰火連綿民不聊生，在同太平軍的戰鬥中，清軍將領龐青雲被同僚出賣，導致全軍覆沒。裝死活下來的龐青雲誤打誤撞進入亂世強盜趙二虎和姜午陽的隊伍，而在一次打劫清軍糧車的戰鬥之後，三人英雄相惜，納投名狀結為兄弟。這支只有數百人的隊伍隨即在大哥龐青雲的帶領下投靠了清軍，被命名為「山字營」，為清廷剿滅太平軍效力。在付出許多人的生命並取得一系列勝仗之後，龐青雲的官位越升越高，野心不斷膨脹的他不僅依從了朝廷的要挾除掉了趙二虎，並且與趙二虎的妻子通姦。面對朝廷的欺詐、官府的黑暗以及大哥的背叛，三弟姜午陽預謀在龐青雲就職巡撫的典禮上刺殺龐青雲。可就在姜午陽舉刀刺殺的同時，龐青雲背後的房頂上一桿槍也朝著龐扣動了扳機……應該說，《投名狀》在兄弟情仇之外，又增添了朝廷派系政治鬥爭的因素，即將龐青雲的死描寫成了姜午陽刺殺與背後高官必欲除之而後快的雙重結果。但基本劇情仍舊屬於文學演繹，而得不到歷史文獻的佐證。

第二，因馬新貽審理江蘇巡撫丁日昌之子丁惠衡一案，造成督撫不和，從而招來殺身之禍。

這裡的「督」當然是指當時的兩江總督馬新貽，而「撫」則指當時的江蘇巡撫丁日昌。丁日昌，字雨生，廣東豐順人，時任江蘇巡撫，其直接上司就是馬新貽。所謂的「督撫不和」即說這兩位朝廷高官彼此不和、罅隙難以彌合。這種說法當時確實在社會上傳聞甚廣，而這個「督撫不和」的緣由還得從丁日昌之子丁惠衡一案說起。

所謂丁日昌之子案，原發生於西元一八六九年十月。當時有太湖水師哨勇徐有得、劉步標到蘇州城，閒來無事，就去遊妓館，進去是剛好遇到丁日昌的族人都司丁炳、家丁范貴、周興等同遊妓館，可能是為了哪個妓女爭風吃醋，雙方發生了爭執。時值蘇州親兵營薛蔭榜帶兵巡夜，查獲他們尋釁滋事，便將雙方各責四十軍棍。徐不服，復遭杖責，四天後徐有得因傷身亡。

江蘇巡撫丁日昌聞聽此事，十分惶恐，就以自己的族人丁炳等閒遊妓館滋事，致哨勇被責釀命，上奏將丁炳、薛蔭榜斥革，自請議處（他沒有回護親眷，可知還是好官，或者用了一招「苦肉計」，爭取主動）。其餘人等交由兩江總督馬新貽審訊，按律治罪。事後，丁日昌又查知其侄子丁繼祖以及時任知府的兒子丁惠衡皆在案內，於是復上奏朝廷請將二人革職。馬新貽奉旨接案後，委託江寧布政使梅啟照以及江蘇按察使應寶時等人會審。丁繼祖投案，但丁惠衡傳喚未到。此案因丁惠衡拒絕到案，就一直拖到一八七〇年七月方才結案。經終審定案，薛蔭榜、丁惠衡、丁繼祖以及丁炳斥革（革去各自官職）。唯因當事人之一丁惠衡尚未歸案，馬新貽就上奏請交朝廷議處。

丁惠衡案審結後四十多天，馬新貽就在江寧遇刺了，而此時已經被馬新貽定案斥革的丁惠衡仍未歸案。故而朝野上下，多有「督撫不和」的流言。當時的太常寺少卿王家璧上奏直接指出總督馬新貽被刺與江蘇巡撫丁日昌有關。他上奏說：「江蘇巡撫丁日昌之子被案，應歸馬新貽查辦，請託不行，致有此變。」還說，「聞此言者非臣一人，臣所聞者亦非一人所言」。

這時，丁日昌眼看大火就要燒到自己頭上，便火速從天津趕回蘇州緊急處理。如此傳言為真，他需要擇撇清自己；如果傳言子虛烏有，他同樣需要拿出證據以正視聽。恰在此時，朝廷已經諭令曾國藩赴任兩江總督並審理刺馬案，而曾國藩還未南下之際，作為曾國藩的舊日幕僚和親信，同時也是湘軍集團核心將領之一的丁日昌趕緊向朝廷上了一道摺子「請飭曾國藩迅速赴任」。顯然，如果曾國藩迅速到任，局勢無疑會有利於丁日昌。如果真是丁日昌暗中指使張文祥謀刺了馬新貽，由自己人曾國藩、曾大帥審理此案，足以庇護自己；而如果丁日昌對刺馬一事毫不知情、純屬別人妄自揣測，由老謀深算的曾國藩親自審案，無疑也會案件水落石出，還自己一個清白。但究竟是這兩種情況中的哪一種，我們至今也都無從驗證。

但在當時，正好是馬新貽被刺的前後三天，還有幾個關鍵的涉及丁日昌的不利情節，更加重了太常寺少卿王家璧等官僚以及其他好事之人的懷疑。那就是：

一、一八七〇年的八月二十一日，前面說過這正是兩江總督馬新貽預定閱射的日子，同時也是張文祥計劃「刺馬」的日子。同是這一天，江蘇巡撫丁日昌自江蘇匆匆趕到天津，然後馬不停蹄地進到直隸總督曾國藩的府中，與其密談良久。下午又接著繼續交談。

二、二十二日上午，曾國藩回拜丁日昌。就在此時此刻，遠在江寧的馬新貽遇刺身受重傷。

三、二十三日上午，丁日昌又來曾府晤談。下午，曾國藩午睡，「心不能靜」，而正是此時此刻，馬新貽撒手人寰。

歷史就是如此巧合，丁日昌和曾國藩這一段頻繁地會面交談，恰恰也就是江寧馬新貽被刺的這三天，這不能不讓人更多了一層懷疑。但懷疑終究是懷疑，歷史上沒有更多的資料給以證明，只是留下了上述影跡，供人猜測。也許是丁日昌做賊心虛，趕到天津找曾國藩是為著密謀除掉馬新貽的「大計」；但也許丁日昌原只為自己兒子的案子，甚或為了個人私事而找老長官曾國藩商量，並無謀殺之心；當然，當時因處理「天津教案」，曾國藩確曾邀請丁日昌前來，商議處理這一涉外案件的辦法，這也是人所共知的事情……歷史就是如此巧合，捉弄世人的思維。

第三，因與清廷的政治矛盾日益尖銳，湘軍集團設謀刺殺了馬新貽，後者成為政治鬥爭的犧牲品。

當我們前面講述刺馬現場時，讀者可能注意到：張文祥刺殺馬新貽後，並不逃跑，反而束手就擒並且高呼口號道：「養兵千日，用在一時。」這句話究竟是什麼意思？是說張文祥他一個人在台下練兵千日，尋機謀刺馬新貽呢？還是背後有人在暗暗指使，而最後由他進行了一次有計劃、有目的的謀殺呢？難道張文祥刺馬的背後的確存在一個大的政治後台嗎？

如果有的話，自然會讓人聯想到曾國藩統領的湘軍集團。

我們知道，在天平天國起義之後，面對農民起義的風起雲湧，清軍原本十分厲害的八旗鐵騎和綠營部隊一次次被擊敗撤退，丟掉了近乎半壁江山。這時候，咸豐皇帝和慈禧太后為了鎮壓太平軍，掃除心腹大患而不得不重用曾國藩和他的弟弟曾國荃領導的湘軍。湘軍又稱湘勇。其將領主要是湘鄉人，大多是封建儒生，士兵則招募湘鄉一帶農民。湘軍的士兵由營官自招，並只服從營官，上下層層隸屬，全軍只服從曾國藩一人。曾國藩治軍重在思想紀律而不在技術性的教練，使湘軍成為一支有力地維護封建統治的軍隊。湘軍分陸軍、水師兩種。其營制主要採用明代軍事家戚繼光的「束伍」成法。在武器裝備上，湘軍不僅向外國採購洋槍洋炮，還自設船廠，仿造新式武器。湘軍於西元一八五四年初在衡州（今衡陽市）編練建成，共一萬七千餘人。是年夏，出省作戰。以後幾年間與太平軍在湖北、江西的沿江地區爭奪。西元一八五八年五月，其精銳李續賓率部深入皖中，氣勢如虹。至十一月間，李續賓及所部六千餘人在廬州三河之役被太平軍殲滅，銳氣頓減。西元一八六〇年，曾國藩任欽差大臣、兩江總督後，掌握地方軍政大權，號令統一，籌餉較易，湘軍勢力大為擴充，成為鎮壓太平天國的清軍主力。西元一八六一年九月，攻陷安慶。次年（同治元年）春，曾國藩再以曾國荃率湘軍主力沿江進逼太平天國首都天京，以左宗棠部及李鴻章新募淮軍進攻江浙其他地區。西元一八六四年七月，湘軍攻破天京。湘軍鎮壓太平天國之後，聲勢愈大，威震宇內。

這時候，站在清廷的角度看，為剿滅太平軍而起用、壯大湘軍等漢人武裝的戰略決策本身就是一把雙刃劍：一方面，藉助於漢族地主辦的地方團練，終於消滅了太平軍的威脅；另一方面，湘軍、淮軍等軍隊的勢力越來越大，漸漸取代了都統系列的八旗兵和地方督撫的綠營兵，它們本身又就成為朝廷的心腹大患。「臥榻之側，豈容他人酣睡？」太平天國失敗後，朝野上下很多人都風傳曾國藩有野心，想當皇帝，而曾的部下中也的確有人鼓動他自立為王，以取代由孤兒寡母統治的風雨飄搖的大清皇室，只不過這個建議被曾國藩堅決拒絕了而已。在先前與太平軍作戰時，清廷不得不倚重湘軍，但是，如今太平軍被「蕩平」了，深知皇權獨攬、乾綱獨斷之重要性的慈禧，自然不能允許曾國藩在江南坐大。走了太平軍，又來了湘軍，這些漢人要同她大清皇族瓜分天下，這還了得？！

慈禧為了削減湘軍而冥思苦想，於是就有了後來的一步棋：即慈禧把曾國藩調離兩江總督的位子，讓其擔任直隸總督。這樣一方面能表示對他卓越功勛的褒獎；另一方面讓他遠離自己的隊伍更便於就近監視其行動。與此同時，委派毫無派系根基的馬新貽擔任兩江總督，可以牽制湘軍勢力，並具體負責裁撤湘軍。正如前文所說，馬新貽那次大汗淋漓，朝服浸濕的覲見據說被委任調查太平天國財寶的去向，實際上也就是要他去盤查湘軍的財政問題。顯然，馬的到任多少會觸動湘軍集團的利益，慈禧太后派朝廷大員向湘系「摻沙」的行為不免招來了湘軍集團的極大不滿。馬新貽幾十年為官一直沒有自己的軍隊，孑然一身來到江寧，如入龍潭虎穴。但為了完成朝廷下達的使命，據說馬新貽在懲治散兵游勇時非常嚴厲，尤其是他任命以剽悍著稱的袁保慶為營務處總管，凡是抓到為害百姓、為非作歹的散兵游勇，馬上就地正法。於是，一些湘軍將領和被遣散的散兵游勇對馬、袁等也恨之入骨。所以當時的一些人猜測，湘軍集團在背後指使張文祥將馬新貽刺殺，是不無根據的。

從湘系軍閥角度看，南京是湘軍用無數血肉之軀攻下來的，太平天國覆滅之後，江南地區也即刻被湘軍視為私地，這裡財賦充裕、人文薈萃，在當時遠比他們老家湖湘地區繁華得多。攻陷江寧後，為了找補朝廷的長期欠餉，曾國荃曾縱兵在南京燒殺搶掠，弛禁三日，也就是明目張膽地搶劫殺戮三天，湘軍上下都得到了不少稀世珍奇和金銀珠寶。加之有一次曾國荃越級向朝廷上一道奏摺，不僅沒有得到朝廷的任何肯定評價，反而得到的是教訓和批評，還牽連到了曾國藩，於是為了避嫌，曾國荃就在曾國藩的授意下，向朝廷稱病開缺回籍（回老家）。在曾國荃受到斥責的同時，朝廷下旨，將在當年三月剛剛被實授為安徽布政使的馬新貽又官升一級，任命為浙江巡撫。馬新貽本是受湘軍重用提拔而起，但是他畢竟不是湖南人，不是湘軍勢力核心的湘鄉人，慈禧很看重這一點，而他受到湘軍將領的猜忌也正是因為這一點。

朝廷開始實行裁勇改兵制度，前後有數萬湘軍士卒被裁撤，其中不乏將領。他們中的有些人回鄉購買田產，很快成為地方豪紳，還有一些人並不回鄉務農，而是留在東南一帶。湘軍裁撤擴大了地下勢力，散兵游勇又與地下勢力結合，到處遊蕩擄掠，成為當時社會的一大公害。如果再加上原太平軍的流散人群，當時江南一帶的社會秩序很不穩定。如果站在朝廷和馬新貽家屬的角度看，兵痞野漢（如張文祥）受到背後湘軍官僚的指使，刺殺馬新貽，從而拔去自己的眼中釘、肉中刺，也並非沒有可能。由此可見，清廷與湘軍這兩大政治勢力鉤心鬥角的關係，不僅在案件發生前既已存在，即便在案發後對案件事實的認定以及朝廷的善後處理過程中也可見一斑。馬新貽被刺後，朝廷既為了查清案件，也因為擔心激起江南兵變，動搖清王朝的統治，趕緊調曾國藩回蒞江寧坐鎮。此後，兩江總督的寶座便長期掌握在湘系官僚手中，其他人從不敢問津。

除此之外，還有幾個小片段也使人不得不懷疑湘軍集團與刺馬案有關：

一、前面我們曾提到趕赴江寧會審的刑部尚書鄭惇謹及其滿漢兩名得力郎中，他們三人在刺馬案審結之後的舉動令人感到十分不解。先說鄭惇謹，他在審完刺馬案後，沒等聖旨下達，更沒等張文祥押赴刑場凌遲正法，就匆匆離開了南京。走的時候，兩江總督曾國藩送他程儀（大概算是辛苦費），他分文未收，兩個隨行郎中倒是每人收了五百兩銀子。曾國藩和司道各員送他到江邊，他板著面孔，頭也不回地揚帆而去。但是，鄭惇謹此去並未回京交旨，而是走到江蘇與山東交界的清江就停下來了，讓兩個郎中代他回京交旨，聲稱自己有病不能繼續回京了。我們今天分析，也許他是擔心回京之後給慈禧交不了差，因為慈禧太后內心認定刺馬案背後有人搗鬼，而鄭惇謹的終審判決書卻說除張文祥之外再無其他同謀，如果直接回京，必然被慈禧看成是曾國藩的同黨，關押起來當成湘軍的替罪羊。但是如果欽差大臣不回京交旨，按清制是要治罪的。兩名郎中回京覆命之後，朝廷下諭旨命其回京，鄭惇謹仍以有病為由，請求盡快開缺（即辭職）。也許是知道了鄭的顧慮或者終審判決是公正的，後來慈禧太后也就聽之任之，命其舒心調理，准假兩月，但他自此後終生不再為官。

二、那兩個郎中回京之後也很快從人們的視線當中消失了。有文獻表明，那個滿郎中被朝廷一紙詔書，讓他全俸回籍頤養天年，也就是奉旨退休了。漢郎中顏士璋則被外放到了蘭州，給了個沒有實權的知府職位，這在當時的朝官們看來，簡直就是流放。顯然，鄭惇謹及其兩名隨員審案之後的命運分明顯示出刺馬案背後的確存在著十分尖銳的政治鬥爭和政治利害關係。

三、顏士璋還是個很用心的人。他在陪鄭惇謹審理刺馬案的過程中，還寫了《南行日記》，完整記錄了此次辦差的過程。據他的曾孫顏牧皋介紹說，該日記中寫道「刺馬案與湘軍有關」、「刺馬案背後有大人物主使」的字樣。雖然這些都只是刑部郎中的日記內容，其言論是否屬實也不得而知，但它絕不能簡單理解為捕風捉影的猜測。

四、馬新貽在去江南的路上，曾經請假回菏澤老家祭祖。離開時，曾將二位兄長召至身邊，祕密叮囑：「我此去吉凶難料，萬一有不測，千萬不要到京告狀。要忍氣吞聲，方能自保。」如此絕命「斷頭」之語，馬氏兄弟聽後，驚恐萬狀。也許馬新貽已經預知自己此去江寧就是如入虎穴，可能遭湘軍集團所害。但君命難辭，無奈只能赴湯蹈火，在所不辭了。而他的被刺又恰巧驗證了他的預言，這不得不讓人產生一些聯想。

五、張文祥刺殺馬新貽，就在閱射的當天，並且是離巡撫衙門西門數步之遙的地方，警衛戒備即使說不上森嚴之話，但也絕非一般。而堂堂總督馬新貽竟然會在此地被刺，身後還有陪同閱射的親信侍從，但卻在光天化日之下被一撲中的。如果說刺客僅憑一己之力即可完成，而沒有他人的合謀與協助，實在不得不讓人產生懷疑。

所有這些案件情節，都引起社會輿論的懷疑，紛紛猜測說馬新貽被刺案實際上就是一起政治謀殺。清廷重用馬新貽給湘軍「摻沙」，讓曾國荃退休回籍，這都是在給湘軍顏色看；而馬新貽被刺，不啻於是湘軍還給朝廷一個顏色，其目的就是「借刀殺人」，利用張文祥拔除掉朝廷安插在湘系地界上的「眼中釘、肉中刺」。影片《投名狀》中，就在姜午陽從前面刺殺龐青雲時，背後有槍瞄準龐青雲，真正使龐青雲斃命的也正是從這支槍裡射出的子彈。如果按照電影裡刻畫的這種刺殺現場，最有動機殺掉馬新貽並且「一箭雙鵰」既殺死馬新貽性命而又嫁禍於張文祥的，非「湘系」官僚莫屬。

但可能終究只是可能，到底是不是湘軍將領，還得用證據說話。

第四，因馬新貽私通回部，張文祥為「天下人」不平，決意刺殺。

據當時的文人李孟符《春冰室野乘》記載，馬新貽為回族，信奉天方教（即伊斯蘭教），新疆回部某叛王以偽詔相招，因此馬新貽私通回部，蓄謀造反。同時，在江寧將軍魁玉初審張文祥的過程中，張文祥曾說過這麼一句話：「我受天下人主使，我為天下除了一個通回亂的叛逆，有何不好？」

這種推測是否屬實呢？其推測成立的關鍵是馬新貽本身是回族。自同治五年開始，在西北陝甘一帶發生了反抗清朝統治的回族農民起義，輿論洶洶，很容易會把這兩個因素聯繫起來了。但事實是：馬新貽雖是回教家世，但從洪武初年由武昌遷居山東曹州府，到馬新貽已傳了十八代之久，是地地道道的山東土著，忠於朝廷的一品重臣，與陝甘回民起義風馬牛不相及，一般情況下二者很難就反抗清廷掛起鉤來。如果馬新貽真是私通回部，他會有種種背叛清廷私下溝通回民起義軍的行為，而張文祥因他私通回部而行刺反而成為忠君體國的舉動了，得出這種邏輯結論豈不荒誕。由此可大體推知，張文祥的話，要麼是信口開河、捏造犯罪緣由；要麼是轉移視線，爭取政治上的寬大處理。因此，我們大體可以認定這種說法是無中生有，不符合案件事實的。

第五，因馬新貽嚴厲打擊海盜，加之積怨甚深，張文祥為友出頭刺殺了馬新貽。

我們前面已經介紹過張文祥個人的有關情況。他年輕時即加入太平軍，參加了多次戰役，武功很好。而根據會審留下的供詞資料，在他離家從軍期間，他的妻子被當地一個姓吳的拐為自己的妻子。等到東南戰事結束後，張文祥回家看到自己的妻子已經跟了別人，非常不滿，就到縣衙裡面投訴。結果告贏了，他的妻子被判回給他，可是家中的這些家財卻一點兒也要不回來了，張文祥對此十分不滿。這時馬新貽正好做浙江巡撫，一次他巡視地方，剛好就來到了張文祥的住所附近。張文祥就去告狀，他本想透過在巡撫面前訴冤，對他個人的案子有所幫助。結果他的這種告訟卻沒有得到馬新貽的支持。反使那個拐走他老婆的人藉機對他諷刺挖苦，因此張文祥對馬新貽心生不滿。以後為了生計，他又認識了一些江湖兄弟。這當中就有些在浙江沿海搶劫財物為生的人。做海盜的自然並不怎麼好，他們經常侵奪官府和百姓財物，擾亂已經穩定下來的地方社會治安。浙江巡撫馬新貽數次出兵剿除這些海盜。張文祥的海盜兄弟們中不免有人被殺被關，這又使張文祥對馬新貽結了一分仇怨，並且一筆一筆地累積起來。再後來，張文祥又向朋友借錢開了一個小押店，也就是類似當鋪一類的經營場所，也還一度專門經營和出售那些海盜搶來的東西（實際上就是窩贓、銷贓），後來這個小當鋪也遭到巡撫馬新貽的告示封禁，徹底奪掉了張文祥賴以活命的營生，因此他的怨恨越積越多，終於在西元一八七〇年八月二十二日那天得以宣泄。

鄭惇謹和曾國藩聯名上奏的終審報告就是以這種說法為根據的。換句話說，這種說法在整個審理過程中所得到的證據、證人證言那裡得到確認，並最後被終審法官採信，成為法律上認定的真實。其中特別強調了張文祥「聽受海盜指使並挾私怨行刺」和「實無另有主使及知情同謀之人」的故意殺人緣由。

當然，除了上述五種說法之外，在刺馬案發生後不久，當時社會上還出現了其他很多謠傳。例如，事件發生後不久，江寧的民間戲子就編寫了「刺馬案」戲文在社會上公演；時值鄉試，安徽學政殷兆鏞出試題，竟然也把這個案件的有關情節編成了考試的題目，對刺馬案暗寓譏諷；喬松年也來湊熱鬧，寫了一首歪詩作證；還有湘軍將領給張文祥立碑；等等。無論是正史還是戲文，反正傳來傳去，牽扯面越來越廣，離奇因素也就越來越多，真相反而被漸漸淹沒，從此刺馬案還就真成了一個千古難揭其祕的奇案了。

以上我們講述了刺馬案在當時的五種說法，究竟哪一種緣由更為可信，並作為蓋棺論定的結論呢？下面我們就來逐一分析一下吧。

法律視角下的「行俠仗義」

第一種，馬新貽「漁色負友」的故事，如前面的分析，於史無據，屬於民間人士根據支離破碎的說法加工後的編造、戲說，根本就不是張文祥刺馬的真實動機。

第四種，說馬新貽私通回部，張文祥為之不平，決意刺殺。已如前述，事實和邏輯上均難成立。張文祥交待自己「受天下人主使，為天下除了一個通回亂的叛逆」，要麼是信口開河、捏造犯罪緣由；要嘛是轉移視線，爭取政治上的寬大處理。對此，我們可以認定，這種說法完全是無中生有的，不符合案件事實的。

第二和第三種說法的實質是一個意思，即它們都認為是一場政治謀殺。其中：第二種說法認為馬新貽因審理丁惠衡一案，造成督撫不和，從而招致殺身之禍，基本上不能成立。首先，丁惠衡案案涉多人，丁惠衡在其中只是一個非常間接的受牽連者，即便他歸案受審，最多也就是官職被革斥（罷免），根本不必要為此而刺殺總督大人，招來對已經官至江蘇巡撫的丁日昌整個家族的災禍；其次，應該說因族人打死了人就要將丁惠衡革免官職，這個處罰相對來說是比較重的，但馬新貽之所以作出這樣的處理難免有慈禧太后祕密授權要他對湘系人馬從重處理的背景，丁日昌對自己的兒子成為替罪羊一事很不高興也在情理之中，去天津找曾國藩商量對策甚至對整個湘系的出路進行商量也不是不可理解。我們前面已經分析了，當時的太常寺少卿王家璧根據流言向朝廷上奏指出總督馬新貽被刺與江蘇巡撫丁日昌有關。他說：「江蘇巡撫丁日昌之子被案，應歸馬新貽查辦，請託不行，致有此變。」還說，「聞此言者非臣一人，臣所聞者亦非一人所言」。作為朝廷重臣，根據民間流傳說出這樣的話，明顯不客觀，因為會審半年多並未找到丁日昌密謀除掉馬新貽的確定證據，這種說法也不可靠。

第三種說法人說的最多，從案件前後的一些蛛絲馬跡中也不難發現當時湘系人馬和代表朝廷反湘軍勢力的馬新貽之間的確關係比較緊張，但這種矛盾是否就尖銳到湘系必欲先除去馬新貽而後快的程度，還未可知。退一步講，馬新貽被刺，也許確實暗合了當時的江南官場和湘系人等的心意，他們在馬新貽遇刺後不會有多麼痛心，反而有說不出來的高興。在他們眼中，馬新貽並不是什麼欽命江南的擎天柱（那是慈禧老佛爺的看法），而是他們湘系的眼中釘、肉中刺，他的行動令人不爽。那麼，就憑這點，我們是不是就可以認定刺馬案是湘軍集團有計劃、有組織清除政治敵人的謀殺事件呢？本案不是孤立的故意殺人犯罪，而是軍閥派系之間的政治鬥爭呢？也許是，也許不是。其實是或不是，都要靠證據說話。歷史早就證明，刑事案件背後一旦加上政治因素，就變得更加撲朔迷離、糾結萬般了。「刺馬案」如此，美國前總統甘迺迪遇刺案如此，陳水扁二〇〇四總統選舉時槍擊案也是如此。所有浮在事件表面的政治話語、民間猜測都要經過案件審理的檢驗，拿出證據才算數。因此，湘軍謀殺的說法由於缺乏相關史料和證據的佐證，儘管言之鑿鑿，但總還只是憑著隻言片語甚至捕風捉影的揣測而已，我們今天還不能認同這種說法。

第五種說法，實際上就是終審判決的確認，筆者認為它有一定合理性，可以大體採信。也許有人會說這些審判官員對張文祥的供詞也許進行了歪曲和更改，這種情況可能會有，但說他們篡改供詞筆錄並沒有證據，況且根據清朝的審判制度，相關文案筆錄都要多人在場確認，不同機關相互監督，互不隸屬，從而大大降低了一個機關隱匿或修改證詞的可能性。因此，可以這樣說：在所有的事實都沒有十足的證據進行證實時，我們寧可相信當時訊問的供詞和證人證言、直接物證。即：這個案件可能就是一次普通的挾仇報復性刺殺。也許僅僅是一次歷史的偶然，很幸運的張文祥一刺成名了而已。只是由於當時特殊的社會背景，如清廷和湘軍集團的暗中對壘，慈禧太后與曾國藩之間的相互較量，各路官員間的政治鬥爭，各方爭權奪利互相防備等等複雜因素，再加上歷史的風煙瀰漫、輿論的包裝再造之後，使得原本一個簡單的復仇刺殺案件已然不完全是它原本的樣子了。相關審理被牽扯進來很多政治考慮，各種流言和猜測成為審案依據，到後來甚至完全脫離開就事論事地處理案件而陷入完全的政治博弈當中，因此使得各方面案內當事人、案外當事人都被嵌入到某種諱莫如深的利益暗箱內，迷霧重重、撲朔迷離，最終導致案件不能正常地審理，久拖不決，在各方權衡利弊之後才得以草草收場，息事寧人。因此這也許才是歷史的真實面目。

「刺馬」奇案雖然曲折迷離，但其中卻蘊含著清晰的法律問題，值得我們今天來分析、借鑑。那麼，如此的迷案中究竟有什麼法律問題可言呢？接下來我們就對「刺馬」案中折射出來的幾個有趣的問題進行簡單評析，談談它對我們今天的啟示：

（一）俠士英雄的復仇義舉，備受老百姓的讚賞、認同，能贏得社會輿論的高度支持，但卻總是遭到官府的法律制裁，並讓俠士們付出沉重的代價

在中國古代的倫理思想中，義是高於法的社會價值，正所謂「君子喻於義，小人喻於利」。在電影《投名狀》的故事裡，姜午陽就是一位替兄報仇、「義薄雲天」，為了教訓提著兄弟頭顱陞官發財的惡人而挺身刺馬的義士。他的刺馬，在很大程度上會被老百姓認定為英雄壯舉。

像姜午陽（張文祥）一樣的俠客英雄，他們往往：

——抑強扶弱、劫富濟貧、懲惡揚善；拔刀相助、救人水火；俠肝義膽、捨生取義。

——不僅有行為上的力度，還有心靈上的深度，更有道德上的高度。人人敬佩，雖不能至而心嚮往之。

正因為他們義薄雲天的光輝行為，其正義之舉也就可能掩蓋具體做法上的問題和罪惡；即使行為過火，造成很大的損失也可以博得大家的理解和同情。應該說，俠士們的行為在很多時候都涉及暴力和殺戮，他們往往不惜一切代價去懲罰那些貪官汙吏和為富不仁者，他們由於為弱者、受苦者、受害者復仇的目的而以殺去殺，從而實現心中至高無上的正義。譬如，《投名狀》三兄弟要結拜闖一番事業，每個人都要提刀殺掉一個無辜平民，並以此向其他兄弟顯示自己絕不反悔走上強盜生涯的決心。《水滸傳》中魯達為幫助被鎮關西欺凌的弱者，三拳打死了鎮關西；武松為了幫無辜受害的哥哥武大郎報仇，殺死了西門慶、潘金蓮、王婆，都顯示過當。

通常，這種渲染和弘揚著「道義復仇」價值的電影故事因其故事的跌宕起伏和戲劇性，著實令人感動。但也因此一個原本屬於故意殺人犯罪的案件（如「刺馬案」），經過一系列文藝加工與傳言附會之後，就越來越遠離社會治安和懲罰罪犯的視角，不再是一個純粹的法律案件，而變成一個歌頌俠義復仇的傳奇故事，為說書人和作家添油加醋而津津樂道。

在「刺馬案」中，即便是按照民間所流傳俠義故事（或者電影《投名狀》）的立場，張文祥（姜午陽）為兄弟復仇而刺殺「搶占友妻」、人面獸心的馬新貽，是符合道義精神的俠行義舉。但他作為一名刺客，最終也不會得到赦免，而是被判凌遲。其原因有如下幾點：

第一，張文祥的身分：張文祥曾經參加過對抗朝廷的「叛軍」，顯然不是封建統治者眼中具有一貫良好表現，行為始終遵從儒家倫理要求的順民和良民。雖然他後來歸順了朝廷，但他早期的反叛行為足以使統治者對其心生警惕並欲除之而後快。

第二，張文祥誅殺馬新貽是為了給自己的結拜兄弟報仇。在古代復仇案件的處理中，如果是為父母報仇，一般能夠得到統治者的同情，因為這種復仇行為是出自人類最基本的血緣倫常關係。而為朋友復仇，在統治者眼中往往並不是一種絕對要實施的復仇行為，得不到必然的寬宥。

第三，張文祥復仇的對象馬新貽是一位地位顯赫的朝廷重臣。在案發前，正好擔任兩江總督，即主管整個華東地區的高官。而在古代社會，平民侵犯官員屬於以下犯上，本來就是要受到嚴厲處罰。

第四，慈禧的態度。刺馬一案事發突然，被殺者又是朝廷高官。案發後，偏向於湘軍或民間的輿論多少都有同情張文祥的看法。但當時的最高統治者慈禧，一開始就認定馬新貽遇刺是湘系軍閥衝著朝廷來，打狗衝的是主人，不僅張文祥必須償命，而且還要徹查幕後的黑手。

官府在面對這類案件時，除了極少數出於偶然因素而作出俠士可以免罪的判決外，多數俠士在復仇之後都是要被官府捉拿歸案，定罪處罰的。別的且不說，在古代經典長篇小說《水滸傳》裡，就有好多個英雄因仗義復仇而獲罪的故事：魯達為幫助被鎮關西欺凌的弱者，三拳打死了鎮關西，受到官府的多方緝拿，不得已躲進了官府不主動進入的宗教聖地五台山佛寺中，「跳出三界外，不在五行中」。武松為了給無辜被毒死的哥哥武大郎報仇，殺死了西門慶、潘金蓮，他自己也被戴上枷銬，流配遠地。那時的刑罰制度主要有五刑「笞、杖、徒、流、死」。僅僅是因為武松打虎有功，當時還在衙門當個都頭，判官愛惜他這個人才，這才判決流配遠地。若是旁人，判處死刑也未嘗不可。

(二) 在現代社會，法律並不提倡私人復仇，而是強調公力救濟俠客復仇，在法律上說到底就是一種私力救濟。這在現代法律中也不能得到認可。現代法律的啟示是：應該避免私力救濟的可能性，也就是說應該避免由民眾代替國家行使暴力權能，不能使民眾代替國家誅殺那些從社會的普遍道德標準來看應該受到嚴懲的人。即便殺人者可能有千萬條理由去殺人，即便被殺者道德淪喪、咎由自取，殺人的行為也是受到法律嚴厲禁止的，但只有在經過正常的審判程序後，依據國家的相關法律，才能確定被告是否應判處刑罰甚至死刑。與此同時，判決和死刑的執行也只能由國家負責。一個人殺人的動機和理由情有可原（如行俠仗義、拔刀相助），雖能為殺人者提供減輕處罰的理由，但不能使其免予刑事處罰。

在現代社會，就復仇問題所引發的法律與道德間的衝突並不像古代那麼激烈而且不可調和，因為法律基本能夠體現民眾的要求，大體能夠滿足人民懲惡揚善的需要。在出現惡性行為時，被害人也基本能夠透過正常的司法審判程序，將惡人繩之於法，使其受到應有的懲罰。從另一方面說，古代的人犯了事，可以遠遁塵世，隱居山林隱姓埋名。而現代社會，則是法律的世界。法律無處不在，無時不有。私力復仇既不被提倡，又被認為是非法的，相關案件均由國家機關代表國家進行公力救濟。

（三）封建法制的「有罪推定」原則和刑訊逼供是現代人應該予以批判的

「有罪推定」的意思就是說審案者先入為主地認定犯罪嫌疑人有罪，以主觀推定其犯罪之果，倒求犯罪嫌疑人為什麼犯罪、怎麼樣犯罪之因。換句話說，官員先假想一個有罪的結果，而且就認定犯罪本身一定是某種情況，隨之千方百計、不擇手段地去證實自己的這種假想，然後再用這種審判結果的「正確性」去證明其審判過程的正當性。在這種有罪推定的機械邏輯之下，被告一旦確定並被逮捕，官府所關注的就不再是罪與非罪的問題，而是此罪與彼罪的問題，是如何證實被告被官員所控之罪的問題。進而又使得「刑訊逼供」、「嚴刑拷打」成為審案定罪的必然選擇。在千年傳承的「罪從供證」的審判規則面前，人進衙門一通打，枉法刑訊以逼取口供就成為傳統司法制度中的常態。而刑訊逼供的必然後果則往往是屈打成招，刑訊致死，造成無數人間痛苦與冤情。這就是古代司法制度製造冤案的基本過程。

在審理張文祥刺馬案的過程中，根本不在審案現場的慈禧太后僅僅根據幾份奏報，就斷然認定刺馬案絕不可能是張文祥一人挾仇逞凶，而是背後有更大的「黑手」或其他隱情。太后的旨意誰敢違背，從魁玉、張之萬一直到曾國藩，儘管具體審案中已經可以確認張文祥刺馬只是一個孤立的挾私謀殺事件，但只因這樣的結果報上去慈禧太后不相信，於是就繼續千方百計透過「熬審」（嚴刑逼供）去鉤兇案背後子虛烏有的「大魚」。這種情況在法律程序上是十分不合理的。（官員們帶著任務上法庭，不是去查清事實、用準法律，而是命題作文：必須挖出張文祥背後的主使，找不出來，也要造一個出來。）參與審案的官員們嚴刑拷打也無法從嫌犯那裡找到原本就不存在的同案犯，但懾於慈禧太后的淫威又不能說找不出來。於是上至曾國藩、張之萬，下至魁玉和具體審案的官員，大家都不約而同地採取了拖延結案的辦法，以應付朝廷的不斷催促。這樣一來，我們看到，官員審案的目的不是為了查清事實，用對法律，而是為了想盡辦法讓上級滿意，保住自己的官位，從而走到了正當司法程序的反面。

用現代的法律觀點看，法官對案件的認識必須以案件事實為基礎，而不可主觀臆斷，更不能透過刑訊逼供的方式獲得供證和認罪伏法。審案者絕也不應該預先確定犯罪嫌疑人有罪或有確定的某種犯罪動機和緣由，而是應該先假設其無罪（「疑罪從無」），而後根據被認識和發現的案件事實，遵循法定訴訟程序進行定罪量刑。

（四）歷史早就證明，刑事案件的背後一旦摻雜政治因素，就必定會產生捕風捉影的擴張效應，案情就會變得更加撲朔迷離，從而帶來重大的超出案件本身的社會影響

從法哲學意義上說，任何刑事案件，從來都不是孤立的。特定的時代條件、社會背景、犯罪意識、作案過程都會給每一個案件打上鮮明的烙印。這其中，政治因素對某些重大案件的發生及其審理則會有決定性影響。從某種意義上說，許多被稱為奇案並流傳下來

一直被人們津津樂道的事件，幾乎都與當時錯綜複雜的社會政治背景有著千絲萬縷的聯繫。

事實上，歷史上流傳很廣、影響很大的案件往往可以分成兩類：

一類是原本就是有政治圖謀的政治案件，比如漢武帝時期的「太子巫蠱案」、北宋時期皇宮之中的「狸貓換太子」案、明朝宮廷裡的「紅丸案」，甚至北洋軍閥時期的「宋教仁遇刺案」等等都是如此。「宋教仁遇刺案」的基本線索是：袁世凱要復辟帝制，宋教仁則極力鼓吹立憲共和，他帶領當時的國會多次否決袁世凱推行獨裁的決議，堅決反對其破壞民主共和的醜惡行徑，於是袁氏派人刺殺了宋教仁。但他的這個威懾行動不僅沒有帶來全國臣民的遵戴，反而加速了他自己的滅亡；再比如，羅馬軍事統帥凱撒在帶兵進入羅馬之後，備受羅馬市民歡迎。但在當時執政的元老院一些人眼中，深孚眾望的凱撒是一個潛在的暴君，於是就密謀刺殺了凱撒。但沒成想，他們的刺殺舉動不但沒有消除暴君，反而加速了君主制在羅馬的建立。後來，凱撒的外甥屋大維正式建立了羅馬帝國，不但驅逐了元老院，而且讓民主蕩然無存。

另一類是被人為摻雜了政治因素而著名的案件。它們也許原本就只是一件非常孤立的刑事案件，但因涉及政治人物或者與那個時代的政治利益關係相契合，反而讓簡單變得複雜，最後在審核證據和勘驗現場時與輿論猜測的情況不同，或者難以證實大眾的想像，從而形成了迄今都被歷史的煙霧掩蓋的「謎案」或者「奇案」，其真實情況眾所紛紜，莫衷一是。這其中，比較著名的有：

一、美國前總統甘迺迪遇刺案。對案件的原因，就有許多種說法，諸如：蘇聯 KGB 派人刺殺，再把刺客殺掉；甘迺迪競選的共和黨政敵，為了阻止他連任成功而派人刺殺；由於甘迺迪任內透過了限制黑手黨活動的法案，黑手黨派人刺殺；等等。這些說法都是那麼煞有介事、繪聲繪色，並被寫或者拍攝為一系列書籍和電影。但也許甘迺迪的死就是那個刺客獨立的舉動，而沒有一大堆其他什麼原因。

二、黛安娜王妃遇難案。迄今為止，就有伺機暗殺、英國女王或丈夫查爾斯王子派人暗殺、狗仔隊開車追尾導致交通事故、英國軍情六處基於不可告人的目的，祕密處死黛安娜王妃等等說法，大家莫衷一是，反而忘記了每年都有數以萬計的交通事故發生的高機率性事實。

從而就有人說，越是把這些案件想成政治事件，就反而離案件的事實越遠。人們對歷史上的刺馬案，也提出了各種說法，我們用現代法律觀念進行評析，也許仍然要站在有關歷史資料的角度，客觀理性地分析才好。

審級	主審人員	審理結果
初審	魁玉 梅啟照	審出張文祥是「漏網髮逆頭目」。
再審	張之萬 魁玉	入奏：兇犯張文祥曾從髮捻，復通海盜，因馬新貽前在浙撫任內，剿辦南田海盜，戮伊夥黨甚多。又因伊妻羅氏吳炳燮誘逃，曾於馬新貽閱邊至寧波時，攔輿呈控，未准審理，該犯心懷忿恨。適在逃海盜龍啟雲等復指使張文祥為同夥報仇，即為自己雪恨，張文祥被激允許。該犯旋至新市鎮私開小押，適當馬新貽出示禁止之時，遂本利俱虧。追念前仇，殺機愈決。同治七、八等年，屢至杭州、江寧，欲乘機行刺，未能下手。本年七月二十六，隨從混進督署，突出行兇，再三質訊，矢口不移其供，無另有主使各情，尚屬可信。 審明謀殺制使匪犯，情節較重，請比照大逆向擬，並將在案人犯分別定擬罪名折。
複審 （終審）	曾國藩 鄭敦謹	會同複審兇犯行刺緣由，請仍照原擬罪名及案內人犯按例分別定擬。 奏結比張之萬、魁玉原來的定擬敘述更加詳細，取供、採證、行文更加縝密，但基本內容不出前者，這就是仍照原擬定的意思。所不同的是：第一，特別強調張文祥「聽受海盜指使並挾私怨行刺」，「實無另有主使及知情同謀之人」。第二，對張文祥量刑更加殘酷，除了「按謀反大逆律問擬，擬以淩遲處死」外，又增加了一條「摘心致祭」。並對其他人等也各有定奪。

【大事時間表】

西元一八四〇年六月，英國發動鴉片戰爭。

西元一八五一年一月，洪秀全領導拜上帝會在廣西桂平金田村起義，建號太平天國。

西元一八六四年，洪秀全卒；天京失陷，太平天國起義失敗。

西元一八七〇年八月二十二日，馬新貽被刺客張文祥刺殺。

西元一八七一年三月二十六日，慈禧太后諭旨下達，肯定了鄭、曾的終審奏結。四月四日，曾國藩奉旨監斬，將張文祥凌遲處死，並摘心致祭。其子張福康剛滿十一歲，押至內務府閹割後，被發往新疆為奴。曾國藩等人上書，為馬新貽奏請恤典。朝廷賞馬新貽太子太保銜，照總督陣亡例賜恤，入祀賢良祠，國史列傳，賜謚「端敏」。嗣子馬毓楨加恩給主事，分刑部學習行走。在馬新貽出生地和歷官之處江寧、菏澤、廬州等地建立專祠，春秋致祭，極盡哀榮。

【延伸閱讀】

儒家思想中的「復仇」

就復仇這一問題，儒家所支持的道德準則早已概括表達在《禮記・曲禮上》載：「父之仇，弗於共戴天；兄弟之仇，不反兵；交遊之仇，不同國。」這句話的意思是說，如果自己的父親被他人所殺，那麼無論如何都要將此人殺死才算是竭盡孝道；如果自己的兄弟被人殺死，那麼如果有一天在路上遇到仇人，一定要立刻復仇，而不能回頭去找兵器；如果自己的朋友被他人殺死，那麼就不能跟仇人生活在同一個國家中。

湘軍擊破天京之後的搜刮

湘軍攻克南京，曾國藩奏報搜查「賊贓」的情況，說除了二方「偽玉璽」和一方「金印」，別無所獲。頓時，朝野上下物議沸騰，大多認為他的上奏全為謊言。

曾國藩向朝廷奏報搜查「賊贓」的情況上諭中說：「歷年以來，中外紛傳洪逆之富：金銀如海，百貨充盈；臣亦嘗與曾國荃論及：城破之日，查封賊庫，所得財物，多則進奉戶部，少則留充軍餉，酌濟難民。乃十六日克復後搜殺三日，不遑他顧，偽宮賊館，一炬成灰。逮二十日查詢，則並無所謂賊庫者。……然克復老巢而全無貨財，實出微臣意計之外，亦為從來罕聞之事」。

要確定湘軍及曾國荃入南京後是否大發橫財，關鍵點在於調查太平天國「聖庫」的有無豐絀。請先論有無。曾國藩說：「並無所謂賊庫者」，這個說法是錯誤的。《天朝田畝制度》云：「天下皆是天父上主皇上帝一大家，天下人人不受私，物物歸上主。則主有所運用，天下大家處處平均，人人飽暖矣」。

這就是太平天國的「聖庫」制度。從金田起義以迄天國覆亡，「聖庫」制度就一直存在，並為此立下嚴格的法律，違者議罪乃至斬首。咸豐元年洪秀全詔云：「各宜為公莫為私，總要一條草對緊天父天兄及朕也。繼自今，其令眾兵將：凡一切殺妖取城所得金寶綢帛物等項，不得私藏，盡繳歸天朝聖庫。逆者議罪。」

次年，又詔云：「倘再私藏私帶，一經查出，斬首示眾。」具體執行標準，則以五兩銀子為限，凡藏銀過此數不繳者，按律治罪。入南京後，「聖庫」設在水西門燈籠巷，有六名專職人員負責日常管理。嚴厲執行「聖庫」制度，將全體民眾的財富集中管理，乃是太平天國能夠實行軍事共產主義的前提和保障，也是中外傳言南京城內「金銀如海，百貨充盈」的根據。

但是，「聖庫」制度，在太平天國後期——亦即咸豐六年發生內部相殺的「天京事變」後——遭到嚴重破壞，業已名存實亡。曾國藩轉述李秀成語，說：「昔年雖有聖庫之名，實係洪秀全之私藏，並非偽都之公帑。偽朝官兵向無俸餉，而王長兄、次兄且用窮刑峻法搜括各館之銀米」；就說明「天京事變」後，太平天國政權由洪氏嫡系掌管，「聖庫」的性質已經由「公帑」變為「私藏」。而洪派以下人眾，也紛紛傚法，於「一切殺妖取城所得金寶綢帛物等項」中，僅向「聖庫」繳納穀米牛羊等食物，而隱瞞了銀錢衣物等流通性貨物。李秀成在湘軍圍困南京時，與「合朝文武」商議，苦勸各位「王兄王弟」、「切勿存留銀兩」，而應「概行要買米糧」；就不但證明了天國官員不再上繳而是私藏銀兩，也證明了「聖庫」空虛，連基本的糧食儲備也得不到保障，遠非咸豐初期「糧米豐足，件件有餘」的盛況。

由此可知，湘軍當日入城，未能發掘出巨大「窖藏」，是實在情形。當然，「聖庫」之不足掠奪，只說明湘軍作為接管南京的軍事組織，在起獲「聖庫」上繳朝廷方面一無所獲，但這並不說明作為個體的湘軍兵將都個個空手而歸。

故曾國荃要建議「勒令各營按名繳出」三日弛禁期內擄獲的「賊贓」，「以抵欠餉」，多多少少湊個數兒，平息輿論。曾國藩則老謀深算，知道眾將士固有愚智強弱之別，所得資財則有多寡不均之實，「按名勒繳」的話，所得甚少的「弱者」一定「刑求而不得」，而所得較多的「強者」必會「抗令而遁逃」。如此，則不但無補於實際收入，甚且「損政體而失士心」。遂不採納「按名勒繳」的建議，而設立不問「賊身囊金」（降卒或敵屍隨身攜帶的財物）只查繳「賊館窖金」（公私大小庫存財物）的法令。當然，此法只是一紙具文；三日弛禁期內，不論囊金、窖金，十之八九已被將士們搜刮一空，事後再怎麼嚴格執行此條法令，也是所得甚微，聊勝於無。

——以上據譚伯牛：《戰天京：晚清軍政傳信錄》

凌遲

中國古代各種殘酷的刑罰中，最慘無人道的莫過於凌遲。凌遲，原來寫作「陵遲」，本意指山丘緩延向下的斜坡。後世將陵遲用作刑罰的名稱，僅取它的緩慢之義，即是說以很慢的速度把人處死。而要體現這種「慢」的意圖，就是一刀一刀地割人身上的肉，直到差不多把肉割盡，才剖腹斷首，使犯人斃命。所以，凌遲也叫臠割、剮、寸磔等，所謂「千刀萬剮」指的就是凌遲。

將凌遲作為正式的刑罰，人們大多認為始於五代。到了南宋，《慶元條法事例》明確地把凌遲和斬、絞同列為死刑名目。元代法律規定的死刑有斬首而無絞刑，對那些惡逆大罪又規定可以凌遲處死。明代的凌遲之刑並不僅僅施用於謀反大逆等行為，有時對罪行情節較輕的犯人也處以凌遲。

明代有兩次著名的凌遲處死案例：一是正德年間的宦官劉瑾，一是崇禎時的大將袁崇煥。正德五年，劉瑾以謀反罪被判死刑，聖旨特批，將他「凌遲三日」，然後還要銼屍梟首。凌遲刀數，按例該三千三百五十七刀，每十刀一歇，一吆喝。劉瑾最終被剮三千三百五十七刀。這樣大的數目，實在驚人；明末名將袁崇煥，因為崇禎皇帝中了反間計，誤以為他通敵賣國，判他凌遲處死，行刑前以漁網覆身（讓肌肉突出以便下刀），遊街示眾，被北京城無知的民眾衝上前去，把他的肉一塊一塊咬下來直咬到了心臟。劊子手依照規定，一刀刀地將他身上的肌肉割下來。眾百姓圍在旁邊，紛紛叫好，出錢買他的肉，買到後咬一口，罵一聲「漢奸」。

戊戌變法後，清廷受內外各種矛盾的衝擊，不得不順應潮流對傳統的弊政作些改革。光緒三十一年修訂法律大臣沈家本奏請刪除凌遲等重刑，清廷准奏，下令將凌遲和梟首、戮屍等法「永遠刪除，俱改斬決」。

---

[1] 《馬端敏公奏議》，附錄，光緒二十年，閩浙督署校刊。

[2] 臺北故宮博物院《軍機檔》，第 2766 箱，第 102490 號；或見《清代起居註冊．同治朝》。

[3] 中國第一歷史檔案館《上諭檔》。

[4] 臺北故宮博物院《軍機檔》，第 2766 箱，第 102490 號；或見《清代起居註冊．同治朝》。

名伶楊月樓風月案

在古代社會裡，沒有所謂的婚姻自由，愛情只是一種真正意義上的奢侈品。愛情不能超越階級，超越門戶，不能違背父母之命、媒妁之言，否則相愛的雙方難逃勞燕分飛的命運，違背封建禮法制度的愛情最終不得修成正果。在清末四大奇案中的「名伶楊月樓風月案」中，讀者看到的將是，在封建社會的司法環境下，尋求個人幸福的主角為了一份超越封建禮法的愛情付出了巨大代價，上演了一場撼天動地、慘絕人寰的愛情悲劇。這起案件只是在清代末年特定的歷史背景和社會環境下，出現的眾多冤假錯案中的一個，其中也顯示了當時不完善的司法體制，更折射出十九世紀末處於社會轉型期的中國複雜的社會觀念。

姻緣巧成

一、背景介紹

說起楊小樓，喜愛京劇的朋友一定不陌生，他與梅蘭芳、余叔岩並稱為「京劇三大代表人物」，並開創了京劇一大流派——「楊派」，是一代「武生宗師」。但是，和他輝煌燦爛的藝術人生相比，本案的主角楊月樓，也就是楊小樓的父親，就沒有這麼幸運了，就連「猴王」的讚譽細究下來也不過是他命運多舛、一生顛沛流離的自嘲而已。其實，楊月樓也同樣英俊瀟灑，唱功絕佳，文武雙全，其風采絕不在其子楊小樓之下。但究竟因何緣由，楊月樓無法成就藝術的巔峰？還得給讀者細細道來。

楊月樓，名久昌，安徽懷寧人，是清末著名的京劇表演家，被譽為「同光朝名伶十三絕」之一，楊先生這十三絕的名號在今天，絕不會亞於香港歌壇的「四大天王」。

因生活所迫，楊月樓在很小的時候就跟著他的父親楊二喜來到京城，在天橋一帶擺了個地攤，賣藝謀生。十多歲時，他被著名的京劇老生張二奎看中，收為弟子。張二奎教他習老生，兼習武生，藝名月樓。由於他勤學苦練，很快就出類拔萃，在京城叫得上名號了。因為他擅演《芭蕉扇》、《五花洞》等猴戲，靈活如猴，有出入風雲之神奇，人送外號「楊猴子」。他身材魁梧，嗓音洪亮，文武兼備，又能演好許多戲。其中他文戲最擅長《打金枝》、《四郎探母》等，武戲除飾演孫悟空外還特別拿手《長坂坡》、《惡虎村》等。京戲《長坂坡》是楊月樓每年的壓軸戲，他在其中飾演的趙雲英姿颯爽，形神兼備，雖然身陷曹軍重圍，仍與魏將十戰十決，揮戈酣戰，遊刃有餘，場下的觀眾看得目眩神搖，一致叫好。

名聲越來越大後，楊月樓成名角了，於是就在經紀人的安排下，開始到全國各地巡演。同治十一年（西元一八七二年），楊月樓應邀來到上海，在位於外國租界內的金桂園戲院唱戲表演。這期間，他在《安天會》中扮演孫悟空，剛出場連翻一百零八個筋斗，收步不離原地，登時傾倒無數觀眾，贏得滿堂喝彩。再加上他英武陽剛、唱功上乘，一時成為上海戲迷心目中的偶像，京劇界的超級明星，戲迷爭相目睹其星光閃耀的風采，狂熱的程度一點都不亞於現在的追星族。關於楊月樓在上海灘引起的轟動，有詩詞為證，正所謂：「金桂何如丹桂優，佳人個個懶勾留；一般京調非偏愛，只為貪看楊月樓。」由此看來，他的確博得了上海許多女子，尤其是青樓女子們的愛慕，看楊月樓的戲成為百多年前上海人的時髦消遣。

然而有道是「自古紅顏多禍水」，眾多女子的青睞在給楊月樓帶來美好愛情的同時，也帶來了幾乎使之滅頂的牢獄災禍。事情的原委是這樣的：

楊月樓的巡演一直進行到同治十二年（西元一八七三年）初。這時他主要演出的是表達男女之情的《梵王宮》。那帥氣俊逸的扮相、威武穩健的身段、高亢嘹喨的嗓音，迷倒無數觀眾。這時，看台下的一位只有十七歲、情竇初開的廣東香山籍（今天中山市）大富商的千金小姐韋阿寶，跟著母親一起看戲，一連三天，看過楊月樓的表演後，不由大為動心，生了濃厚的愛慕之情。這一連三天，可真是耐心不小，應該算是最真實的「一見鍾情」了吧？回到家後，韋阿寶心意已決，一定要嫁給楊月樓為妻。她當即寫信給楊月樓表達自己非他不嫁的心意，並在信後附上自己的庚帖（所謂庚帖就是記載一個人出生時刻的生辰八字，一般只有在男女婚配時候才由雙方父母交換，這對一個女孩子來說是不可以隨便告訴人的），讓奶媽王氏親自送到楊月樓的手中，還約定要和他見面。

說起這個故事，不由得讓我們想起熱播電視劇《大宅門》裡的大小姐白玉婷愛上京劇名伶萬筱菊的故事：白家老太太在世時，白玉婷不敢明說這份心事，只是萬筱菊的每場演出，她是必看的，且場場都要看得謝了幕，她自個兒也落了淚才肯離去。白老太太過世後，白玉婷不顧家人反對，抱著萬筱菊的照片與「他」拜堂成了親，從此搬出白家大宅。後來據《大宅門》的導演、編劇郭寶昌所說，歷史上真有其人其事。大宅門其實就是同仁堂，白玉婷的原型是同仁堂的大家閨秀，也就是郭寶昌的十二姑，而她迷戀的戲子的確是位京劇名家。

富家千金愛上「藝術家」本來是無可厚非的，這要放在今天保不齊還是要上報紙頭條的大新聞，但是在那個「鶴鶉、戲子、猴」都不過是玩物的社會裡，這簡直是大逆不道，不可理喻的事情，別說是做了，想了都是敗壞門風的。在那樣一個不把戲子當人，講究門當戶對的社會背景下，韋阿寶小姐愛上「京戲巨星」楊月樓，似乎是一段註定以悲劇結局的故事。

二、訂立婚約

在這裡，需要介紹一下清末時候中國的社會狀況——封建禮教與新潮觀念格格不入的特定歷史背景。女孩子出入各種公共場所，主動追求自己仰慕的男子，在當今社會來說已經不是什麼值得大驚小怪的事了。但是要知道，在中國傳統社會中「男主外，女主內」的規矩，使得婦女大多禁錮在家庭之內，很少涉足公共場所。戲館、茶樓都是男人娛樂和社交的天地，女子不得隨意入內，這在清代律法裡是有明文規定的。

然而，楊月樓與韋阿寶案發生於一八七〇年代，這個時候的中國正處於社會轉型期，在引進西方先進技術、大辦軍事工業的同時，西方文化逐漸滲透，人們的生活方式和社會倫理觀念隨之發生了變化。經過三十多年的發展，西洋人在上海的勢力日漸雄厚，西洋文化也自然滲透，正是在這一塊特殊的土地上，以往依據傳統的社會身分和特權地位而形成的上下尊卑身分的等級關係已大為鬆弛。封建禮教思想已漸漸退出了主導地位，婦女開始進入公共娛樂場所。正因為如此，韋阿寶隨母親出入戲院看戲，甚至主動寫信示愛便有了現實基礎。當然，像韋家母女這樣無所顧忌，公然在戲館觀摩三天，實屬罕見。而韋阿寶甘冒禮教人情之大不韙，自寫情書，私訂終身，就更需要十分的勇氣了。

可是，韋小姐的這份勇氣並沒有打消楊月樓的疑慮，他看完信後，又是懷疑又是害怕。因為他明白，世俗觀念和法律都不允許他和韋阿寶結婚，在舊中國社會傳統中，最為看重的是政治功利，相比之下，科學文化和實用技藝的社會價值一直卑微低下。功與技的社會價值懸殊，造成了從事技藝活動者地位的卑賤。實際上，在被視為低下的各種技藝中，戲子又被看成是最為下賤的社會階層，人們普遍對戲子有著根深蒂固的偏見，認為說到底不過就是個玩物。在當時的社會裡，法律明文規定，優伶戲子與娼妓、衙役劊子手以及皂隸等職業同屬於卑賤的行業。這些人不但沒有資格參與科舉考試，出仕做官，也不能同高等級身分的人隨便結婚，而且如果犯了罪受到的處罰也比其他良人要重。

儘管如此，在大千世界中，還是有良人和賤民通婚的事。多數情況下，良人不到迫不得已是不會「自甘下賤的」，有的還因此造成悲劇。妓女身在樂籍，屬於賤民，不脫離樂籍從良，就不能嫁人。名門望族不樂於與寒門聯姻，更不准與賤民通婚。康熙雍正年間，無錫縣華姓宗族的成員將女兒許配給奴僕的兒子，但是族人華泰認為這樣有辱於宗黨，出面干涉，男方對此一點辦法都沒有，就找別的理由告他，打了幾年官司，兩人的婚姻最終被拆散了；光緒年間，江蘇吳江縣有一個叫徐鳳姑的女子，隨著改嫁的母親來到施家，後來得知繼父施某是個唱戲的「優伶」，鳳姑認為有辱自己的身分，可是又無力改變現狀，只好上吊自盡以表清白。還有一個女子受聘後，得知「夫家係人奴」，發誓不嫁，婚娶前夕，竟削髮投庵，當尼姑去了，夫家因耗費大筆婚聘財禮，無力再娶別的女子，其父也因此憂憤而死。所以，賤民之間往往自相婚配。

按照大清法律，良賤為婚是明文禁止的。特別是對於賤男娶良女，處罰更為嚴重。清律規定賤民娶良人之女為妻者，需離異，並處杖八十。特別是娼、優、樂人若娶良家女子為妻，罪加一等，處杖一百。雖然楊月樓已經是京劇界的名角，也有錢了（當時像楊月樓這樣名噪一時的名優，年收入可達千兩以上，而向來被尊為「四民之首」的士人的普通職業——私塾教師，一年的收入也只有一百餘兩）。但自己畢竟只是一個戲子，屬於賤民身分；而韋阿寶則出身在一個商人之家，家中衣食不缺，屬於良民。原來排在「四民之末」的商人成為社會生活的主角，其社會作用和地位開始上升，金錢越來越被人們看重，逐漸取代以往的社會身分而成為人們在社會交往中首先看重的因素。特別是康熙雍正年間後，商人可以透過捐錢的方式得到一個官方的身分，韋阿寶的父親為了得到體面的身分，特地花錢捐了身分，這樣楊月樓與韋阿寶的身分地位就差得更遠了。

自古良賤相異、尊卑有別，她怎麼會看上自己呢？楊月樓也非常清楚良賤組成的婚姻，門不當戶不對的厲害，不忍心連累姑娘的一生。於是，他並沒有立刻同意，也沒有如期赴約。韋阿寶因為求愛遭到拒絕而茶飯不思、失魂落魄，生出相思病來了，而且還病得不輕，日益沉重，久治不癒，臥床不起了。阿寶的母親看她臥床不起後心急如焚，束手無策，仔細一思索：女兒恐怕是有心病。奶媽王氏於是就將實情告訴韋阿寶的母親。母親見女兒心意堅決，也就決定順從女兒的意思了。由於韋阿寶的父親常年在外經商，當時也不在上海，所以韋阿寶的母親就自行做主，希望可以以「延媒妁以求婚」的方式，透過明媒正娶的辦法，用合理合法的婚約減少社會的阻力。於是就找來媒人約出楊月樓，要將女兒正式嫁給他。楊月樓赴約，看到了韋家母女的誠意，深為感動，於是許下親事，訂立婚約，籌備迎娶阿寶。

正當雙方著手張羅婚事時，卻忽然殺出一個人，要徹底破壞這對青年男女的好事，轉瞬間在外人看來天造地設的神仙美眷就要活活拆散了。究竟是誰最終導演了這場悲劇呢？

棒打鴛鴦

一、「搶婚」遭捕

韋阿寶與戲子楊月樓將要成婚的消息傳到了韋阿寶叔叔的耳朵裡，他聽到這個消息後十分生氣。也許有人會問，你一個當叔叔的，不是人家爹，也不是人家媽，為什麼要多管閒事呢？那是因為，當時的婚姻雖說是家庭的事務，但是古代法律制度就是建立在家族基礎上的，具體規定了宗族成員彼此間的義務關係，由此形成利益共同體，一榮俱榮，一損俱損。

中國著名社會學家費孝通先生對傳統中國人際關係結構有一個形象的比喻：人際間的關係，就像是丟一個石子在水裡，這水自內而外，泛起一圈一圈的波紋，關係的親疏也就和這個相似。由此可見，宗族對於家庭事務也具有較大的約束力。特別是在可能危害到宗族共同名聲與共同利益的時候，來自宗族的干涉就更加有力了。

雖然在雍正以後隨著賤籍不再被強制世襲，實際生活中也屢有良賤通婚的事例，戲子也入民籍，但良賤不婚仍然是傳統的習俗。到了道光之後，當地官府對此事更是常常持睜一隻眼閉一隻眼的態度。正所謂「民不告，官不究」。不過一旦家族中有人出面干預，官府也會介入。韋阿寶的族人大多接受的是封建傳統教育，深受封建文化影響，即使經商多年，觀念仍很守舊。在他們看來，韋阿寶此舉無疑危及宗族的清白和聲譽，因此，不顧一切地阻攔楊月樓與韋阿寶的婚姻勢在必行。阿寶的叔叔認為良賤通婚辱沒了韋家的門風，甚至影響到整個廣東香山籍的商人，所以她這個叔叔態度很強硬，認為「唯退婚方可不辱門戶」，也就是說只能退婚，絕不可以結婚。

為避免事端和節外生枝，韋阿寶母親與楊月樓商議以上海民間的舊俗「搶婚」方式來迎親。

所謂的搶婚實際上是假戲真做，變成周瑜打黃蓋、一個願打一個願捱的「雙簧」，尤其是在雙方已經訂立婚約，又因為聘禮等其他原因使婚禮不能如期舉行的情況下，各種真真假假的「搶婚」方式就能大顯身手派上用場了。與今天《民法》的規定不一樣，民法規定：婚約有無效力，只有男女雙方到戶政事務所登記，查核無非法情形者就可結婚；但是古代法律認可婚約的效力，婚約已經締結，就必須履行，否則就要受到刑律的懲罰。有了法律的支持，楊月樓和韋阿寶母女都認為婚約在先，聘禮已出，用搶婚的辦法來避免韋阿寶叔父的干涉是一個很好的選擇，何況上海地方也一直有搶婚的傳統，官府也並未多加干涉。

關於這一事件，史料的記載上就有了兩個版本：

一個是說這個韋家女兒出嫁畢竟是富商之女，總得有點動靜，說是很有排場，一路上紮了綵棚，陪嫁的禮品就有許多，那麼韋阿寶的叔叔想攔阻，但是被楊月樓這一面的人都給衝散了，那麼就沒有攔阻成功。

另一個版本是說到了十一月初一這個大喜日子的凌晨，韋阿寶的奶媽王氏就帶著她悄悄來到了楊月樓的住處，於是阿寶在家人的協助下搶親，趕緊拜天地成婚。

但不管是哪一個版本，反正兩人是「搶婚」成功了，結合在了一起。韋阿寶的叔父得知後，自然不會就此善罷甘休。他聯合在上海的廣東香山籍的鄉黨族親，立即向上海縣衙起訴，要求撤銷這樁婚姻，嚴懲楊月樓。

就在二人成親之日，衙門派差役，再協同租界內的巡捕，一同拘捕了楊月樓和韋阿寶，並以韋阿寶帶來的七箱價值四千兩銀的嫁妝，作為拐騙的物證。這裡邊需要解釋的是，縣衙抓人，抓的又是中國人，與巡捕何幹呢？我們說這個時候，楊月樓所住的地方屬於租界地區。租界就是按照當時清廷和這些西方列強的條約而劃出特定區域，以滿足各外國來華人士經商及生活之需要（原本租界的主權還屬於清廷，可列強為了滿足自己侵奪對華利益的便利，逐漸劫奪了租界地方的治安管理、行政規劃以至於司法權，這通常也叫做「治外法權」）。租界實際上是各國列強的地盤，像治安、司法等方面都由列強說了算。要在租界內抓人，不請租界管理機構出面是行不通的。清朝地方政府（縣衙）無權在租界內維護正常治安，而是由列強在租界內特設的機構——工部局具體管理租界。其下維持社會治安的人員，俗稱巡捕。租界之內要抓人的話，必須透過工部局及其巡捕一同來操持這件事情，所以在本案發生的時候，不僅上海縣衙要派人，還要叫上巡捕一塊兒去。當然，本案未來的進一步發展，與西方觀念給中國造成的思想文化影響也不無關係。

二、一審重判

前面說到，上海縣衙門的差役拘捕了楊月樓和韋阿寶，案子是如何審的？最終作出了什麼樣的判決結果呢？湊巧的是，主審官員葉廷春也是廣東香山籍人，而且是個嚴守綱常禮教的封建官員。他對戲子極有偏見，認為這些人是賤民，品行不端、薄情寡義。他對韋阿寶和楊月樓的成婚事實感到萬分憤怒。還未開始審案，他便先入為主，認定楊月樓肯定拐帶了良家婦女，而韋阿寶向戲子傾訴愛意，主動委身下嫁更是不知廉恥，有辱廣東香山名聲。正式審訊還未開始，他就喝令手下對楊月樓施以嚴刑，將楊月樓拇指綁在一起，反吊在房梁上，足足懸掛了一夜，甚至將其兩肩胛骨都拷打傷了，又用架子扼其脛骨，使其呼吸不得。這一套做法，俗稱「殺威棒」（在當時，這些刑訊手段只能用在強盜罪犯上）。楊月樓開始時還一口咬定自己是明媒正娶，可後來實在受不了酷刑，便屈打成招了，供認自己早就同韋阿寶私通，並行賄串通其母拐走阿寶。最後，楊月樓在自己的供詞上畫了押，表示認罪。隨之，葉廷春在公堂上用綱常禮教嚴厲地申斥韋阿寶，跟她講女人要「三從四德」，不能自主婚姻。但韋阿寶卻一點兒也不畏懼衙門的堂威，勇敢地表示一生一世願意跟從楊月樓，嫁雞隨雞，決無悔意。葉廷春勃然大怒，下令對韋阿寶掌嘴二百下。葉廷春將兩人收押到監獄中，等待韋阿寶的父親前來再行判決。

聽到兩人被收審，韋阿寶的母親慌忙帶著成婚的各種證據，如庚帖、婚書連同證婚人來到衙門申冤。來自社會上的種種議論更使這個案子受到越來越大的非議。社會輿論普遍支持楊月樓，各種客觀證據如婚書、庚帖等也證明楊月樓和韋阿寶是合法夫妻。葉廷春縣令的壓力之大是可想而知的。然而此時，又一個關鍵人物突然出現，幫助葉廷春取得了據以定案的證據，化解了他的判決危機。這個人，就是韋阿寶的父親。

在古代，嫁娶皆由父母主婚，男性通常為一家之長，在韋家，自然是韋阿寶的父親才有權主持女兒的婚姻大事。此時，韋阿寶的父親正好從外地趕了回來。當得知女兒已下嫁給戲子，氣得直跺腳大罵，認為女兒傷風敗俗，有辱家門。韋阿寶的父親在嚴厲刑罰（《大清律例》明文規定了「嫁娶違律主婚媒人罪」的處罰）和族人鄉黨的重重壓力下，「大義滅親」，拒絕承認女兒的自主婚姻。他宣布支持葉廷春的判定，認為楊月樓和兩人的婚姻不合法，要求官府撤銷婚姻，並聲明不再認韋阿寶這個女兒。葉廷春在得到韋阿寶父親支持之後，作出判決，不僅拆散了楊月樓夫婦，而且對他們依照清朝刑律進行嚴懲：

——以「拐盜（婦女）」罪名，判處楊月樓充軍流放四千里、發配到黑龍江服刑；

——韋阿寶被判行為不端，掌嘴二百，並被逐出了韋家家門，交給普育堂擇配，後來被賣給一名七十歲的老翁為妾。（上海的普育堂創辦於清代同治年間，主要創辦人叫應寶時。此時太平天國運動剛被清政府鎮壓，各地到上海避難和謀生的人很多，不少人饑寒交迫露宿街頭，對此現狀，應寶時動員地方集資並調撥上海道庫銀組成官民聯辦的慈善團體，取名「普育堂」。該堂除了救濟老弱病殘者外，還設立習藝所，收留無家可歸之兒童，相當於現在的「生活無著人員救助中心」。）

——協助楊月樓與韋阿寶完婚的奶媽王氏也遭受酷刑，被判在縣衙門前戴枷示眾十天。（清代對於一些倫理性犯罪及風化犯罪，常附加「枷號」，即將犯人枷銬後置於衙門門口或鬧市示眾，以示警戒。）

——受到社會上楊月樓與韋家母女倆私通謠言的影響，韋阿寶的母親在羞憤中病死。

一段美好的姻緣就這樣被殘忍地破壞了，著實讓人惋惜同情，但最後結果究竟如何？楊月樓之後的命運又將如何？還要看下一回「劫後餘生」。

劫後餘生

一、倖免流放

本案在審理過程中即引起了社會各方面的普遍關注和熱烈討論。這既是因為楊月樓的名人身分，楊月樓是當時的戲劇紅人，當紅小生，關注者本來就多，這次又因為娶良家之女而犯案，自然會引發街頭巷尾的議論。另一方面是由於晚清社會變革帶來的新舊觀念的碰撞，文化思想界也參與了爭論。

當時發行量很大的報紙《申報》（創刊於西元一八七二年四月三十日）在案發後一個月內，連續刊登了三十餘篇報導、評論和來稿。當時《申報》還請外國人到報館專門點評案件，刊出《中西答問》，公布西方人士對這一案件的看法。

主張嚴懲楊月樓的重懲派和希望寬免楊月樓的同情派以《申報》為陣地，圍繞對韋楊婚姻的正當性評價問題、韋商鄉黨公訟於官是否合宜問題、縣令嚴刑重懲是否公正等問題展開了激烈的論戰。主張重懲的一派認為楊月樓不顧法律中關於良賤不能成婚的規定，擅自娶來良家之女，屬於居心不良，需要嚴厲懲處；而同情的一派則認為雖然法律中規定了良民和賤民之間的差別，但是對於低賤身分的人也應該用常人的眼光去看待他們的行為，而且雙方成親屬於你情我願，並經過了明媒正娶的程序。後來站在重懲派一邊的清政府打壓了同情派的意見，向《申報》威脅說，如果再刊登同情派的言論將停辦《申報》，《申報》迫於壓力，停止發布同情派的文章，繼而結束了這場論爭。

而案件本身由於上海縣對判處流刑的案件沒有最終的判決權力，楊月樓由此便踏上了一條曲折而漫長的審理之路。楊月樓一案首先在松江府覆審，知府王少固在婚姻方面的觀念和葉廷春別無二致，當然也有人說他事先被葉廷春疏通好了，為了避嫌，王少固指派南橋縣知縣重審。楊月樓以為這回換了主審司法官，他的冤屈總算可以重見青天，沒料到南橋縣知縣下令責打楊月樓兩百下，不許楊月樓翻供，核准了原來上海縣的判決。

後來第二年四月分的時候案子到了南京，這是按照司法程序，判處流刑及以上的刑罰要由省級衙門來決定。當時擔任江蘇巡撫（相當於現在的省長）的是湘軍首領丁日昌，擔任江蘇按察使（相當於現在的省檢察院院長兼公安廳廳長）的是馬竇祥，由於他們都是飽讀四書五經、滿腹儒家正統觀念的人，因此在覆審中自然也站在葉廷春的一審判決一邊。於是隨便一過堂，就以誘拐良家女子罪判處楊月樓充軍流放四千里，要發配黑龍江。隨後將案件卷宗上報刑部，等候刑部的覆核，覆審透過後，立即上路。

楊月樓此時被羈押在南京獄中，日復一日地等候刑部的批文，批文一到就待踏上流放之路。可在啟程之前，西元一八七五年，恰逢同治駕崩、光緒皇帝登基，按照清朝傳統，新皇帝登基是一件喜慶的大事，要大赦天下，而楊月樓的這個罪過按照制度可以歸入特赦的範圍，所以這個不幸中的萬幸免除了他的流刑，於是，他被杖八十就獲得了釋放，並遣送回到原籍安徽。這樣楊月樓一案從案發到結案，前後經歷的時間一年有餘，就以這樣的結局而告終。

兩年後，楊月樓為了生計，又回到上海去唱戲。在上海他與一位叫沈月春的女子結婚。由於在案件審判過程中曾受到過嚴刑拷打，他的腳筋已經斷掉，不能再扮演武打小生了（想想他當年扮演孫悟空，出場連翻一百零八個筋斗，收步不離原地而傾倒觀眾的盛況，那是一去不復返了）。萬般無奈之中，楊月樓改行演老生，主要以表演唱功為主，這樣逐漸又在上海有了名聲。但此時，原來參與或了解情況的一幫上海舊官僚和官商權貴們還是不能容忍楊月樓，找碴欺負他。於是，楊月樓無奈之下轉回北京，專心在另一位京劇名家程長庚搭的戲團隊裡唱戲。同時他也將自己的藝名從「猴王」改為「楊猴子」，用來慨嘆世態炎涼。戲子就如被耍之猴，高興了有賞，不高興了便是一頓皮鞭，這不啻是對封建社會歧視戲子、無情拆散有情鴛鴦的控訴！

一八九〇年時，行將就木的楊月樓將他的獨生兒子託付給另一位京劇名家譚鑫培撫養，他的獨子就是我們前面提到的一代京劇大師楊小樓。光緒十六年（西元一八九〇年），楊月樓病逝於北京，終年四十二歲。

二、深遠影響

一個案件畢竟會有個結果，由此出現的觀念論爭暫時也告了一個段落，但圍繞著婚姻能否自主的新舊觀念碰撞卻一直延續到其後數十年。從清末到民國，其間又有許多姻緣故事或多或少都與新舊觀念的衝突碰撞有關，以下我們舉幾個例子談一談：

民國初年，一代英豪蔡鍔將軍在北京偶遇風塵女子小鳳仙，他不嫌小鳳仙出身風塵，追求精神的結合，互相傾慕並喜結良緣的愛情故事至今讓人心存感動。

但與此同時，「五四」以後即便是那些最早接受和傳播新文化的人，特別是五四運動的主將和旗手本人卻也沒能保持言行一致，在行為上都沒有能完全擺脫封建禮教的羈絆，從而出現上半身新文化、下半身舊傳統的怪異情形：陳獨秀遵循母親的意願娶了髮妻高大眾，而沒有尋求他自己鼓吹的婚姻自主；魯迅把與朱安女士的結合看成是母親賜給自己的「一件禮物」，「痛苦地」過了許多年獨身生活；胡適是留美博士，是中國最早接受和傳播新文化的先驅者之一，但他在婚姻生活上，也同樣未能跳出封建禮教的約束，已經在美國有真心戀人的情況下，為了給母親盡孝而娶了髮妻江冬秀。觀察這幾位文化巨人的婚姻，男女兩個人的人生其實都不是完美的，都是帶著深深的精神上和肉體上的痛苦，走完了屬於自己的道路。當然，這種特殊混合絕不是這幾個人的命運悲劇，它恰恰是證明了新舊社會轉型、交替時期實踐高於認識、行動難於思想的道理。

如今移風易俗，門當戶對的傳統觀念不再那麼濃厚，自由戀愛、結婚一時興起。在文藝界，才華橫溢的劇作家吳祖光和萬眾傾倒的評劇明星新鳳霞的婚姻可以說是其中的典型。他們二人最早熟識是由老舍先生介紹，但一開始很多人並不看好他們的愛情。有人說：吳祖光娶新鳳霞是要挑重擔子，新鳳霞有一大家人，父母、弟弟、妹妹七八口，都要靠新鳳霞養活，新鳳霞不識字，父母也都是文盲，吳祖光闖進這個家，可是自找麻煩。也有人說：吳祖光是從香港來的，生活浪漫，看上了新鳳霞這個美人，好一陣兒便會扔掉了。但老舍、夏衍、趙樹理等都非常支持他們的婚姻。各種壓力和干擾並沒有讓他們後退，兩人堅信婚姻自由，於是舉行了隆重的婚禮，並且最終上演了一場至死方休的真摯愛情。

「婚姻大事，絕非兒戲，父母之命，媒妁之言」這是古代社會裡關於婚姻愛情的十六字箴言，因為在古代社會裡，沒有所謂的婚姻自由。這對於我們今天張揚個性，主張人權的男女來說是不可想像的。如果在二十一世紀的今天，我們再回過頭來看楊月樓和韋阿寶二人的婚姻悲劇，再來評說當時的韋阿寶家族以及清政府百般干涉、嚴刑拷打的事情，大家一定會感覺那是多麼的匪夷所思吧。

封建法制下的自主婚姻

故事講完了，再看此案，可真是：「姻緣若只是天定，何故弄人空悲切！」本案之所以成為一樁清末有名的冤案，是特定歷史背景下多種因素混合而造成的。

一、冤獄是怎麼造成的？

（一）主審官先入為主，主觀定罪

主審官員上海縣令葉廷春先入為主，他的主觀臆斷是鑄就冤獄的直接原因。葉廷春非常厭惡唱戲之人，聽到有人告發戲子拐騙良家婦女，誘騙錢財，就一門心思認定是被告有詐。在他的心中，戲子是狡猾奸詐，不務正業的。於是他將這個先期的印象也直接扣到了楊月樓的身上，由此，案子還未審，便成為了一樁冤案。而在獲得對楊月樓有利的，能夠證明他與韋阿寶是自願成婚的各種證據的情況下，葉廷春繼續堅持己見，拒絕釋放楊月樓，並在韋阿寶父親的指認下確認兩人的婚姻違法。

（二）判案的證據來自兩種不合理的制度——刑訊制度、家長主婚制度

在封建社會裡，刑訊制度一直在審判訴訟中發揮著巨大的作用。在當時的司法體制下，承審官員在審判中完全處於支配地位，當事人所能夠進行的活動主要是形成供狀（陳述情節）和招狀（認罪），而招供的過程實際上並不是事實認定的過程，而是透過結論必須由被告自己承認。但是審案畢竟要依據證據，即便是心中已經確定有罪之人，但如果沒有切實的證據支持的話，也不能定案。以「莫須有」的罪狀判定案件，畢竟在多數情況下，只是皇帝獨有的特權。封建社會的證據體制一直是重口供的制度，冤案往往就是在刑訊逼供下產生的。為了獲得楊月樓承認罪行的口供，葉廷春不惜動用重刑拷問和逼供，致使楊月樓屈打成招，完成了初審錯判。

由於初審後，社會輿論普遍支持楊月樓，各種客觀證據如婚書、庚帖等也證明楊月樓和韋阿寶是合法夫妻。葉廷春進入了不利境況。此時，一個關鍵人物的出現幫助葉廷春取得了據以定案的證據，這就是韋阿寶的父親。在古代，嫁娶皆由父母主婚，而男性通常為一家之長。在韋家，自然是韋阿寶的父親才有權主持女兒的婚姻大事。韋阿寶的父親在嚴厲刑罰和族人鄉黨的重重壓力下，大義滅親，拒絕承認女兒的婚姻。（封建家長的人格是完整的，他的妻子、兒女的人格則是不完整的，是依附於家長的。）

（三）錯案糾察的能力不足

這起冤案的造成，除了初審主審官先入為主、主觀定罪和不合理的刑訊制度與家長主婚制度外，當時司法體制的錯案糾察能力不足也是一個重要原因。清代地方三級政府實行長官負責制，長官對下級官員和同級僚屬官員，不僅有考查政績的權力，而且還有司法監督權。知府、臬司、巡撫作為地方司法監督、複查的重要關口，他們的審轉、複查品質如何，實在關係到刑案的冤屈與否。然而，在司法實踐中，「審轉」並不總是在法律規定的軌道上運行，大多敷衍了事，不問實情，導致平民百姓有冤無處申。楊月樓案在經過上海地方衙門的初審和再審之後，又轉發到上級政府進行了多次覆審，但是並沒有作出推翻原審的新判決。一邊是鑿鑿證據和滿是疑點與漏洞的判決，一邊是葉廷春的主觀成見，覆審官員毫不猶豫地站在了後者這一邊。按理，覆審的法官本來應當悉心研究，詳加審問，核實證據，澄清是非，以罪量刑。而知府、臬司、巡撫卻依樣畫葫蘆，並未對疑點漏洞一一探究核實，就匆匆草率定案。透過科舉而入仕途的官員們，出身相似，觀念趨同，再加上官官相護的傾向，便坐實了這樁冤案。這實際上再次證明封建司法制度中「官判無悔」因素是製造冤案的罪魁禍首之一。

本案只是清末眾多冤案中的一個，「楊乃武與小白菜案」實際上也屬於官判無悔出來的冤案；科場案咸豐帝明知柏葰罪不至死，但仍然批准端華、載垣等專案組所請對他在菜市口執行死刑，這不是「官判無悔」，又是什麼？

看過如此多的冤案後，我們不禁要問：這一頁頁灰色的歷史留給我們的究竟是什麼？像楊月樓和韋阿寶這樣，男女兩情相悅，掙脫階級、等級的束縛，自主婚姻怎麼就這麼難呢？

二、自主婚姻怎麼就這麼難？

透過楊月樓風月案，我們發現他們兩人的愛情婚姻悲劇，其實不僅來自於制度（朝廷關於身分等級以及良賤不婚的規定），還來自於具體情境中的個人（韋阿寶的叔父、父親以及上海知縣葉廷春）；不僅來自於司法規則，還受到社會環境和傳統觀念的影響。

如果回顧中國古代歷史中的婚姻制度的話：早在中國古代的奴隸社會，平民百姓與貴族互不通婚姻。奴隸在法律上完全沒有人格和地位，是「會說話的工具」，那就更不能與奴隸主貴族通婚了。秦、漢時期，當時平民與賤民雖有區分，通婚受到一定影響，但當時還沒有形成後世那麼嚴苛的禮教制度，對人婚姻行為的限制還僅在於「禮」的約束，也就是有一些規範禮儀方面的規定，但法律上也未有明確規定。這樣一來，所謂良賤不婚的說法和法律制裁基本上就沒有。

漢朝帝王的后妃中出身微賤者為數不少，比如漢武帝原來的皇后原先是自己親姑姑的女兒，即所謂「金屋藏嬌」的表妹陳阿嬌。但是後來有一次，劉徹到他姐姐的府上赴宴，宴會上一眼看上表演歌舞的衛子夫，實際上就是公主府上的一名奴僕，很快就將衛子夫帶入宮中，封為嬪妃，再後來又藉故貶斥陳阿嬌，改立衛子夫這名原來的戲子擔任正宮皇后。其實，漢家皇帝不計較皇族血統、喜愛優伶戲子似乎是有傳統的：漢成帝時期，有一名著名的雜技歌舞藝人趙飛燕，人如其名，身輕如燕、嬌小嫵媚，據說能夠在很小的盤子上跳舞，一陣風吹來就會把她刮走。漢成帝一見，驚為天人，很快就把她帶進宮，封為皇后。俗話說環肥燕瘦，上有所好，下必效之，普通的老百姓也開始以瘦為美了。由此可見，秦漢時期人們的一般觀念中似乎沒有把戲子的身分當回事，與戲子優伶婚配沒什麼大不了的。

事情的變化是從南北朝的北魏開始的。北魏文帝拓跋濬發布詔書，開始明文禁止良賤通婚。唐以後，法令更為完備，嚴厲規定良賤婚娶為犯罪行為。宋明時期，由於宋明理學成為官學，擁有了裁定事務對錯、行為善惡的壟斷性話語權：對政治事務，強調全體國民都必須盡忠於皇帝，強化封建皇帝的權力專制；對社會事務，強調建立上下有別、尊卑有序的身分秩序；對家庭事務，則要求女子恪守「三從四德」，女子必須在家從父、出嫁從夫、夫死從子。實際上就是給她們套上了一個精神枷鎖，讓她們心甘情願地守護貞節。那個時候，一個女子，年紀輕輕丈夫死了，她就不應該再嫁，因為封建士大夫們說「餓死事小，失節事大」，這是合乎封建禮教的，於是乎在全國各地到處都有為那些守貞節烈的女子修造的貞節牌坊。她們一守就是大半輩子。在封建衛道士看來，這叫「守貞節」；但在老百姓的眼中，這就是「守活寡」。這套封建禮教，表面上仁義道德，實際上泯滅人性。

從楊月樓風月案中，我們可以看到這種落後的封建禮教觀念對案件結果的巨大影響。本案的核心所在是「良賤通婚」問題。在古代，以表演為生的人都被稱為是「優伶戲子」而被列入賤民的行列。他們和其他三類人娼妓、官府裡當差的以及在軍隊當中服雜役和賣苦力的人一樣，既不能上科場，又不能與平民婚配。

「賤民與平民不能通婚」，這是古代法律中的一項基本規則，是法律等級性的一個重要體現。這種規則本身就是不合情理的。但是，封建官員受到儒家倫理的教導，他們堅決維護這一規則。雖然輿論上支持楊月樓的聲音不絕於耳，但相對於掌握暴力權力的政府機構來說，這些聲音就顯得過於軟弱無力了，無法達到解救無辜的目的。

實際上，說到男女兩情相悅，想掙脫階級、等級的束縛，實現婚姻自主的艱難，不光中國這樣，外國同樣如此，有些時候更甚。例如，十九世紀中葉的英國，雖說資本主義較為發達，思想觀念已經開化了不少，但是，在英國女作家勃朗特寫的《簡愛》這部偉大小說裡，出身貧寒的家庭女教師簡愛上了她所在莊園的主人，莊園的主人也同時深愛著簡。但是身分等級的羈絆卻讓後者退卻了。這時候簡說：「一起站在上帝的面前，穿過那些外在的形式的東西，我們相互愛戀的靈魂是完全平等的。」這實際上就是簡．愛打破封建倫理道德的「愛的宣言」。

再例如，美國號稱是世界上最先進、最自由、最民主的國家，其實他們在倫理觀念、人權保護等方面的發展也還是相當緩慢的。具體說：西元一七七六年，美國《獨立宣言》發表，美國建國，但是這時候依法成為美國公民，具有完整權利的只是十三個州的白種男人，婦女、黑人、華人以及印第安人等都沒有選舉權；到了一八六〇年代，美國最偉大的總統林肯在位的時候，婦女的基本權利才大體上解決了，黑人不再是奴隸身分了，可是他們在社會生活中的實際地位仍然很低，備受歧視。事實上，一直到一九六〇年代，在風起雲湧的美國黑人民權運動的推動下，美國總統甘迺迪才正式簽署了全面實現黑人、華人等與白人權利平等的相關法案。但是，從透過法律到實際生活中社會各個族群之間逐漸克服傳統偏見、打破「玻璃幕牆」，又是一個十分漫長的道路。二〇〇八年美國民主黨總統候選人歐巴馬，其父親是來自非洲肯亞的一個黑人，母親是美國的一個白人婦女，似乎還有些貴族血統。他們之間產生了愛情，如果不打破很多有形的、無形的壁壘，根本就不可能結婚，作為他們黑白混血後代的歐巴馬也就不可能在二十一世紀初葉參選美國總統。事實上，無論從哪個角度講，二〇〇八年，作為婦女傑出代表的希拉蕊以及作為黑人精英的歐巴馬，他們參加競選美國總統本身，就代表了美國民權運動的歷史性成就。

我們回過頭來再看名伶楊月樓風月案。在封建社會的司法環境下，尋求個人幸福的主角為了一份超越封建禮法的愛情付出了巨大代價，上演了一場撼天動地、慘絕人寰的愛情悲劇。本案只是在清代末年特定的歷史背景和社會環境下，出現的眾多冤假錯案中的一個，其中也顯示出了當時不完善的司法體制，更折射出了十九世紀末處於社會轉型期的中國複雜的社會觀念衝突以及微小個體的悲慘境遇。

歷史是一面鏡子，能回顧過去，也能照應現在、預示未來。在閱讀歷史中，我們嘆息著，在嘆息中，我們警醒了，在警醒中，我們行動著。這便是歷史給我們上的寶貴一課。

名伶楊月樓風月案大事記

審級	人物	經過	結果
	楊月樓、韋阿寶、奶媽王氏	同治十二年（西元一八七三年）年初，楊月樓於上海金桂園上演京戲。	韋阿寶連續三日觀看，對楊月樓一見傾心，託奶媽送情書（後附庚帖）給楊月樓。
	楊月樓、韋阿寶	楊月樓婉拒韋阿寶。	韋阿寶一病不起。
	韋母、楊月樓	韋母知實情後，順從女兒心意，感動了楊月樓，楊月樓決定「遣媒妁，聚婚書」。	雙方開始籌備婚事。
	韋家、楊家	韋家族人鄉黨得知婚事後，準備阻止。	十一月初韋、楊家以舊俗「搶婚」方式成親，韋家族人、鄉黨報官。
初審	上海縣知縣葉廷春、楊月樓、韋阿寶	楊月樓拒不承認拐盜韋阿寶，遭受嚴刑拷打。韋阿寶「嫁雞隨雞，絕無異志」。	楊月樓被屈打成招，承認其先和韋阿寶有姦情，然後違背良賤不婚，公然娶親，於是被判處軍流，韋阿寶被掌嘴兩百
複審	松江府知府王少固、南橋縣縣令	指派南橋縣審理南橋縣縣令打兩百板子。	核准原來的判決：拐盜罪，流放四千里到黑龍江服刑。

複審	臬司馬寶祥、巡撫丁日昌	草率定案。	最終坐實，維持原判。韋阿寶最終被判行為不端，發落到普育堂，交由「官媒擇配」。
	刑部		等候刑部回文數個月。
	光緒、慈禧	西元一八七五年光緒皇帝登基，大赦天下，楊月樓遇赦。	被判定杖責八十，遣送回籍。

【延伸閱讀】

楊小樓：（西元一八七八年至一九三八年）名三元。楊月樓之子。安徽懷寧人。幼入小榮椿科班學藝，從楊隆壽、姚增祿、楊萬青學武生。十六歲出科，在京、津兩地搭班，充當配角。後發憤用功。得義父譚鑫培和王楞仙、王福壽、張淇林、牛松山等的指點，並拜俞菊笙為師，技藝漸進。二十四歲搭入寶勝和班，以「小楊猴子」之名露演，名聲漸起。又與譚鑫培同在同慶班，經譚氏獎掖，成為挑大梁的武生演員。二十九歲時入昇平署為外學民籍學生，備受慈禧賞識。他與譚鑫培、陳德霖、王瑤卿、黃潤甫、梅蘭芳、尚小雲、荀慧生、高慶奎、余叔岩、郝壽臣等人合作，先後組建陶詠、桐馨、中興、崇林、雙勝、永勝等班。聲名鵲起。在當時和梅蘭芳、余叔岩並稱為「三賢」，成為京劇界的代表人物，享有「武生宗師」的盛譽。

楊小樓在藝術上繼承家學，師法俞（菊笙）楊（隆壽），同時博採眾長，打下武生表演技藝的全面基礎，逐漸形成獨樹一幟的「楊派」，楊小樓的嗓音清脆洪亮，唱念均遵「奎派」風範，咬字清楚真切，間有京音，行腔樸直無華。唱念注意準確表達角色的感情。從現存的《霸王別姬》、《夜奔》、《野豬林‧結拜》等戲的唱片中，可以領略到他唱念的神韻。楊小樓武打步法準確靈敏，無空招廢式，更能恰當貼切地表現人物的性格，著力體現意境，追求神似，也即「武戲文唱」的楊派特點。因此，他的長靠戲《長坂坡》、《挑滑車》、《鐵籠山》，箭衣戲《狀元印》、《八大錘》、《豔陽樓》，短打戲《連環套》、《駱馬湖》、《安天會》，崑曲戲《夜奔》、《寧武關》、《麒麟閣》，老生戲《法門寺》、《四郎探母》、《戰太平》，無一不精。晚期他還排演了《野豬林》、《康郎山》等戲。楊派武生傳人有孫毓堃、劉宗楊、高盛麟、沈華軒、周瑞安等人，李萬春、李少春、王金璐、厲慧良等皆宗法楊派。

良賤不婚

古代社會對良賤不婚的問題有嚴格的法律規定。良民和所謂的賤民之間涇渭分明，是絕對不能通婚的。比如唐代的法典中就規定：「諸雜戶不得與良人為婚，違者，杖一百。」而如果違反了這一法律規定，不僅成婚的雙方要受到處罰，而且兩人的婚姻關係也不能繼續維持，官府要強制離異。唐代的做法也一直沿用到清朝，由此導演了一場場愛情悲劇。

枷項

枷項是將犯人綁在衙門前或市中心示眾的一種刑罰，若枷的重量過高，很容易令受刑者死亡，所以枷項不但是酷刑，還是一種死刑。

枷作為刑具，早在商、周之際就開始使用了。東晉建威將軍閻粹慫恿并州刺史東瀛公司馬騰在山東捕捉北方的胡人賣給富家做奴隸，得到的錢財補充軍需。司馬騰就派部將郭陽、張隆等擄掠了不少胡人，把每兩名胡人用一面枷枷在一起，準備押送到冀州。後來成為後趙皇帝的石勒當時才二十來歲，也在被枷者之列。這時的枷的式樣、大小、重量已難詳考，但可以肯定它是一種用木頭製作的固定俘虜脖項的刑具，二人一枷是為了防止他們逃跑。後來對枷逐漸改進並普遍採用，式樣也大體統一。

北魏時，朝廷正式頒定枷為官方刑具之一，所以後世有人認為枷「始自後魏」。北魏孝文帝太和年間，枷的製作還不統一，當時法官和州郡長官普遍製造重枷、大枷。除了用枷之外，還給犯人的脖子上掛石塊，綁石塊的繩子深深勒進皮肉裡，甚至勒斷項椎骨。從北齊、北周到隋，都沿襲北魏的法規，普遍用枷。隋開皇年間，朝廷曾對枷的大小作了具體的規定。唐代用枷更是常事。《唐六典》載：「諸流、徒罪及作者著鉗，若無鉗者著盤枷，病及有保者聽脫。枷長五尺以上，六尺以下，頰長二尺五寸以上，六寸以下，共闊一尺四寸以上，六寸以下，徑頭三寸以上，四寸以下。」但是，唐代的一些酷吏並不按照規定的尺寸，而是挖空心思地製作大枷、重枷。

武則天時，著名的酷吏來俊臣製作的枷最為出名，其所製作的大枷有十種名號：一曰「定百脈」，二曰「喘不得」，三曰「突地吼」，四曰「著即承」，五曰「失魂膽」，六曰「實同反」，七曰「反是實」，八曰「死豬愁」，九曰「求即死」，十曰「求破家」。還有一種特重的枷名叫「尾」。與來俊臣同時的另一名酷吏索元禮手段更加奇特。他讓犯人跪在地上，雙手奉枷，在面前的枷板上再放一疊磚，這叫做「仙人獻果」。或者讓犯人站在高處的橫木上，把他的項上的枷掉轉方向，使長的一端朝後，犯人必然身體要前傾，而脖子也就被勒得更緊，這叫做「玉女登梯」。

宋代，對枷的重量有一定的限制。開始規定，枷分二十五斤和二十八斤兩個等級。景德初年，提點河北路刑獄陳綱上書請制杖罪，並且提議增設十五斤重的枷為三等。宋真宗趙恆准奏，下詔頒布施行。但在實行的時候，枷的重量常常超出規定。有的地方制的枷用鐵皮包邊鑲角，稱為「鐵葉枷」。

明代初年，太祖朱元璋詔令統一枷的型號。規定枷長五尺五寸，兩端寬一尺五寸，用乾木製作，死刑犯人戴的枷重三十五斤，徒罪、流罪犯人戴的枷重二十斤，杖罪犯人戴的枷重十五斤，長短輕重的數據都刻在枷上。洪武二十六年詔令，凡在京的各衙門所用的刑具都必須經過檢查，符合規定的標準才准許使用。而且，各種刑具必須由指定的地方製作，不得隨意製造使用。但是，實際上明代用枷超重的情況比以前各代更厲害，由宦官控制的東廠、西廠和錦衣衛的大小爪牙們嗜血成性、殺人如草，他們用的枷越做越重，越做越奇。正德初年，宦官劉瑾專權時製作的大枷重達一百五十斤。給事中安奎和御史張彧奉旨到外地盤查錢糧回京，劉瑾向他們索賄而未能滿足，就尋藉口把安、張二人用一百五十斤的大枷枷號於東西公生門。當時是夏季，大雨晝夜不停，二人淋得像落湯雞似的，也沒有人敢將他們移動一步。都御史劉孟赴任延遲了日期，被逮至京師，枷號於吏部衙門外。御史王時中也因得罪劉瑾，被枷號於三法司牌樓下，遠近圍觀的群眾都忍不住流淚，文官們遠遠地望見這種景象，都垂頭喪氣，沒有一個人敢走到跟前看一看。萬曆年間，明神宗朱翊鈞又製造一種新式刑具，名叫立枷。這種枷前面長，後面短，長的一端觸地，犯人被枷住脖子，身體只能站在那裡支持，跪坐都不可能。立枷「重三百餘斤，犯者立死」。東廠和錦衣衛對皇帝欽定的案犯，常常要用立枷，犯人大多在一天之內就送了命。如果有不能很快即死的，監刑的校尉就把枷銼低三寸，這樣，犯人就站不直，只能稍微彎曲著雙腿，勉強支撐，不一會兒就力量用盡，氣絕身亡。如果犯人不是廠衛注意的重要案犯，或者在沒有仇家監督的情況下，犯人的家屬就花錢僱用乞丐，讓乞丐夜間用背扛著受刑者的臀部，讓他半坐在乞丐身上，這樣可以稍微休息一下腳力，不至於速死。

清代仍有枷項之刑和枷號示眾的做法。康熙八年規定應該枷號的犯人所戴枷重的七十斤，輕的六十斤，長三尺，寬二尺九寸，詔令內外問刑衙門，都要按刑部製作的式樣執行，不得違例。各地的官員雖然大多能遵守規定，但有個別的酷吏又獨出心裁，變化枷的花樣。長洲縣令彭某設立紙枷，就是用薄紙做成枷的模樣，他同時還製作了「紙半臂」，就是紙做的背心。對欠糧的人，彭某就命令給他戴上紙枷，穿上紙半臂，縛在衙門前示眾。這種紙刑具雖然很輕，但彭某規定一點兒也不許損壞，否則要用其他酷刑嚴加處治。戴「枷」者必須終日呆站，紋絲不動，這種被約束的痛苦，比戴真正的木枷還難以忍受。古時的紙又薄又脆，紙枷和紙半臂都很難完好無損，因此被枷者常常在剛戴不一會兒就把它弄破了，於是接著被施以酷刑。

笞杖

笞杖是古代使用得最廣泛的刑罰。「笞」的本意是用竹條或木條對人進行抽打，杖的本意是枴杖。古時候，兒子不孝，父親可以用枴杖打他。舜小時候是很孝順的，他父親用小杖打他，他就忍著，若用大杖打他，他就逃開。後來把笞杖作為一種刑罰，據說是沿襲了古代父親打兒子那種教誨、訓誡的含義，所以又把笞杖稱為教刑。

漢代以前官方規定的五刑是墨、劓、宮、刖、殺，沒有笞杖。漢文帝劉恆下詔廢除肉刑，改用其他刑罰替代，其中當用劓刑的改為笞三百，當斬左腳趾者改為笞五百。但是，笞三百或五百大多能把人打死，這比原來的肉刑還厲害。於是漢景帝劉啟在前元元年下詔說，用笞杖與死罪沒有什麼兩樣，即使不死，也落重殘。因此他把文帝規定的笞五百改為笞三百，笞三百改為笞二百。這樣做，許多囚犯仍然被打死。到中元元年，景帝又下詔把笞三百改為笞二百，二百減為一百，並且「定棰令」。棰是笞杖所用的刑具，當時規定棰長五尺，用竹子製作，大頭直徑一寸，小頭半寸，竹節要削平，行刑時抽打臀部。

漢代以後，笞杖之刑在執行時比較混亂，無有定規。南北朝時有的朝代嫌笞杖太輕，多改用鞭刑，或叫鞭杖。從隋代起，才正式把笞與杖分開，都列為五刑（即笞、杖、徒、流、死）之一，其中笞刑最輕，杖刑稍重於笞刑，並且對笞杖的數目、刑具的尺寸、受刑的部位以及量刑的條款都作了明確規定，形成制度。關於笞杖的數目，隋、唐、宋、金以至明清，都把笞刑定為五等，從十下到五十下，每加十下則加一等。杖刑從六十至一百，也是每加十下加一等。遼代刑重，沒有笞刑，其杖刑六等，五十至三百，每加五十下則加一等。元代笞杖之刑的數目比較特別。其笞刑分六等，從七下到五十七下，每加十下則加一等，杖刑六十七到一百零七，每加十下則加一等。這個數目是元世祖忽必烈規定的，他的本意是想減輕刑罰，對宋代規定的數目「天饒他一下，地饒他一下，我饒他一下」，所以每等減了三下。關於刑具的尺寸和受刑部位，各代的規定也不一樣。

漢代笞杖不分，都叫棰，尺寸以如前述。晉代的笞用竹條，沿襲漢制：杖用生荊，長六尺，大頭圍（截面周長）一寸，小頭三分半。南北朝梁時，杖也都用生荊，長六尺，分大杖、法杖、小杖三種。大杖大頭圍一寸三分，小頭八分半；法杖大頭圍一寸三分，小頭圍五分；小杖大圍一寸一分，小頭呈細尖狀。北魏時杖用荊條，削平其節，分三種：拷訊囚徒時用的杖，直徑為三分；杖囚犯脊背的杖，直徑為二分；杖腿用的杖，直徑為一分。北齊時杖分兩種，一種長四尺，大頭直徑三分，小頭二分；另一種大頭直徑二分半，小頭一分半。行刑時打在臀部，而且規定對一人行刑時不得換人。隋時用杖較濫，沒有固定的尺寸。

唐時把笞和杖分開，都長三尺五寸。笞的大頭直徑二分，小頭一分半。杖分兩種：一種叫訊囚杖，大頭直徑三分二厘，小頭二分二厘；另一種叫常行杖，大頭直徑二分七厘，小頭一分七厘。用刑時，分別打在背部、臀部和腿部。北宋初年，宋太祖趙匡胤規定，常行官杖沿用後周顯德五年頒定尺寸，杖長三尺五寸，大頭寬不得超過二寸，厚度和小頭寬度不得超過九分。

本來，笞杖不屬於死刑的範圍，可是在各朝代中，上至皇帝，下至縣令，常把笞杖作為執行死刑的方式，即把犯人斃於杖下，叫做笞殺或杖殺。歷代執行笞杖之刑時，常常巧立各種名目，加重處罰。北朝時周宣帝宇文贇每次對人用杖時，定要打夠一百二十下，稱為「天杖」，或者加倍，打二百四十。有個叫楊文佑的因作歌譏諷朝政，被鄭譯奏知宣帝，宣帝下令賜杖二百四十致死；五代時南漢劉鋹對人用杖時，總是每次兩條杖一齊打，稱為「合歡杖」。又臨刑時問被打者的年齡，施杖的數目一定要和他的歲數相同，稱為「隨年杖」，年齡較大的犯人常被當場打死。南宋時，理宗趙昀用刑狠毒，常用「斷薪」（折斷的木柴）為杖打人的手或腳，名曰「掉柴」。

明代的金瓜，在朝廷由御前校尉執掌，常用來責罰朝臣。洪熙元年，李時勉上疏觸怒仁宗朱高熾，仁宗命令武士用金瓜打他，十七下便打斷肋骨。還有的酷吏用的杖具是特製的。明代成化年間，監察御史王琰巡按蘇州時，用大毛竹剖開做成竹板子，起名為「番黃」。用它行刑，許多人不到打夠數就氣絕身亡，僥倖不死的，也必須請工匠用細鑷子小心地取出爛肉中的竹刺，然後求醫敷藥，清除淤血，臥床百天以上才能痊癒。

拷訊

古代各類官府在審理案件時，用酷刑逼迫犯人招供，稱為拷訊。拷訊時所用的各種酷刑，法典上一般沒有具體規定，而由問官隨意施用，怎麼使犯人痛苦就怎麼辦，犯人如果不招，問官就變著花樣，把犯人反覆蹂躪。在這種情況下，犯人求生不得，求死不成，被折磨得死去活來，結果或傷殘過重而致死，或熬刑不過而屈招。

秦代官吏審案時已經習慣於使用拷打。秦二世胡亥二年（西元前二〇八年），趙高誣陷李斯和他的兒子李由謀反，將他們逮捕，親自拷問，棒掠達一千多下。李斯忍受不了疼痛，就招認了謀反的罪名。趙高派親信假扮成御史、謁者、侍中等覆審李斯，李斯不知是計，向他們申訴冤枉，趙高得到報告，又命令對李斯再次進行拷打。後來胡亥真的派人檢查李斯的口供是否屬實，李斯也不敢再翻案了，一直認定自己是謀反，於是被判處死刑。

有的朝代，對拷打犯人的時間、次數等作了某些規定。如唐代刑律載，對七十歲以上、十五歲以下以及有殘疾的犯人，不得進行拷打，只根據他所犯罪狀的事實定罪。又載，官府拷打犯人不得超過三次，而且每次相隔的時間不得少於二十天，三次拷打的總數不得超過二百下。如果拷打不滿三次而需要移交其他官府重審，拷打的次數必須和前次連續計算。如果將犯人拷打致死，對問官要追究責任。歷代官府拷訊犯人，常用的刑罰還有拶和夾。拶是夾犯人手指頭的刑罰，所以又稱拶指。其刑具是用六根細木棍組成，中間用細繩穿三道，套在犯人手上，把十個指頭緊緊夾住，兩人用力向兩邊拉扯繩子，木條便越收越緊，犯人疼痛難忍，常常當場昏厥，嚴重的會夾斷指骨。夾是用夾棍夾犯人的腿骨，和拶指的原理相同。夾棍是由三根一樣長的木棍組成，明清時俗稱「三木」，一端用鐵條固定，另一端用繩索串連，用刑時把夾棍豎放在地上，把犯人的兩條小腿夾在裡面，兩人向兩邊拉繩，把夾棍收緊，犯人被夾，疼入骨髓。夾棍有長短不同的型號，愈是短的，夾人愈疼，腿骨被夾斷的事時有發生。

歷代拷訊犯人時，往往不是單獨使用某一種刑罰，而是諸刑並用。有些酷吏別出心裁地創造各種稀奇古怪的用刑方式，他們殘虐的人性在拷訊犯人時得到淋漓盡致的發揮。

唐初武則天時，是酷刑大氾濫、酷吏競肆虐的時代。為首者當推來俊臣。他審問囚犯時，不管罪行輕重，先用醋灌鼻孔。或者在地上挖個大坑作為牢房，稱為地牢，把囚犯推進去，吃飯睡覺大小便都在裡邊，有時斷絕他們的飲食，囚犯們餓得吞食棉衣裡面的破棉絮。很多人被折磨致死，不死則休想出地牢。每當朝廷發布特赦命令，來俊臣總要先把重罪囚犯處死一批，然後才開讀詔令。來俊臣製造的大枷，分十種型號，每當新的囚犯押到這裡，來俊臣就把各種枷和其他刑具拿出來展示，囚犯們一見便心驚肉跳，都紛紛屈招。

其次要數索元禮，他拷訊囚犯，與來俊臣同樣狠毒，當時人們並稱「來索」。他製作一種鐵箍，給犯人套在頭上，然後在鐵箍和頭皮之間加木楔，用錘子敲打木楔，鐵箍越收越緊，犯人頭疼如刀劈，有的人竟至於頭顱開裂，腦漿流出。這種鐵箍便叫做腦箍，一直沿用到後世。索元禮還製作巨大的木十字架，把犯人兩臂平伸、兩腳下垂、固定在木架上，掛在高處，讓木架旋轉，這叫「曬翅」。天寶年間，又有吉溫、羅希奭投靠奸相李林甫，屢興大獄，陷害異己，審訊時一味使用嚴刑逼供，當時人稱「羅鉗吉網」。之後又有敬羽，肅宗至德年間任監察御史。他審訊犯人時，讓犯人躺在地上，用粗門杠碾他的肚子，說這叫「肉餺飥」（肉麵片）。又在地上挖個土坑，坑的底部和四壁放上棘條，尖刺密密麻麻，上面用蓆子蓋上。敬羽在坑邊審訊囚犯，如果不招認，就把他推到坑裡。有的人被棘紮得遍體血肉淋漓，潰爛致死。

明天啟年間，魏忠賢控制詔獄，拷訊犯人使用酷刑達到了登峰造極的地步。最突出的是從天啟五年起對東林黨人的拷訊。魏忠賢的義子田爾耕、許顯純及死黨孫雲鶴、楊寰、崔應元等掌管詔獄的審訊，一個個賽過閻王判官。這年三月，魏忠賢由汪文言一案入手，逮捕東林名士楊漣、左光斗、魏大中、袁化中、周朝瑞、顧大章六人，許顯純秉承魏忠賢旨意，捏造說楊漣等人接受了汪文言的贓銀，用嚴刑追案。六人在第一次受審時就「各打四十棍，拶敲一百，夾杠五十」，之後關進獄中，規定限期，到期交不出銀子要進行「比較」，就是再次進行拷訊。比較時比初審用刑更重，有的要受「全刑」。所謂「全刑」，指鎮撫司的五種常備刑具——械、鐐、棍、拶、夾棍同時施用，正如《明史·刑法志》所記載的：「五毒備具，呼暴聲沸然，血肉潰爛，宛轉求死不得。」對他們初審是六月底，七月初四，他們被從獄中提出來進行第一次比較的時候，都因刑傷疼痛無法行走，當時正是暑天，傷口潰爛，膿血沾染衣裳，許顯純把他拷問一遍，仍舊帶去收監。此後每隔兩天或三天、四天比較一次，各人傷上加傷，痛不欲生。七月十七，楊、左二人又各受三十棍。十九日，楊、左、魏三人各受全刑，這時楊漣已喊不出聲，魏大中已吩咐家人料理後事。過了兩天，二十一日再次比較，楊、左再受全刑，魏大中三十棍，周、顧各二十棍，楊、左受刑後抬到外面，渾身血肉模糊，伏在地上如死人一般。此後仍然每隔兩三天一比較，或受棍，或受全刑，魏大中兩腳挺直，像死青蛙似的，袁化中的陰囊腫脹，大得像能容三斗糧食的筐籮。這六人前後持續一個多月，被拷訊數次，先後被摧殘致死。

清代同明代相比，刑罰要輕一些，尤其是對用酷刑拷訊的做法予以限制。

風雨百年「蘇報案」

封建法制在大清王朝的治下，無論是從法律體系的完備還是司法程序的繁複以及行政管理體制的精密高效等各個方面，都達到了巔峰；但在鴉片戰爭後，帝國主義的堅船利炮打開了中國封閉已久的國門之後，清政府不得不接受西方列強「治外法權」的苛刻要求，同時又要面對中國風起雲湧的革命抗爭，左支右絀，顯得十分狼狽。這裡主要講述二十世紀初葉發生在上海的「蘇報案」。它不僅是晚清中國最大的一次文字獄，還吹響了反對封建帝制革命的號角，而且在該案的審理中，權傾天下的清廷不得不向覺醒了的人民「乖乖妥協」。同時，由於它前所未有的轟動效應以及《申報》等媒體的追蹤報導，為歷史留下了真實可信的紀錄，也幸得如此，百年後的我們還能重溫那些激動人心的場面，想見當年兩位誓願振興中華的革命者「風吹枷鎖滿城香」的風采。

「蘇報案」發

一、故事主角與背景

「蘇報案」發生在一九〇三年的上海。自《南京條約》簽訂以來，被開闢為通商口岸的上海，由於獨特的地理環境和頻繁的中外貿易，很快從一個默默無聞的小縣城，一躍成為遠東最大和最繁華的都市。有人說，上海是外國人在中國的首都。也有人說，上海是打開中國的一把鑰匙。而事實上，上海更像是當時中國半殖民地半封建社會之屈辱境遇的縮影。但正是這樣一種特殊的社會形態，卻孕育著蓬勃發展的文化出版事業。

西元一八九六年六月，《蘇報》在上海公共租界誕生了。最初的創辦者胡璋是以其日籍妻子生駒悅的名義註冊該報的，這就使這份報紙在一開始就被掛上了「日商」的牌子。剛剛出刊時的《蘇報》在內容上十分平庸，就如同所有小報一樣，面對激烈的競爭，《蘇報》也只得靠些八卦新聞招攬讀者。到了西元一八九八年冬天，終因「營業不利」，胡璋將《蘇報》轉手賣給了被清政府罷官後蟄居上海、「思以清議救天下」的湖南舉人陳範。有了輿論陣地之後，陳範即刻幹勁十足地忙起來，特聘自己的妹夫兼老友汪文溥為主筆，陳範本人和兒子陳仲彝負責編發新聞，兼寫評論。他的女兒陳擷芬（十八歲就創辦《女學報》，時稱才女）也「打橫而坐」，編小品詩詞之類副刊。全家人一起上陣，熟悉上海報界的人笑稱之為「合家歡」。

當時的社會歷史背景是：戊戌變法失敗後，逃亡海外的康有為極力宣傳君主立憲，反對革命，頑固堅持保皇立場。而受到西方民主啟蒙思想影響的先進知識分子陣營開始分化，以孫中山為代表的革命派開始探索救亡圖強的新道路。與此同時，社會上也醞釀著一種更為激進的、革命的、排滿的思想觀念，其宗旨就是要「建立共和，推翻清王朝帝制」。在這樣的社會思想浪潮推動下，《蘇報》基於陳範曾在朝為官的個人經歷，最初傾向於保皇的論調。然而，在目睹了朝廷的專制腐敗以及康有為等保皇派的軟弱之後，陳範如夢初醒，他對汪文溥說：「中國在勢當改革，而康君所持非也，君蓋偕我以文字餉國人，俾無再如迷途。」《蘇報》言論從此逐漸轉向革命。

一九〇二年四月由蔡元培、蔣智由、黃宗仰等人發起了中國教育會，並於同年冬正式成立於上海，下設教育、出版、實業三個部門，表面興辦教育，暗中宣傳革命，成為上海當時最具有先進思想、進取開明

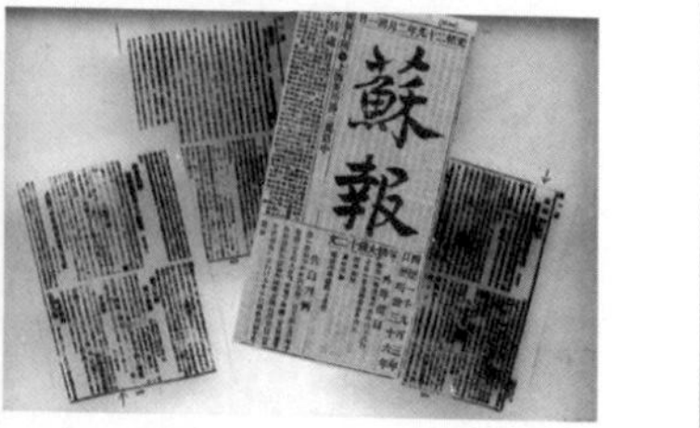

＊《蘇報》

的文化先驅。這時候上海有一個南洋公學，它是清末主辦的一系列新式學校裡的一所。學校籌辦人是李鴻章的左膀右臂、著名的開明官商盛宣懷。他當時設立這一類新學的目的，就是要為清廷培養一些掌握西方科技和管理的新式人才。可讓他萬萬沒想到的是，這些年輕人還沒培養成「人才」就著實讓他難以消受了。當時，南洋公學在上海招收了一批學生，這些學生中有許多人都是思想比較激進的。他們經常在一起閱讀和談論一些在學校當局看來非常不適宜的文章和敏感話題，某些秉持大清封建正統思想的教師對同學們的行為橫加干涉，加以限制。於是，就有些學生，因不滿他們班某位教員的封建行為，在一次上課的時候在教員的座位上放了一個墨水瓶，把老師的衣服染壞了（就像許多喜歡惡作劇的學生一樣，和老師作對）。可這個被惡搞的教員也不是省油的燈，一時間勃然大怒，堅決要求校方開除這些違規的學生，最後這事兒滾雪球般的越鬧越大，從學生對舊教師的惡作劇轉變為爭取言論和思想自由的運動，於是牽連到其中的幾十個學生都要被開除。在此情況下，這群思想激進的學生乾脆破釜沉舟，不等被南洋公學開除，自個兒就先「休」了學校——貝壽同等二百餘名學生因抗議校方壓制言論自由而發動學潮，集體退學了。

緊接著，這些退學的學生強烈要求加入中國教育會，並要求後者創辦教育機構，為學生們繼續學習、堅持與封建舊思想戰鬥提供強有力的支持。十一月十六日，愛國學社創建，蔡元培任總理，吳稚暉任學監，黃炎培、章炳麟（太炎）、蔣維喬等人應邀義務任教，收容南洋公學退學學生，他們在社團中繼續讀書學習，議論國事。學潮頗具影響，陳範看準時機，特意在《蘇報》上增闢《學界風潮》專欄，開始連篇登載學潮的進展和變化。此時的《蘇報》與愛國學社同氣連枝，一起構成了清末中國的一股新型社會力量，章炳麟、蔡元培、吳稚暉、黃宗仰、張繼等都紛紛開始為《蘇報》撰稿。

一九〇三年，沙俄沒有按照《辛丑條約》的約定退出占領東三省的軍隊，此事引起舉國抗議，特別是知識界和學界反抗尤為激烈。當時在日本就出現了留學生集體抗俄的運動。這個運動很快就傳到了中國，在上海等地的青年學生當中掀起了軒然大波。與此同時，清政府實施了一系列箝制新學的規章，使得學生更為不滿。不僅提倡「廢學救國」的章士釗等四十餘名南京陸師學堂退學的青年來到上海加入愛國學社，還有杭州的一個由美國浸禮會創辦的教會式學校蕙蘭書院的學生，也都紛紛退學轉而加入愛國學社，從而使得學潮越鬧越大。《蘇報》不斷報導各地學潮的消息，支持上海南洋公學、南京陸師學堂學生反對學校當局干涉言論自由引發的退學風潮，受到東南學界的注目。

在愛國學社當中，章炳麟、章士釗、張繼、鄒容意氣相投，結為兄弟，時人譽為「愛國學社四友」，他們經常參加各種群眾集會，發表革命演說。當年四月，留日學生發起拒法運動，愛國學社迅起響應，在上海張園召開大會，通電攻擊廣西巡撫王之春出讓廣西礦產權利，借「法款、法兵」鎮壓廣西人民起義，並聯合上海紳商各界，配合留日學生發起拒俄運動，譴責沙俄侵占中國東北的罪行。對此，《蘇報》大量刊出張園集會上發表的演說稿及陳天華的《敬告湖南人》、《軍國民教育會公約》等。四月十一日、十二日，《蘇報》發表蔡元培的《釋「仇滿」》。五月十三日，發表《敬告守舊諸君》，公開倡言革命，「居今日而欲救吾同胞，舍革命外無他術，非革命不足以破壞，非破壞不足以建設，故革命實救中國之不二法門也」。

為了更加引領時代風潮、吸引讀者，《蘇報》請來蔡元培、吳稚暉、章炳麟等七人輪流撰稿。五月二十七日，陳範正式聘請章士釗出任《蘇報》主筆，並慕其人才難得，意欲招為乘龍快婿。章士釗出任主筆之後，當天他就在《蘇報》發表言辭激烈的論說——《論中國當道者皆革命黨》。憑著初生牛犢的猛勁，章士釗對《蘇報》進行大膽革新，這次革新可不是做表面文章，而是徹頭徹尾、由內而外的「大換血」。他宣稱：「吾將大索天下之所謂健將者，相與鏖戰公敵，以放一線光明於昏天黑地之中。」當然，作為報社社長的陳範最初也不免略有「擔心」，但經過短暫時間的緊張之後，他仍毅然向章士釗表示：「本報恣君為之，無所顧藉」，即使報館有被封的危險，也「無怨無悔」。一時間，在章士釗的主導下，《蘇報》妙文迭出，不遺餘力地宣傳革命，不僅成為愛國學社的機關報，也成為了上海革命派的喉舌，當道者暗自痛恨。

六月一日，《蘇報》宣布「本報大改良」，面貌煥然一新，宣稱「以鼓吹革命為己任」。為凸顯特色，同一天發表了章炳麟的〈康有為〉一文，藉外報所傳清政府將召逃亡在外的康有為返國的消息加以評論，指出「革命」、「如鐵案之不可移」，為人心所向，大勢所趨，乃不可逆轉之潮流。二日，報首刊出「本報大注意」的啟事，將「學界風潮」移到頭版「論說」後的顯著位置，並增闢專門發表來稿的「輿論商榷」欄，明確提出「本報當恪守報館為發表輿論之天職」，力圖把《蘇報》辦成一個開放的公共論壇。三日，刊出「本報大沙汰」啟事，宣布加強「時事要聞」，減少「瑣屑新聞」，並增設「特別要聞」、「間加按語」。六月六日，刊登張繼署名「自然生」的〈祝北京大學堂學生〉一文，號召北京學生行動，發動「中央革命」。六月九日，在「新書介紹」欄中，以《介紹革命軍》為題，向讀者推薦鄒容的《革命軍》，章士釗親自以「愛讀革命軍者」為筆名發表《讀〈革命軍〉》一文，以熱情洋溢的語言對少年鄒容的《革命軍》大加讚賞，稱之為「今日國民教育之第一教科書」。同一天，在「新書介紹」欄刊出《革命軍》出版的廣告，稱「筆極犀利，語極沉痛，稍有種族思想者讀之，當無不拔劍起舞，髮衝眉豎」。這部兩萬字的《革命軍》影響甚大，是近代以來第一部系統性地宣傳革命的著作，文辭中充滿了對滿族的排異和仇視。此書一經發表便引起清政府巨大不安，清廷不久即於二十一日下旨：「似此猖狂悖謬，形同叛逆，將為風俗人心之害……著沿海沿江備省督撫，務將此等敗類嚴密查拿，隨時懲辦。」

六月十日，《蘇報》發表了章炳麟署名的〈革命軍序〉，稱之為「雷霆之聲」、「義師先聲」。六月二十日，「新書介紹」欄推薦章炳麟的《駁康有為論革命書》[三]，並譽為「警鐘棒喝」。六月二十二日，發表論說〈殺人主義〉，有「殺盡胡兒才罷手」、「借君頸血，購我文明、不斬樓蘭死不休，壯哉殺人！」這樣激進的詞句。《蘇報》之所以如此放言無忌，並非不知道危險，其中一個不能忽略的原因是：《蘇報》的言論態度得到了租界工部局總辦、也是倫敦《泰晤士報》駐滬通訊員濮蘭德等西方人的支持。工部局多次找《蘇報》撰稿人談話：「你們只是讀書與批評，沒有軍火嗎？如其沒有，官要捕你們，我們保護你們。」吳稚暉的回憶也證實，租界老巡捕房捕頭藍博森曾對他說：「沒有兵器，你們說話好了，我們能保護你們。」正是有了租界當局的承諾，他們才更加放言革命。

二、滅頂之災

從一九〇三年五月到六月，短短一個月間，《蘇報》就如同從上海租界放了一顆衛星，在清末黯淡無光的輿論出版界放射出奪目的異彩，剎那的光華讓

鄒容一九〇三發表《革命軍》，號召推翻清政府，建立共和國。章太炎爲此書作序，並在《蘇報》著文介紹。由此引發《蘇報》案，鄒容被投入租界監獄不久死於獄中。

＊鄒容—書影

《申報》等老牌大報黯然失色，其發行量迅速飆升，僅發行點就增加到幾十處。與此同時，每當其論說文章一出，《中國日報》、《鷺江報》等報刊就紛紛轉載，大有「鼓動風潮」之勢。難怪清廷「視之若一敵國」。其間，由章炳麟作序、鄒容撰寫的《革命軍》暢行海內外，清政府認為「此書逆亂，從古所無」、「勸動天下造反，尤非拿辦不可」。六月二十一日，兩江總督魏光燾命江蘇候補道、南京陸師學堂總辦俞明震專程赴滬，與上海道袁樹勛會見《蘇報》主管陳範，約見吳稚暉，令《蘇報》改變態度，意在迫使報館中的革命黨人聞風而遁。六月二十四日，兩江總督魏光燾在與湖廣總督端方通電中透露，他已要求工部局查禁《蘇報》。六月二十六日，俞明震從南京到達上海，協助上海道袁樹勛處理查禁愛國學社和《蘇報》等事宜。羅網已經張開，而此時的《蘇報》同人似乎還毫無察覺，繼續刊登文章傳揚革命思想。六月二十七日起，《蘇報》連續兩天發表文章悼念一個多月前自殺的留日學生陳海鯤（自號「仇滿生」，更有「殺滿之聲，騰於黃口」這樣激烈的詞句）。六月二十九日，《蘇報》在頭版顯著位置刊出章炳麟的〈康有為與覺羅君之關係〉（節選自《駁康有為論革命書》）一文，該文針對一九〇二年康有為發表在《答南北美洲華裔論中國只能行立憲、不可行革命書》的反對資產階級革命的立場，從理論上對保皇派加以清算。文章思想深邃，條理縝密，感情充沛，與鄒容的《革命軍》並為雙璧。文章以飽滿的激情、極富感染力的文采讚美革命。文中甚至直呼光緒之名：「載湉小丑，未辨菽麥。」聲稱「載湉者，故長素（康有為號）之私友，而漢族之公仇也」。作者大呼：「然則公理之未明，即以革命明之；舊俗之俱在，即以革命去之。革命非天雄大黃之猛劑，而實補瀉兼備之良藥矣。」這些振聾發聵的豪情壯語成為一時傳誦的名言，《蘇報》聲名鵲起。「上海市上，人人爭購」，此時的清廷統治者再也按捺不住心中的怒火，對《蘇報》進行瘋狂報復，《蘇報》難逃被查禁的厄運。

《蘇報》案的主角之一是章炳麟。章炳麟（西元一八六九年至一九三六年），字枚叔，一作梅叔，因仰慕明末清初大思想家顧炎武（原名絳）、黃宗羲（字太沖），改名絳，別號太炎。浙江餘杭人，出生書香世家，自幼隨外祖父習誦儒家經典。十六歲時受父命應童子試，癲痛癥發作，遂絕意科舉，專攻經史。二十二歲赴杭州入詁經精舍，師從當世大儒俞樾，首尾七年，學業精進。甲午戰爭後，民族危機日深，章炳麟帶著滿腔熱情加入康有為等人籌劃建立的強學會，撰文抨擊時政，宣傳維新變法。後因政見分歧，與報館中康門弟子梁啟超、麥孟華時有爭執，甚至拳腳相向，憤而退出報館。戊戌變法失敗後，被列名通緝，遂流亡海外。在日本結識孫中山，為他提出的中國不經過浴血革命就不可能有出路的深刻見解所折服，思想發生巨大變化。一九〇〇年七月，在上海參加唐常才、嚴復等人召開的「中國議會」，但反對會上宣布的擁戴光緒皇帝復辟的宗旨，割去髮辮，斷髮易服表明與改良主義的決裂，義無反顧地走上反清的革命道路。八月，唐常才等人發動的自立軍起義失敗，儘管章炳麟宣言脫離自立會，但仍遭通緝追捕，只好潛回浙江老家避禍。

不久，捕卒跟蹤而至，他只得遁入寺廟，十天後復出上海。後經朋友介紹，赴蘇州東吳大學任教。後因章炳麟在東吳大學繼續鼓吹反滿革命，官府下令緝拿，他先後得友人密電，再赴日本避難。在日期間，與孫中山訂交，二人共同探討中國的土地、賦稅和革命成功後的政治體制與建都地點等重大問題。後又與革命黨人秦力山等人在東京發起「支那亡國二百四十二週年紀念會」，藉紀念明朝崇禎皇帝忌日，號召留日學生共同奮鬥，推翻清朝統治。留日學生聞風赴會，學界為之震動。清駐日公使蔡鈞聞訊驚恐，要求日本政府干預，章炳麟又潛返回國。回國後不久即任教於愛國學社。

「蘇報案」主角之二是鄒容。鄒容（西元一八八五年至一九〇五年），四川巴縣（今重慶）人，出身富商之家。自幼熟讀經書史籍。十二歲應巴縣童子試，因考題怪僻，憤而罷考，從此厭惡科舉考試，絕意仕途。父親強迫他入重慶經書書院學習，因「非堯舜，薄周孔」，蔑視舊學而被開除。於是，跟從日本人成田安輝、井戶川辰學習英語、日語，瀏覽介紹西方近代文明的新書時報，深受維新變法的影響，萌發革命思想，仰慕維新誌士譚嗣同為變法流血捐軀的壯舉，懸其遺像於座側，題詩明志。一九〇一年七月，透過官費留

＊章炳麟

日學生考試，但因主張革新，被四川總督以「聰穎而不端謹」為由取消官費留學資格。後衝破重重阻力，鄒容於一九〇二年春自費赴日，入讀日本東京同文書院學習。在日期間，正值孫中山領導的革命運動深入展開，鄒容深受感染，投身其中，結識了一大批革命同仁。與此同時，飽覽《社會契約論》、《法意》等西方啟蒙名著及《國民報》等進步刊物，仰慕法國革命、美國獨立，始撰《革命軍》初稿。一九〇三年一月二十九日，在東京留學生會館舉行新年團拜會時，公開倡言反清革命。此後，凡出席留學生集會時必爭先演說。三月三十一日，因憤於清政府留日陸軍學生監督姚文甫的醜行，鄒容與同學一起強行剪去此人髮辮，揭露其壓迫學生的劣跡。清政府駐日公使以鄒容犯上作亂罪，照會日本外務省索辦鄒容等人。他在朋友們的勸告下，離開日本，回到上海。四月返回上海，鄒容住入愛國學社，結識章炳麟，成為莫逆之交。此時恰逢拒俄運動發生，四月二十七日，他在張園拒俄集會上登台演講，言辭激越。三十日，張園再次集會，痛斥馮鏡如藉設「四民總會」鼓吹改良保皇的謬論，明確表示拒俄，簽名加入拒俄義勇隊。五月，在章炳麟鼓舞下，鄒容完成了在日本期間著手編撰的《革命軍》一書，由柳亞子等愛國學社中人協助，在上海大同書局出版，署名「革命軍中馬前卒鄒容」，章炳麟為之作序。該書約兩萬字，分為七章，其中以〈緒論〉、〈革命之原因〉、〈革命獨立之大義〉為全書重點。鄒容以西方資產階級革命時期提出的「天賦人權」、「自由、平等、博愛」為指導思想，闡述了反對封建專制、進行資產階級民主革命的必要性，指出了「革命」乃對上下古今、宗教、道德、政治、學術，以及日常事物存善去惡、存美去醜、存良善而除腐敗的過程，故讚美曰：「巍巍哉！革命也。皇皇哉！革命也。」他還從清王朝官制的腐敗、刑審、官吏的貪酷，對知識分子、農民、海外華工、商人、士兵的政策及對外的一系列政策，揭露了清政府對國人的壓迫和屠戮，分析了革命爆發的必然性。明確宣布革命獨立之大義在於：「永脫滿洲之羈絆，盡復所失之權利，而介於地球強國之間」、「全我天賦平等自由之位置」、「保我獨立之大權」，即推翻封建專制的清王朝，建立「中華共和國」。這部書被譽為中國近代的「人權宣言」。孫中山讚譽它為「為排滿最激烈之言論」、「能大動人心，他日必收好果」的作品。可見其宣傳鼓動力量之巨大。這部書對當時日益高漲的資產階級革命思潮起了極大的推波助瀾的作用。清政府惶惶不安，他們勾結帝國主義對革命黨人進行殘酷的迫害，查封了愛國學社和《蘇報》，逮捕了章炳麟和鄒容等人。

清政府一開始與租界當局交涉，請求簽發拘票協助捕人。租界當局最初以案犯屬於「國事」性質，堅持不允。最後提出，如在租界內設立「會審公廨」作為審判機關，尚有商討餘地，並要求俞明震、袁樹勛簽字畫押承認。明確規定，「所拘之人，須在會審公堂內由中外官會審，如果有罪，亦在租界內辦理」，此案作為「租界之案」，清政府無權獨立審判。經多次磋商，雙方達成共同鎮壓《蘇報》的協議。一九〇三年六月二十九日，就在《蘇報》刊登章炳麟〈康有為與覺羅君關係〉的當日，巡捕房中西警探突然闖入蘇報館和愛國學社，出示拘票，上書：「錢允生、程吉甫、陳叔疇，以上蘇報館主筆；章炳麟、鄒容、龍積之，以上偽作革命軍匪人；陳範即陳夢坡，蘇報館主。以上七名，該差不動聲色，即行按名拿獲解究勿延！」「蘇報案」發，一場鬥智鬥勇的「追捕」開始了。

單看這個名單，可以發現清朝政府對《蘇報》的情況並不怎麼了解，比如將錢允生、陳吉甫、陳叔疇三人當作主筆，不知道陳叔疇就是陳範，陳吉甫只是司帳員，錢允生不是《蘇報》中人，龍積之也與《蘇報》無關。再說當天，巡捕、警探到蘇報館抓人，陳吉甫率先被捕。他們問：「陳範在嗎？」陳範正好在場，卻叫人說不在，他們也未深究。在章炳麟被捕之前，陳範曾讓兒子到愛國學社「通風報信」。章炳麟卻說：「諸教員方整理學社未竟，不能去，坐待捕耳。」有人勸他走避，他「哂之以鼻」。六月三十日，等到巡捕來時，還自指其鼻：「余皆沒有，章炳麟是我。」章炳麟不僅自己不屑逃走，還在巡捕房寫信叫鄒容、龍積之投案。[2] 隨後，錢允生和不在名單上的陳範之子陳仲彝在女學報館被捕。龍積之當晚自行到案。鄒容本已藏匿在虹口一個外國傳教士處，七月一日徒步到租界四馬路巡捕房投案，自稱：「我鄒容。」[3] 至此，除陳範外，名列拘票的其餘五人全部被捕，釀成了名動百年史的「蘇報案」。

從章炳麟、鄒容被捕之日起，清王朝就為引渡他們而與租界展開了一場馬拉松式的艱難的外交交涉，台前幕後，數不清的算計。上海、南京、武漢、北京之間，要員、探子（如志贊希、趙竹君）、密友（如《新聞報》的福開森）之間文電交馳，僅收入北京故宮檔案的往來電文就有近一百九十封。可以說，清廷為此絞盡了腦汁，用盡了手段，目的無非是要將他們置之死地。

「蘇報案」發，輿論震驚。七月一日，與《蘇報》在革命還是改良問題上有著尖銳分歧的《中外日報》也發表社論《近事概言》，抗議當局「與言者為難」。七月二日，上海英文《字林西報》發表社論，反對查禁《蘇報》。七月三日，中國教育會常熟支部負責人殷次伊為此憤而投水自殺。

陳範逃亡海外之後，在章士釗的主持下，《蘇報》仍繼續出版了七天，不僅刊出了〈密拿新黨連志〉的消息，七月六日，還發表章炳麟〈獄中答新聞報記者書〉。章在文中坦然表示：「吾輩書生，未有寸刃尺匕足與抗衡，相延入獄，志在流血，性分所定，上可以質皇天后土，下可以對四萬萬人矣。」充滿了道德的力量，批評的鋒芒，瀰漫著一股浩然之氣。章士釗在五十九天後回憶：「太炎此文送出監門時，是閏五月十一日，《蘇報》猶做垂死掙扎，未被封禁。吾親將該文揭之首欄，與《新聞報》對壘，恍惚為革命黨消災解毒，彌形得意。」至七月七日下午，《蘇報》終於被查封，但巧的是這一天的《蘇報》已經出版。七月九日起，英文《上海泰晤士報》連續兩天發表社論，反對「未斷案而先封館」，要求「設法阻止中國守舊官員在租界妄行其權」。再從七月十一日魏光燾致端方、恩壽的電文看，「旋因上海愛國會演說雖禁，復有設在上海租界之蘇報館刊布謬說，而四川鄒容所作《革命軍》一書，章炳麟為之序，尤肆無忌憚」。鄒容和章炳麟首當其衝，成為「蘇報案」的中心。這其中，像愛國學社的領導人蔡元培，因早在案發前半個月就去了青島，與「蘇報案」沒有直接關係。

清廷和義士的法庭對抗

一、「蘇報案」一審

一九〇三年七月十五日，上海租界會審公廨第一次會審「蘇報案」。於是就出現了第一講開頭的那一幕——名義上這是清王朝在租界設立的一個最基層的法庭，實際上卻是外國人享有治外法權，清廷的權力根本難以企及。有幅記錄當時庭審的漫畫，（左邊的）原告是「普天之下，莫非王土」的大清政府；（右邊的）被告是兩個手無寸鐵的文弱書生（章炳麟和鄒容）；而四周坐著的金發碧眼的洋人則可以說是掌握著此次判決生殺大權的會審官員。章炳麟曾以冷嘲熱諷的筆調寫道：「噫嘻！彼自稱為中國政府，以中國政府控告罪人，不在他國法院，而在己所管轄最小之新衙門，真千古笑柄矣。」

也正是在這個會審公廨上，擁有無上專制權的清政府與兩個一無所有、唯有一腔熱血的平民有了一次面對面交鋒的機會，並凸顯出東西方兩種不同的政治文明、價值觀念的衝突。換句話說，在信奉絕對權力的清廷眼中，任何的批評聲音都是大逆不道，更何況《蘇報》那樣激烈的革命言論。但在鼓吹民主、自由的租界當局看來，發表文章、舉行集會、批評政府都在言論自由的範圍內，是公民的權利，即使有證據證明章炳麟他們是「犯罪」，也屬於「國事犯」，按國際慣例也應該保護。更重要的一點，這還是一場權利的「拉鋸戰」，正如英文《字林西報》評論說：「外人在租界一日即有一日應得之權利，中國人在租界一日即有一日應受外人保護之權利，而華官固不得過問也。」正因為如此，他們才嚴詞拒絕了清廷的重金誘惑，並挫敗了其武力劫持的企圖。這件事發生在首次開庭時，上海道袁樹勛伏兵五百，陰謀將章、鄒等劫走，但無奈租界方面已然做了嚴密防範，「傳訊時，每一人以一英捕陪坐，馬車復有英捕跨轅，數英捕馳車帶劍，夾在前後，街巷隘口，亦皆以巡捕伺守，謀不得發」。無奈之下，清廷只好求助於各國駐京公使。各國態度不一，其中義大利明確表示「此係公罪，而報章之言論自由久已准行於租界，無俟上海道之干預也」。

關於會審的過程，《申報》七月十六日發表的長篇報導〈初訊革命黨〉、章炳麟獄中致友人書均有生動而真實的記載：代表原告清王朝的律師是古柏、哈華托，而代表被告的律師是博易和瓊司。先是古柏宣讀《控告蘇報條款》，控告蘇報館及章炳麟、鄒容等「大逆不道，煽惑亂黨，謀為不軌」，並從一九〇三年六月以來《蘇報》發表的言論中羅織罪名。接下來是對六個被捕者的審訊。章炳麟答說：「所指書中『載湉小丑』四字觸犯清帝聖諱一語，我只知清帝乃滿人，不知所謂聖諱，『小丑』兩字本作『類』字或作『小孩子』解，《蘇報》論說，與我無涉，是實。」並直言「不認野蠻政府」。鄒容只承認「《革命軍》一書乃我所作」，其他的什麼也不說。這一天，也是三十六歲的章炳麟和十八歲的鄒容進入歷史的日子，以指控罪名之大，他們根本沒想到會活著出來。章炳麟長髮披肩，「其衣不東不西，頗似僧人袈裟之狀」。鄒容此時已剪掉了恥辱的辮子，穿西服，其他人都穿華裝。《申報》記下了這些永遠生動的細節，而歷史恰恰是由這些細節組成的。庭審完畢，他們「乘馬車歸捕房，觀者填堙，誦『風吹枷鎖滿城香，街市爭看員外郎』而返」。

二、「蘇報案」二審

七月二十一日午後，會審公廨第二次會審「蘇報案」。次日《申報》即以《二訊革命黨》為題作了詳細報導。原告律師古柏以「另有交涉」為由要求改期，但遭到被告律師博易的反對，他說：「現在原告究係何人？其為政府耶？抑江蘇巡撫耶？上海道台耶？本律師無從知悉。」逼使對方承認「奉旨」辦理，也就是說原告方即是清政府。博易冷笑說：「以堂堂中國政府乃訟私人於屬下之低級法庭，而受裁判乎？」對方無言以答。主審孫世鏻也不敢怠慢，當即肯定清廷為原告方，此舉著實明智，因為此案之所以能開審，正是因為有官方的正式命令。怎料被告律師博易進而說道，你們前一次指控，這一次又無端地要求不再審理，怎能如此反覆！故要求撤銷起訴。起訴終未能撤銷，在一番當庭協商後，章鄒二人又被押回了監獄。

七月二十四日，《江蘇》雜誌發表短評〈祝蘇報館之封禁〉，指出思想、言論、出版，「此三大自由為神聖不可侵犯之物」。香港《中國日報》和《上海泰晤士報》等紛紛發表評論表示，如外交團決定引渡，「應予以反抗」。英國藍斯唐侯爵在上議院談到「蘇報案」時說：「此次諸人因刊登激烈之詞於報紙，以致逮捕，余嘗一讀其譯文，亦不能不稱其為最激烈最勇猛之議論。」稱他們被租界拘捕是「受上海道之促迫，不得已而出此」，同時表示堅決不能移交給清廷。美國外交部下令不得將章、鄒等交給清廷處置，「並將主張引渡之上海領事古納調任」。

直到七月二十七日，「蘇報案」發生二十八天後，清廷外務部與各國公使關於引渡的交涉毫無進展。據說清廷又準備用二十萬（銀兩）來賄賂，結果也不成，甚至準備用滬寧路的路權來做交易，列強還是沒有答應，就在這個節骨眼上，七月三十一日，記者沈藎因為披露中俄密約的消息，在北京被活活杖斃。[4]沈藎的死訊經天津《大公報》等報導，舉世震驚，八月四日，遠在上海獄中的章炳麟也寫詩悼念。沈藎之死對租界當局最終拒絕引渡章、鄒等產生了直接的影響。八月五日，英國首相向駐華公使直接發出「現在蘇報館之人，不能交與華官審判」的訓令。到九月十日，經過兩個多月翻來覆去的討價還價、密謀籌商之後，清廷最後放棄了引渡「蘇報案」犯的努力。

三、「蘇報案」三審

一九〇三年十二月三日，曠日持久的「蘇報案」第三次開庭，為了避免像第一次開庭那樣輿論觀瞻的不便，清廷和列強進一步妥協，在會審公廨的架構外，又許諾設立了一個「額外公堂」，由租界方面與上海縣令會同審理。而此次額外公堂共開庭了四次：第一次仍是清廷的律師古柏（Copper）來指控，這一回他很認真地搜挑選了大量《蘇報》上登載著的在清廷看來大逆不道的文字，並逐一指控，其中不乏章炳麟、鄒容的文句。此外，他還引用了當時俄國、德國的許多立法例，藉此說明，清廷的做法是合情合理的，且語帶威懾「提醒」英領屬陪審官迪理斯注意自己的身分——即他並不僅僅代表英國，而是代表上海的各國領事團，不應過分地為本案當事人章炳麟和鄒容利益考慮。

古柏完成指控後，第二次開庭就由章炳麟、鄒容和他們的辯護人進行辯護。有趣的是，這時的主審官換成了上任不久的新官汪懋琨，而且就在此時，清廷與西方列強達成了一個協議——清廷享有終審審判權，但所做判決必須經過列強的許可。審理過程非但不嚴肅，還笑料頻出：新官上任的汪懋琨自覺章炳麟是個「文化人」，以為他應是科舉出身，就問道：「你出自何科？」豈料，章炳麟笑著看了看鄒容，說：「我是一個在天下任意飛行的鳥兒，哪兒有什麼科啊？」隨後，章炳麟更是依仗其深厚的文學底蘊，對其在〈駁康有為書〉中的大膽詞句——「載湉小丑，未辨菽麥」辯解道：「『小丑』兩字本作『類』或『小孩子』解，並不譭謗。至今上聖諱，以西律不避，故而直書。」

鄒容的陳述出人意料，他承認自己是《革命軍》的作者，但不承認該書印刷、出版與自己有關。並強調《革命軍》是其在日本讀書時的學校作業，回國時，將其與行李一起寄存在東京的一個留學生俱樂部裡，怎料回到上海居然看到印刷成冊的《革命軍》，自己也嚇了一跳。此外，他還否認自己是自首：「當時聽說逮捕令中有我的名字，覺得很奇怪，因為我與《蘇報》毫無關係，於是就前往巡捕房詢問，結果就莫名其妙地『自首』了。」最後他更是明確表示已放棄了《革命軍》中的觀點，說現在的自己已經轉而信奉社會主義，立志成為盧梭第二。十二月五日，被告律師瓊司做了無罪辯護：「章、鄒二人，係年輕學生，出於愛國之忱，並無謀叛之意。」就有罪還是無罪的問題，雙方律師唇槍舌戰展開一場激烈的辯論。

四、曲折判決

十二月七日，代表清廷參加會審的上海縣令汪瑤庭單方面擬定的判決——判處章、鄒二人「永遠監禁」，但受到英副領事的牴觸。十二月二十四日，汪瑤庭不顧租界工部局，在會審公廨「額外公堂」宣布：章炳麟、鄒容「故意汙蔑今上，排詆政府，大逆不道，欲使國民仇視今上，痛恨政府，心懷叵測，謀為不軌」，應予「永遠監禁」。公使團對此持有異議，這個判決未能生效。雙方僵持了兩三個月。

一九〇四年五月初，英國公使表示可以考慮監禁期

＊鄒容墓

限在十年以內酌減，這樣，雙方可以達成一致意見的最長監禁期限是十年。不料，英國公使這一意見，並沒有及時通知到英國駐滬領事。英國駐滬領事仍然堅決反對清政府重判章炳麟和鄒容，提出「一犯禁二年，一犯即釋放」的意見，並一再以審判截止期限一到，如果仍無中外都能接受的意見即行釋放相威脅。

一九〇四年五月，為避免馬拉松式的交涉，公使團方面表示，如果再不結案，就要將在押的犯人釋放。迫於公使團的壓力，五月二十一日，會審公廨「額外公堂」終於作出判決——判處章炳麟監禁三年、鄒容監禁二年，罰做苦工，「期滿驅逐出境，不准逗留租界」。《蘇報》一案終於塵埃落定，而此時距「蘇報案」發已過了十個多月。

在獄中，章炳麟、鄒容被罰做苦工，經常遭到拳打腳踢，章曾絕食七天抗議。雖然環境極其嚴酷，他們還是以詩唱和，他們的〈絕命詩〉聯句已載入文學史。一九〇五年二月鄒容病倒，就在會審公廨同意保釋出獄的前一天，在服用了工部局醫院的一包藥之後，於四月三日凌晨去世，這一天離他兩年的刑期期滿不到三個月。章炳麟入獄之後，仍和外界保持著接觸，他的詩文不斷見諸報刊。特別是當被稱為「《蘇報》第二」的《國民日報》創刊後，一九〇三年八月九日，他發表〈論承用維新二字之荒謬〉，從字源學意義上重新詮釋了「維新」的內涵。八月二十三日，上海舉行沈藎追悼會，他在獄中寫祭文，為章士釗的

《沈藎》一書作序。一九〇六年六月二十九日，他熬過三年的刑期，出獄當天即登上赴日本的輪船以避難。

「蘇報案」發生後，租界當局認為：「此租界事，當於租界決之，為保障租界內居民之生命自由起見，決不可不維持吾外人之治外法權。」一九〇三年七月八日軍機處給端方、魏光燾的電文也說：「滬上各領事稱，在租界犯案當在租界定罪、受罪。」無論出於何種考慮，租界工部局對「蘇報案」被捕人員的安全，曾作了周密的布置。開庭前一週，工部局董事會接到口頭指示：「如果發生對這些羈押犯中任何人撤回起訴，或宣判無罪釋放的事，要求採取步驟防止他們重遭正常或非正常逮捕的可能性。」董事會作出指示：「在此種情況下，將護送羈押犯登上駛往香港或日本的輪船，隨他們意願。」

百年前上海公共租界工部局董事會關於「蘇

＊章炳麟遺墨

報案」的會議紀錄、會審紀錄，至今仍靜靜地躺在中國第一歷史檔案館裡，那是歷史的見證。由於工部局董事會的堅持，導致清廷引渡計劃失敗，當然最終也未能按工部局自己的如意算盤處置章炳麟和鄒容。這對一個從不把自己的人民放在眼裡的王朝來說，無疑是大大地失了顏面。在歷史的天秤上，一頭是殭屍般腐朽的清王朝，一頭是兩個「志在流血」的知識分子，孰輕孰重，一目瞭然。「蘇報案」成就了章炳麟和鄒容的英名，在百年前的沉沉暗夜裡，他們如同啟明星，出現在二十世紀的地平線上。孫中山後來這樣評論說：「此案涉及清帝個人，為朝廷與人民聚訟之始，清朝以來所未有也。清廷雖訟勝，而章、鄒不過僅得囚禁兩年而已。於是民氣為之大壯。」

不僅如此，章、鄒二人在「蘇報案」中的表現還感動了遠在四川的卞小吾。他曾三次遠道前往上海獄中探望素不相識的章、鄒，並決心傚法陳範，毀家紓難，辦一家報紙。一九〇四年十月，《重慶日報》創刊後，以大量篇幅報導了「蘇報案」消息及章炳麟等在獄中的情況，被譽為「重慶的蘇報」，發行量迅速超過三千份。一九〇五年，卞小吾的處境已很危險，有人勸他出走，他說：「我絕不負鄒、章囑咐。章炳麟坐監能避不避，鄒容更自願投案，何等偉大！我豈能後人？又何懼哉！苟不幸，上可質皇天后土，下可對四萬萬同胞。」這年六月一日，卞小吾被祕密逮捕，《重慶日報》被查封，後來被稱為「重慶的蘇報案」。一九〇八年六月十三日，他在獄中被殺。

用生命祭奠的文字獄

我們先透過下面這張圖表，直觀地梳理一下整個案件的發生發展及審理線索，然後評析。

「蘇報」審理進程

審級	主審人員	審理結果
初審	孫世鱗、迪理斯	針對所指書中「載湉小丑」四字觸犯清帝聖諱一語，章炳麟強調其只知清帝乃滿人，不知所謂聖諱，而「小丑」兩字本作「類」或「小孩子」解，且《蘇報》論說，與其無涉。鄒容只承認《革命軍》一書乃其所作。
再審	孫世鱗、迪理斯	原告律師古柏以「另有交涉」為由要求改期，遭被告律師博易反對，他說：「現在原告究係何人？其為政府耶？抑江蘇巡撫耶？上海道台耶？本律師無從知悉。」逼使對方承認「奉旨」辦理，也就是說原告方即是清政府。被告律師博易進而要求撤銷起訴，遭拒，章鄒二人繼續被收押。

終審	汪懋琨、迪理斯	審訊共進行四天，12月3日是審訊的第一天，上午十點一刻正式開始，十二點半休庭。古柏先生作為原告律師出庭，代表清政府向法庭提出指控，律師瓊司先生和愛立司先生為被告作無罪辯護。第二天（12月4日）全天審理，章炳麟和鄒容出庭，接受雙方律師的訊問。第三天也是全天審理，外僑李德立先生和西蒙先生作為辯護方和控方的證人先後出庭作證。12月7日是庭審的最後一天，陳仲彝、程吉甫、錢允生和執行逮捕令的巡捕出庭接受法庭調查，程吉甫、錢允生被當場釋放。12月9日，參與審訊的中方官員汪瑤庭搶先宣判，英國副領事以事先未與其商議且判刑過重為由，提出抗議，不承認中方官員單方面判決的效力。於是雙方又求助於外交途徑，「蘇報案」的審理再起波瀾，此後就判決問題又進行了長達半年多的交涉，直至1904年5月21日才最後宣判，章炳麟監禁三年，鄒容監禁二年。

一、「蘇報案」是中外反動派合夥製造的冤案嗎？

學術界以往的觀點認為「蘇報案」是中外反動分子相互勾結共同製造的，從審訊和判決的形成過程可以看出這個觀點有想當然的成分。當然，在起初的交涉階段如果沒有領袖領事的簽字，章炳麟和鄒容不會被捕，但在審訊和判決階段，中外雙方更多的是分歧。在審訊和判決階段，雙方也不是走過場，草草了事。清政府十分重視這次審訊，初衷是一定要重判章鄒，以儆傚尤，因此，不惜重金，聘請上海最好的律師。清政府的重臣張之洞、湖廣總督端方、南洋大臣魏光燾都親自過問或者負責此案。如果不是英國政府的介入和公共租界的堅決反對，章、鄒早就被移交清政府，更不會就此案有近一年的交涉。在正式審訊前，又按照西方的慣例，為章、鄒聘請律師。在法庭上，雙方律師都精心準備辯護詞，被告席上的章、鄒也在律師的指點下，竭力為自己作無罪辯護。清政府一定要重判，英國方面則堅決反對。因此，法庭上的交鋒，不僅僅是原被告律師的交鋒，也是清政府與英國政府和公共租界的較量，較量的結果是清政府最終還是強硬不起來，是清政府屈服於英國。清政府屈服的後果是，此案事實上依據西方法律審理。正是依據西方的法律，章、鄒才最終沒有被重判。所以不能認為「蘇報案」是中外合夥製造的冤案。

那麼，為什麼依據西方法律，「蘇報案」為何被輕判？從法律角度分析，原告的指控證據不足。這個證據不足不是依據大清律，而是依據西方法律。依據大清律，章鄒犯的是該殺頭的「悖逆」之罪，且章、鄒已經承認《革命軍》和〈駁康有為論革命書〉確係他們所寫，這已經足夠定罪。但令清政府方面無可奈何的是，案件的審理、判決權不在清政府官員的手裡，審理的程序、依據的法律是西方的（具體地說是英國的），原告律師的指控是以寫作、印刷和出版或者導致印刷和出版的形式發布煽動性的誹謗言論，煽動叛亂，但原告要就這一罪名舉證卻十分困難。

依據西方的法律理念，單是寫作不構成犯罪，必須由控方舉證被告有將其公開的意圖，如被告同意或者以其他方式導致印刷和出版。但是，控方就此提出令法庭相信的證據卻不容易。這倒不是因為控方律師不敬業或能力有問題，事實上，古柏是當時上海最有名望的律師之一，清政府出重金聘請，而且此案轟動一時，古柏當然不會不盡力，但讓這位大律師為難的是此案不管如何指控，都證據不足。關鍵的在於被告堅決否認被指控的兩本小冊子的印刷和出版與他們有關，而控方又沒有辦法查出印刷者或出版者。拿到法庭上作為證據的《革命軍》和〈駁康有為論革命書〉，均無印刷者和出版者名字。其時，清政府尚無關於印刷和出版方面的法律法規，租界也無相關的管理法規，因此上海的印刷出版市場並無有效管理，各種盜版書氾濫，出版物無印刷、出版者名字很普遍。鄒容的《革命軍》據章炳麟說是由「金山僧用仁刻行之」。「金山僧用仁」即烏目山僧黃宗仰，是當時上海猶太富商哈同夫人羅迦陵請來上海講法的鎮江金山寺僧人，他關心時事，參與中國教育會活動，愛國學社和愛國女學的經費就是透過他介紹，由羅迦陵女士捐助，鄒容《革命軍》的刊行也是由羅迦陵出資，由上海大同書局印行。出版這樣以激烈的言辭宣傳排滿的書籍，會有轟動性的效應，也會有不錯的銷路，但同時也是一件要承擔風險的事情，所以大同書局印行的《革命軍》就略去了出版者和印刷者。章炳麟的〈駁康有為論革命書〉也以單行本的形式刊出，每冊售價十文錢，「不及一月，數千冊銷行殆盡」。但書的出版發行在租界，所以清政府方面即使能查出出售商，還是沒有辦法查出出版者和印刷者，更無法查出其發行量。清政府派到上海來協助「蘇報案」交涉的官員金鼎就曾經向梁鼎芬彙報說，「蘇報案」發生後，《革命軍》等書立即蹤跡全無，清政府官員想弄到一本也非常不易，因此，清政府方面想就這些書籍造成的後果舉證更加不可能。在法庭辯論中，控告方律師古柏就很沮喪地說：「我找不到印刷者，因為從書上沒辦法知道他的名字。」「我無法提供充分的證據，因為他們使我無法獲得印刷和出版的證據。」這樣只要被告否認印刷出版與自己有關，《革命軍》和〈駁康有為論革命書〉就是盜版書，他們不對盜版書負法律責任。

原告律師試圖證明被告有陰謀推翻政府的意圖和行為，這更困難，這要有證據證明被告有組織，有武器等。清政府方面起初認為以愛國學社和《蘇報》為核心，已形成一個革命黨的組織。但在法庭上，原告提不出證據，無法證明章鄒與《蘇報》有密切關係。控方不僅舉證困難，控方的指控依據西方的法律也不構成重罪。控方主要就章鄒在書中的一些言論提出指控。當然在皇權至高無上的中國，不要說煽動造反的言論，即使是直呼皇帝其名，都是殺頭的死罪，何況章炳麟「載湉小丑」和鄒容「殺盡滿人方罷手」這樣激烈鼓吹排滿的言論。但依據西方的觀念，國民罵政府，直呼皇帝的名字，並不構成犯罪，相反這是思想自由、言論自由的體現。再者，即使這些言論有煽動性，如果沒有公開發表，或者引起嚴重的後果，都不構成犯罪，更不構成重罪。

「蘇報案」輕判，也同當時的國際輿論氛圍有關。國際上對「蘇報案」的關注超過中國。

「蘇報案」發生後，特別是「沈藎案」被曝光後，「蘇報案」引起國際輿論的關注，西方國家和上海外僑對清政府一片指責聲。代表上海英美僑民聲音的《字林西報》在「蘇報案」發生後就以《本地報紙的自由》為題發表評論，認為「蘇報案」犯只不過是在上海本地報紙上發表批評、詆毀王室、政府和高官的言論，他們的被捕，使外僑為租界的思想和言論自由擔憂，並尋求保護措施。「沈藎案」被曝光後，西文報紙對中國政府的攻擊性言論更加肆無忌憚：

「現在沒有一個政府會像中國政府這樣會不經過審判，就對誹謗和革命言論者處以死刑。」

「中國政府不是一個文明的政府，它的腐敗臭名昭著。」

「我們的治外法權就是承認這樣的事實：中國的法律和司法系統仍是野蠻的，這在『蘇報案』中也極其重要。」

在外僑社會這樣的輿論氛圍中，「蘇報案」給西方社會以這樣的印象：野蠻的中國政府公然鎮壓報業，鎮壓言論自由。「蘇報案」發生在義和團事件三年以後，西方列強對清政府統治者餘怒未消，《字林西報》又在此時報導慈禧太后未經審訊就以殘忍方式處死沈藎，國際輿論一片嘩然。上海的租界是外僑在中國的避風港，被認為是最安全的地方，不能允許清政府到租界來捉人。《字林西報》曾露骨地說，中國政府是盡人皆知的野蠻政府，對這樣的政府不能再講主權，對待這樣的政府，強權總是正確的，這有利於這個國家的改革和進步。在這樣的輿論氛圍中，人權高於主權成為租界和英國政府採取強硬態度的理直氣壯的藉口。「蘇報案」發生在租界，如何處理此案，也關係到大英帝國的尊嚴和各國僑民已經獲得的利益。在這樣的歷史背景下，儘管清政府方面據理力爭，依據條約交涉，但租界和英國政府一味強硬。章、鄒的輕判乃是國際、中國多種因素綜合作用的結果。最終，章炳麟以三年的牢獄生活、鄒容以年輕的生命祭奠了這晚清最後的一次文字獄。而曾任主筆的章士釗雖逃過了牢獄之災，卻一人堅持到最後一刻，為《蘇報》畫上了一個圓滿的句號。

二、外國在華領事裁判權的演變

外國在華領事裁判權正式確立於西元一八四三年七月二十二日在香港公布的《中英五口通商章程及稅則》及隨後簽訂的《虎門條約》中。所謂領事裁判權，是指外國侵略者在強迫中國訂立的不平等條約中所規定的一種司法特權：凡在中國享有領事裁判權的國家，其在中國的僑民不受中國法律管轄，不論其發生何種違背中國法律的違法或犯罪行為，或成為民事或刑事訴訟當事人時，中國司法機關無權裁判，只能由該國的領事或設在中國的機構依據其本國法律裁判。

西元一八六四年，英國駐上海領事巴夏禮提議在租界內成立一個中國法庭，審理享有領事裁判權國家僑民為被告人之外的一切案件，而凡涉及外國人的案件，外國領事均可派員觀審。同年五月一日，由上海道派員前往英國領事館，與英國副領事開庭審理租界內的案件，創立了「洋涇浜北首理事衙門」，設在英國領事館內。西元一八六八年，上海道與英美領事簽訂《上海洋涇浜設館會審章程》十條，之後，理事衙門從英國領事館內遷出。

西元一八六九年四月二十日，《洋涇浜設館會審章程》正式公布生效。理事衙門正式改組為會審公廨（mixed courts），它是列強在華領事裁判權逐步擴大的體現，是清政府與英、美、法三國駐上海領事協議在租界內設立的特殊審判機關。一九二五年，「五卅慘案」後，民眾要求收回領事裁判權，廢止會審公廨的呼聲越來越強烈。一九二六年八月三十一日，以挪威駐滬總領事為首領的上海領事團與江蘇省政府簽訂《收回上海會審公廨暫行章程》。其中第九條規定，收回公廨，改設上海臨時法院，一九二七年一月一日起執行。一九三一年，南京國民政府與法國總領事簽訂協定，將法租界會審公廨改為江蘇第二特區地方法院。至此，會審公廨在形式上被廢除了。

會審公廨的設立是列強在華領事裁判權逐步擴大的體現，同時也是中國司法主權進一步淪喪的體現。但同時透過圍繞會審公廨進行的「蘇報案」，清廷發現領事裁判權和會審公廨制度妨礙其鎮壓革命黨人和反對派。列強繼續保有領事裁判權和會審公廨的最冠冕堂皇的理由就是他們認為清朝的法律及其司法太過野蠻，不符合西方列強的文明標準。在武力不能收回司法主權的情況下，按國際接軌的方式改良本國的法律和司法以爭取列強的承認，就成為清廷的唯一選擇，因此從一定意義上說，會審公廨的存在也促成了近代司法體系的轉型。

「蘇報案」對清末社會的影響十分深遠。首先，透過法庭的審理，皇權神聖的觀念被徹底打破，清政府至高無上的地位被嚴重摧毀。其次，透過「蘇報案」的審理，當時主張革命的眾多媒體發現在租界內從事輿論宣傳，可以更多地迴避清廷制裁。所以，從此以後租界就成了反清革命輿論的大本營。而《蘇報》在這個案件當中所扮演的角色也十分特別，它成為自戊戌變法以後，主張保皇維新和共和革命兩派的第一次分化並且彼此批判的開始。「蘇報案」對後來清末社會革命性的變化造成了非常積極的作用。

從法律的角度來回顧這一案件，無論從積極還是消極的方面，我們都必須客觀地說，它使得清廷再次看到了推行變法改制的必要性和重要性。之後不久的一九〇六年，清政府下詔修改官制和法律制度。「蘇報案」從另一個方面讓我們看到了，西方的法律觀念、法律制度引入近代中國所造成的積極作用。

[1] 自戊戌變法失敗後，社會上就產生了許多不同的聲音，當然也包括以孫中山為代表的，試圖推翻清政府，建立共和的革命的勢力。在諸多思想觀念的交鋒中，康有為對其信徒發表了一番政治見解。後經弟子合編成冊即《康南海最近政見書》。在該政見書中，康極力鼓吹維護帝制，維新立憲，引起了主張革命一派人的反駁。章炳麟正是在這樣的背景下，寫就了〈駁康有為政見書〉。

[2] 關於章太炎入獄之後，力勸已經脫身在外的鄒容主動投獄一事，大家有許多說法：有人說他「不可思議的迂腐和偏執」，還有人說「他是將此當作君子成人之美的義舉來做的，是給鄒容一個道德承當和生命親證的機會」。其實這都是後人的評說，並不是章太炎當時的想法。他自述：「《革命軍》為慰丹所著，僕實序之，事相牽繫……僕既入獄，非有慰丹為之證明，則《革命軍》之罪案，將並於我，是故以大義相招，期與分任，而慰丹亦以大義來赴。」這番夫子自道說得再明白不過，他之招鄒容，只是讓他分擔《革命軍》罪案之責任而已。

[3] 鄒容到巡捕房投案的過程十分有意思。據說鄒容到了就說自己是鄒容，巡捕瞟了他一眼說「你不要在這裡搗亂，你不過是個小孩子而已」。鄒容就

正色地說，說我就是清廷要抓的，那個《革命軍》的作者。這個時候巡捕一看，哦，那得把你抓起來，所以鄒容就這樣被關押了起來。

[4] 本文前面提到愛國學社以及南京陸師學堂、浙江學堂等愛國學生運動的主要抗爭矛頭就是所謂的拒俄，即抗拒俄國人對中國東北權益的掠奪。而當時的日本留學生在日本，發起了一個更大的拒俄運動，甚至成立了學生軍，由於清廷和日本當局達成協議——日本當局下令禁止此類活動，怎知愈壓迫反抗愈強烈，這些抗俄學生成立了一個團體，名為軍國民教育會。使得中國、國外遙相呼應，清廷頓時壓力倍增。沈藎對整個事件進行了全面的報導，功勛卓著，從南洋公學的退學，到後來學潮的升級都與他有很大關係。

電子書購買　　爽讀 APP

國家圖書館出版品預行編目資料

翻案的勇氣，重探冤獄真相：比竇娥還冤！明清奇葩大案 / 馮玉軍 著 . -- 第一版 . -- 臺北市：沐燁文化事業有限公司 , 2024.05
面；　公分
POD 版
ISBN 978-626-7372-49-4(平裝)
856.9　　113005352

翻案的勇氣，重探冤獄真相：比竇娥還冤！明清奇葩大案

臉書

作　　者：馮玉軍
發 行 人：黃振庭
出 版 者：沐燁文化事業有限公司
發 行 者：沐燁文化事業有限公司
E-mail：sonbookservice@gmail.com
粉 絲 頁：https://www.facebook.com/sonbookss/
網　　址：https://sonbook.net/
地　　址：台北市中正區重慶南路一段六十一號八樓 815 室
Rm. 815, 8F., No.61, Sec. 1, Chongqing S. Rd., Zhongzheng Dist., Taipei City 100, Taiwan
電　　話：(02) 2370-3310　　傳　　真：(02) 2388-1990
印　　刷：京峯數位服務有限公司
律師顧問：廣華律師事務所 張珮琦律師

定　　價：399 元
發行日期：2024 年 05 月第一版
◎本書以 POD 印製